O TERCEIRO REICH

Obras do autor publicadas pela Companhia das Letras

2666
Amuleto
Os detetives selvagens
Estrela distante
Noturno do Chile
A pista de gelo
Putas assassinas

ROBERTO BOLAÑO

O Terceiro Reich

Tradução
Eduardo Brandão

Copyright © 2010 by Espólio de Roberto Bolaño
Todos os direitos reservados

*Grafia atualizada segundo o Acordo Ortográfico da Língua Portuguesa de 1990,
que entrou em vigor no Brasil em 2009.*

Título original
El Tercer Reich

Capa
warrakloureiro

Imagem de capa
Sem título (1995), óleo sobre tela de Rodrigo Andrade, 190 × 220 cm.

Preparação
Silvia Massimini Felix

Revisão
Huendel Viana
Carmen S. da Costa

Dados Internacionais de Catalogação na Publicação (CIP)
(Câmara Brasileira do Livro, SP, Brasil)

Bolaño, Roberto
O Terceiro Reich / Roberto Bolaño ; tradução Eduardo Brandão.
— São Paulo : Companhia das Letras, 2011.

Título original: El Tercer Reich
ISBN 978-85-359-1785-7

1. Ficção chilena I. Título.

10-12008   CDD-861

Índice para catálogo sistemático:
1. Ficção : Literatura chilena   861

[2011]
Todos os direitos desta edição reservados à
EDITORA SCHWARCZ LTDA.
Rua Bandeira Paulista 702 cj. 32
04532-002 — São Paulo — SP
Telefone (11) 3707 3500
Fax (11) 3707 3501
www.companhiadasletras.com.br

Para Carolina López

Às vezes nos entretemos com vendedores ambulantes, outras com veranistas, e dois meses atrás até pudemos condenar um general alemão a vinte anos de cadeia. Chegou a passeio com sua esposa, e só minha arte o salvou da forca.

Friedrich Dürrenmatt, A *pane*

Sumário

20 de agosto, 11

21 de agosto, 18

22 de agosto, 31

23 de agosto, 42

24 de agosto, 52

25 de agosto, 63

26 de agosto, 72

27 de agosto, 82

28 de agosto, 96

29 de agosto, 119

30 de agosto, 132

31 de agosto, 139

1º de setembro, 146

2 de setembro, 152

3 de setembro, 159

4 de setembro, 162

5 de setembro, 168

6 de setembro, 176

7 de setembro, 184

8 de setembro, 200

9 de setembro, 203

10 de setembro, 211

11 de setembro, 220

12 de setembro, 228

Primavera de 1942, 232

14 de setembro, 235

Anzio. Fortress Europa. Omaha Beachhead.
     Verão de 1942, 247

Com o Lobo e o Cordeiro, 251

Meus generais favoritos, 265

Outono de 1942. Inverno de 1942, 269

17 de setembro, 275

18 de setembro, 283

19 de setembro, 291

20 de setembro, 297

21 de setembro, 309

22 de setembro, 315

23 de setembro, 320

24 de setembro, 323

25 de setembro. Bar Casanova. La Jonquera, 328

30 de setembro, 330

Ingeborg, 332

Hanna, 333

20 de outubro, 334

Von Seeckt, 335

Frau Else, 336

O congresso, 337

20 de agosto

Pela janela entra o rumor do mar mesclado com os risos dos últimos noctâmbulos, um ruído que talvez seja o dos garçons recolhendo as mesas do terraço, de vez em quando um carro que circula com lentidão pelo Passeio Marítimo e zumbidos apagados e inidentificáveis que proveem dos outros quartos do hotel. Ingeborg dorme; seu rosto parece o de um anjo cujo sono nada perturba; na mesinha de cabeceira há um copo de leite que ela não provou e que agora deve estar morno, e junto do seu travesseiro, meio coberto pelo lençol, um livro do detetive Florian Linden do qual leu apenas um par de páginas antes de adormecer. Comigo acontece exatamente o contrário: o calor e o cansaço tiram meu sono. Geralmente durmo bem, entre sete e oito horas por dia, embora muito raras vezes me deite cansado. Pelas manhãs acordo fresco como uma alface e com uma energia que não decai ao cabo de oito ou dez horas de atividade. Que me lembre, foi sempre assim; faz parte da minha natureza. Ninguém me inculcou isso, simplesmente sou assim e com isso não quero dizer que seja melhor ou pior que os outros; a própria Ingeborg, por exemplo, sábado e domingo não se levanta antes do meio-dia, e durante a semana só uma segunda xícara de café e um cigarro conseguem acordá-la totalmente e empurrá-la para o trabalho. Esta noite, porém, o cansaço e o calor tiram meu sono. Também a vontade de escrever, de registrar os acontecimentos do dia, me impede de ir para a cama e apagar a luz.

A viagem transcorreu sem nenhum percalço digno de nota. Paramos em Estrasburgo, uma bonita cidade, que eu já conhecia. Comemos numa espécie de supermercado à beira da estrada. Na fronteira, ao contrário do que haviam nos avisado, não tivemos de fazer fila nem esperar mais de dez minutos para passar para o outro lado. Tudo foi rápido e eficiente. A partir daí eu dirigi, pois Ingeborg não confia muito nos motoristas nativos, creio que devido a uma experiência ruim numa estrada espanhola, anos atrás, quando ainda era menina e vinha de férias com seus pais. Além do mais, como é natural, estava cansada.

Na recepção do hotel fomos atendidos por uma moça muito jovem, que se vira bastante bem em alemão, e não houve nenhum problema para encontrar nossas reservas. Tudo estava em ordem e quando íamos subindo avistei Frau Else no salão de refeições; reconheci-a de imediato. Arrumava uma mesa enquanto indicava algo a um garçom que, a seu lado, segurava uma bandeja cheia de potinhos de sal. Usava um vestido verde e no peito trazia enganchado o crachá metálico com o emblema do hotel.

Os anos mal a tinham tocado.

A visão de Frau Else me levou a evocar os dias da minha adolescência com suas horas sombrias e suas horas luminosas; meus pais e meu irmão lanchando no terraço do hotel, a música que às sete da tarde os alto-falantes do restaurante começavam a espalhar pelo andar térreo, os risos sem sentido dos garçons e as turmas que se organizavam entre rapazes da minha idade para nadar de noite ou ir às discotecas. Naquela época qual era minha canção favorita? Cada verão havia uma nova, algo parecida com a do ano anterior, cantarolada e assobiada até a saciedade e com a qual todas as discotecas do vilarejo costumavam encerrar a noitada. Meu irmão, que sempre foi exigente em matéria musical, selecionava com esmero, antes de começar as férias, as fitas que iriam acompanhá-lo; eu, pelo contrário, preferia que o acaso pusesse em meus ouvidos uma melodia nova, inevitavelmente a canção do verão. Bastava-me ouvi-la duas ou três vezes, por mero acaso, para que suas notas me seguissem ao longo dos dias ensolarados e das novas amizades que iam engalanando nossas férias. Amizades efêmeras, vistas da minha ótica atual, concebidas somente para afugentar a mais ínfima suspeita de tédio. De todos aqueles rostos apenas uns poucos perduram na minha memória. Em primeiro lugar, Frau Else, cuja simpatia me conquistou desde o início, o que me valeu ser o alvo das piadas e gozações de meus pais, que chegaram até a caçoar de mim em presença da própria Frau Else e do seu marido, um espanhol cujo nome não lembro, fazendo alusões a supostos ciúmes e à precocidade dos jovens, que conseguiram me deixar vermelho até a raiz dos cabelos e que em Frau Else despertaram um terno sentimento de camaradagem. A partir de então acreditei ver em seu modo de me tratar um calor maior que o dispensado ao resto da minha família. Também, mas num nível distinto, José (se chamava assim?), um garoto da minha idade que trabalhava no hotel e que nos levou, a meu irmão e a mim, a lugares onde sem ele nunca teríamos posto os pés. Quando nos despedimos, talvez adivinhando que não passaríamos o próximo verão no Del Mar, meu irmão lhe deu umas fitas de rock e eu, meu jeans velho. Dez anos se passaram e ainda me lembro das lágrimas que de repente saltaram de José, com as calças dobradas numa mão e as fitas na outra, sem saber o que fazer ou dizer, murmurando num inglês de que meu irmão constantemente debochava: adeus, queridos amigos,

13

adeus, queridos amigos etc., enquanto dizíamos a ele em espanhol — idioma que falávamos com certa fluência, não à toa nossos pais passavam havia anos as férias na Espanha — que não se preocupasse, que no próximo verão voltaríamos a estar juntos como os Três Mosqueteiros, que parasse de chorar. Recebemos dois cartões-postais de José. Respondi, em meu nome e no de meu irmão, ao primeiro. Depois o esquecemos e dele nunca mais se soube. Houve também um rapaz de Heilbronn chamado Erich, o melhor nadador da temporada, e uma tal de Charlotte, que preferia tomar sol comigo apesar de meu irmão estar doidinho por ela. Caso à parte é a pobre tia Giselle, irmã mais nova da minha mãe, que nos acompanhou durante o penúltimo verão que passamos no Del Mar. Tia Giselle amava acima de tudo as touradas, e sua voracidade por esse tipo de espetáculo não tinha limites. Lembrança indelével: meu irmão dirigindo o carro do meu pai com inteira liberdade, eu, a seu lado, fumando sem que ninguém me dissesse nada, e tia Giselle no banco de trás contemplando extasiada os penhascos cobertos de espuma abaixo da estrada e o verde-escuro do mar, com um sorriso de satisfação em seus lábios tão pálidos, e três pôsteres, três tesouros, em seu colo, que atestavam que ela, meu irmão e eu havíamos nos encontrado com três grandes figuras do toureio na praça de touros de Barcelona. Meus pais certamente desaprovavam muitas das ocupações a que tia Giselle se entregava com tanto fervor, do mesmo modo que não lhes agradava a liberdade que ela nos concedia, excessiva para crianças, segundo a maneira de eles verem as coisas, embora eu na época beirasse os catorze anos. Por outro lado, sempre desconfiei de que nós é que cuidávamos da tia Giselle, tarefa que minha mãe nos impunha sem que ninguém se desse conta, de forma sutil e repleta de apreensão. Seja como for, tia Giselle só passou conosco um verão, o anterior ao último em que nos hospedamos no Del Mar.

É pouco mais o que lembro. Não esqueci as risadas nas mesas do terraço, os supercanecos de cerveja que se esvaziavam ante meu olhar de assombro, os garçons suarentos e obscuros encafuados num canto do bar conversando em voz baixa. Imagens avulsas. O sorriso feliz e os repetidos gestos de assentimento do meu pai, uma oficina onde alugavam bicicletas, a praia às nove e meia da noite, ainda com uma tênue luz solar. O quarto que então ocupávamos era diferente deste em que estamos agora; não sei se melhor ou pior, diferente, num andar mais baixo, e maior, suficiente para que coubessem quatro camas, e com uma sacada ampla, de frente para o mar, onde meus pais costumavam se instalar de tarde, depois de almoçar, para jogar infinitas partidas de baralho. Não tenho certeza se tínhamos banheiro privado ou não. Provavelmente alguns verões sim, outros não. Nosso quarto atual, sim, tem banheiro próprio, e além disso um bonito e espaçoso closet, e uma enorme cama de casal, e tapetes, e uma mesa de ferro e mármore na sacada, e um jogo duplo de cortinas, as internas de tecido verde muito fino ao tato e as externas de madeira pintada de branco, muito modernas, e luzes diretas e indiretas, e alto-falantes bem dissimulados que com um simples apertar de botão transmitem música em frequência modulada... Não há dúvida, o Del Mar progrediu. A concorrência, a julgar pela rápida olhada que pude dar do carro enquanto íamos pelo Passeio Marítimo, também não ficou para trás. Há hotéis de que não me lembrava e os edifícios de apartamentos cresceram nos antigos terrenos baldios. Mas tudo isso são especulações. Amanhã procurarei falar com Frau Else e sairei para dar uma volta pelo vilarejo.

Eu também progredi? Claro: antes não conhecia Ingeborg e agora estou com ela; minhas amizades são mais interessantes e profundas, por exemplo Conrad, que é como um irmão para mim e que lerá estas páginas; sei o que quero e tenho uma perspectiva mais ampla; sou economicamente independente; ao contrário do que sempre acontecia nos anos de adolescência, hoje nunca fico entediado. Sobre a falta de tédio, Conrad diz que é a prova de ouro da saúde. Minha saúde, de acordo com isso, deve ser excelente. Sem pecar por excesso, creio que estou no melhor momento da minha vida.

Em grande medida a responsável por essa situação é Ingeborg. Encontrá-la foi a melhor coisa que me aconteceu. Sua doçura, sua graça, a suavidade com que olha para mim fazem com que o resto, meus esforços cotidianos e as rasteiras que me dão os invejosos adquiram outra proporção, a justa proporção que me permite enfrentar os fatos e vencê-los. Em que terminará nossa relação? Digo isso porque as relações entre casais jovens são hoje tão frágeis. Não quero pensar muito nisso. Prefiro a amabilidade; gostar e cuidar dela. Claro, se acabarmos nos casando, tanto melhor. Uma vida inteira ao lado de Ingeborg, que mais eu poderia pedir no plano sentimental?

O tempo dirá. Por ora seu amor é... Mas não façamos poesia. Estes dias de férias também serão dias de trabalho. Vou pedir a Frau Else uma mesa maior, ou duas mesas pequenas, para montar os tabuleiros. Só de pensar nas possibilidades que minha nova abertura proporciona e nos diferentes desenvolvimentos alternativos que podem se seguir me dá vontade de montar o jogo agora mesmo e tratar de verificá-los. Mas não vou fazer isso. Só tenho corda para escrever mais um pouco; a viagem foi longa e ontem mal dormi, em parte porque era a primeira vez que Ingeborg e eu passaríamos férias juntos e em parte porque eu voltaria a pisar no Del Mar depois de dez anos de ausência.

Amanhã tomaremos café no terraço. A que horas? Suponho que Ingeborg se levantará tarde. Havia um horário fixo para o café da manhã? Não me lembro; creio que não; em todo caso também podemos tomá-lo num café no interior do vilarejo, um lugar antigo que estava sempre cheio de pescadores e turistas. Com meus pais, costumávamos fazer todas as refeições no Del Mar e nesse café. Será que fechou? Em dez anos acontecem muitas coisas. Espero que ainda esteja aberto.

21 de agosto

Falei duas vezes com Frau Else. Nossos encontros não foram tão satisfatórios quanto eu teria gostado. O primeiro ocorreu por volta das onze da manhã; pouco antes eu havia deixado Ingeborg na praia e voltei ao hotel para resolver uns assuntos. Encontrei Frau Else na recepção atendendo uns dinamarqueses que iam embora, conforme se podia deduzir por suas malas e pelo perfeito bronzeado que ostentavam com orgulho. Os filhos deles arrastavam pelo corredor da recepção enormes chapéus de palha mexicanos. Acabada a despedida com promessas de um pontual reencontro no ano seguinte, me apresentei. Sou Udo Berger, disse estendendo a mão e sorrindo com admiração; não era para menos: nesse instante, vista de perto, Frau Else se mostrava muito mais bonita e pelo menos tão enigmática quanto em minhas lembranças de adolescente. Mas ela não me reconheceu. Durante cinco minutos tive de explicar quem eu era, quem eram meus pais, quantos verões tínhamos passado em seu hotel e até rememorar esquecidas histórias bastante descritivas que eu teria preferido calar. Tudo isso de pé na recepção enquanto iam e vinham hóspedes em trajes de banho (eu mesmo só estava de shorts e sandália) que constantemente interrompiam os esforços que eu fazia para que ela se lembrasse de mim. Finalmente disse que sim: a família Berger, de Munique? Não, de Reutlingen, corrigi, mas agora eu morava em Stuttgart. Claro, disse ela, minha mãe era uma pessoa encantadora, também se lembrava do meu pai e até da tia Giselle. O senhor cresceu muito, está um homem-feito, disse com um tom em que acreditei notar certa timidez e que, sem que eu possa explicar de maneira razoável, conseguiu me perturbar. Perguntou quanto tempo eu pensava em ficar e se achava que o vilarejo havia mudado muito. Respondi que ainda não tivera tempo de sair para passear, disse que havia chegado na véspera à noite, bem tarde, e que planejava ficar quinze dias, aqui no Del Mar, claro. Ela sorriu e com isso demos por encerrada a conversa. Ato contínuo subi para o quarto, um pouco atordoado, sem saber o motivo exato; de lá telefonei e pedi que me trouxessem uma mesa; deixei bem claro que devia ter pelo menos um metro e meio de comprimento. Enquanto esperava li as primeiras páginas deste diário, não estavam mal, ainda mais para um principiante. Creio que Conrad tem razão, a prática cotidiana, obrigatória ou quase obrigatória, de consignar num diário as ideias e os acontecimentos de cada dia serve para que um virtual autodidata como eu aprenda a refletir, exercite a memória focando as imagens com cuidado e não a esmo, e sobretudo cuide de alguns aspectos da sua sensibilidade que, crendo-os já de todo feitos, na realidade são apenas sementes que podem ou não germinar num caráter. O propósito inicial do diário, não obstante, obedece a fins muito mais práticos: exercitar minha prosa para que doravante o fraseado imperfeito e uma sintaxe defeituosa não desdourem os achados que meus artigos possam oferecer, publicados num número cada vez maior de revistas especializadas e que ultimamente têm sido objeto de variadas críticas, seja na forma de comentários na seção de Cartas do Leitor, seja na forma de cortes e alterações feitas pelos responsáveis das revistas. E de nada serviram meus protestos, e minha condição de campeão, ante essa censura que nem se dá ao trabalho de se disfarçar e cujo único argumento é constituído por minhas deficiências gramaticais (como se eles escrevessem muito bem). Na verdade, devo dizer que felizmente nem sempre é assim; há revistas que depois de receber um trabalho meu respondem educadamente com uma notinha, na qual talvez insiram duas ou três frases respeitosas, e depois de um tempo aparece meu texto impresso sem nenhum corte. Outras se desfazem em elogios, são as que Conrad chama de publicações bergerianas. Problemas, na realidade, só tenho com uma fração do grupo de Stuttgart e com alguns sujeitos de Colônia metidos a besta, dos quais ganhei certa vez aparatosamente e que ainda não me perdoaram por isso. Em Stuttgart há três revistas e eu publiquei em todas elas; lá, meus problemas são, vamos dizer, familiares. Em Colônia só há uma mas de melhor qualidade gráfica, distribuição nacional e, o que não deixa de ser importante, com colaborações remuneradas. Dão-se inclusive ao luxo de ter um conselho de redação, pequeno mas profissionalizado, com salário mensal nada desprezível para fazerem precisamente o que gostam. Se fazem bem ou mal — na minha opinião fazem mal — é outra história. Em Colônia publiquei dois ensaios, o primeiro dos quais, "Como ganhar no Bulge", foi traduzido para o italiano e publicado numa revista milanesa, o que me valeu elogios no círculo dos meus amigos e o estabelecimento de uma comunicação direta com os aficionados de Milão. Os dois ensaios, como eu dizia, foram publicados, mas notei em ambos leves alterações, pequenas mudanças, quando não frases inteiras que eram eliminadas a pretexto de falta de espaço — não obstante todas as ilustrações que solicitei terem sido incluídas! — ou de correção de estilo, tarefa esta de que se encarregava um sujeitinho que eu nunca tive o prazer de conhecer, nem mesmo por telefone, e de cuja existência real tenho sérias dúvidas. (Seu nome não aparece na revista. Tenho certeza de que por trás desse revisor apócrifo se escuda o pessoal do conselho de redação para seus atropelos aos autores.) O cúmulo ocorreu com o terceiro trabalho apresentado: simplesmente se negaram a publicá-lo, apesar de ter sido escrito a pedido expresso deles. Minha paciência tinha um limite; poucas horas depois de receber a carta de recusa telefonei para o chefe de redação a fim de lhe manifestar meu espanto pela decisão adotada e minha irritação pelas horas que eles, os do conselho de redação, tinham me feito perder inutilmente — embora sobre isso eu tenha mentido; jamais considero perdidas as horas empregadas para resolver problemas relativos a esse tipo de jogo, muito menos ainda aquelas em que medito e escrevo sobre determinados aspectos de uma campanha que me interessa particularmente. Para minha surpresa o chefe de redação respondeu com uma saraivada de insultos e ameaças que minutos antes eu acreditaria impossível ouvir do seu delicado biquinho de pato. Antes de desligar — se bem que foi ele que finalmente desligou — prometi que, se um dia o encontrasse, ia quebrar a cara dele. Entre os muitos insultos que tive de ouvir, talvez o que mais tenha ferido minha sensibilidade foi o relativo à minha suposta inaptidão literária. Se penso no assunto com tranquilidade, é evidente que o pobre coitado estava enganado, caso contrário por que as revistas da Alemanha e algumas do exterior continuam publicando meu trabalho? Por que recebo cartas de Rex Douglas, Nicky Palmer e Dave Rossi? Só porque sou o campeão? Chegando a esse ponto, eu me nego a chamar isso de crise, Conrad disse a frase decisiva: aconselhou que eu esquecesse os caras de Colônia (lá o único que presta é Heimito, que não tem nada a ver com a revista) e que escrevesse um diário, nunca é demais ter um lugar onde registrar os fatos do dia e ordenar as ideias soltas para futuros trabalhos, que é precisamente o que penso fazer.

Eu me achava imbuído de tais pensamentos quando bateram na porta e apareceu uma camareira, quase uma menina, que num alemão imaginário — na realidade a única expressão alemã foi o advérbio não — balbuciou umas tantas palavras que depois de refletir compreendi que queriam dizer que não havia mesa. Expliquei, em castelhano, que era absolutamente necessário que eu tivesse uma mesa, e não uma mesa qualquer, mas uma que medisse um metro e meio de comprimento, no mínimo, ou duas mesas de setenta e cinco centímetros, e que precisava dela agora.

A menina foi embora dizendo que ia fazer todo o possível. Passado um instante apareceu de novo, acompanhada por um homem de uns quarenta anos, vestindo umas amarrotadas calças marrons, como se dormisse sem tirá-las, e com uma camisa branca de colarinho sujo. O homem, sem se apresentar nem pedir licença, entrou e perguntou para que eu queria a mesa; com o queixo apontou para a mesa que já havia no quarto, baixa demais e pequena demais para meus propósitos. Preferi não responder. Ante meu silêncio, decidiu explicar que não podia pôr duas mesas num só quarto. Não parecia muito seguro de que eu entendesse seu idioma e de vez em quando fazia gestos com as mãos como se descrevesse uma mulher grávida.

Já um pouco cansado de tanta pantomima, joguei em cima da cama tudo o que havia em cima da mesa e mandei que a levasse e voltasse com uma que tivesse as características que eu pedia. O homem não fez sinal de se mexer; parecia assustado; a menina, ao contrário, sorriu para mim com simpatia. Ato contínuo peguei eu mesmo a mesa e a arrastei para o corredor. O homem saiu do quarto meneando a cabeça perplexo, sem entender o que havia acontecido. Antes de ir embora disse que não ia ser fácil encontrar uma mesa como a que eu queria. Animei-o com um sorriso: tudo era possível, se a gente se empenhasse.

Pouco depois telefonaram da recepção. Uma voz inidentificável disse em alemão que não tinham mesas como a que eu exigia, desejava que mandassem de volta a que já estava no quarto? Perguntei com quem tinha o prazer de falar. Com a recepcionista, disse a voz, srta. Nuria. Utilizando o tom mais persuasivo expliquei à srta. Nuria que para o meu trabalho, sim, eu trabalhava nas férias, era absolutamente imprescindível a mesa, mas não a que havia, as mesas-padrão que, supunha eu, havia em todos os quartos do hotel, e sim uma mesa mais alta e sobretudo mais comprida, se não fosse pedir muito. Em que o senhor trabalha, senhor Berger?, perguntou a srta. Nuria. Isso não é da sua conta. Limite-se a mandar trazer uma mesa como a que eu pedi e pronto. A recepcionista gaguejou, depois com um fiapo de voz disse que veria o que podia fazer e desligou precipitadamente. Nesse momento recuperei o bom humor, deixei-me cair na cama e ri com força.

A voz de Frau Else me acordou. Ela estava de pé junto da cama e seus olhos, de uma intensidade pouco comum, me observavam preocupados. De imediato compreendi que havia adormecido e senti vergonha. Tateei em busca de alguma coisa para me cobrir — mas de maneira bem lenta, como se ainda estivesse no meio de um sonho —, pois apesar de estar de shorts a sensação de nudez era completa. Como pôde entrar sem que eu a ouvisse? Será que tinha uma chave mestra de todos os quartos do hotel e a usava sem escrúpulos?

Pensei que estivesse doente, falou. O senhor sabe que assustou nossa recepcionista? Ela só se limita a obedecer o regulamento do hotel, não tem por que suportar as impertinências dos hóspedes.

— Em qualquer hotel isso é inevitável — falei.

— Pretende saber mais que eu acerca do meu próprio negócio?

— Não, é claro.

— Então?

Murmurei algumas palavras de desculpa sem poder desviar o olhar da oval perfeita que era o rosto de Frau Else, no qual acreditei ver um ligeiro sorriso irônico, como se achasse divertida a situação que eu havia criado.

Atrás dela estava a mesa.

Levantei até ficar de joelhos em cima da cama; Frau Else não fez o menor gesto de se mexer para que eu pudesse ver a mesa à vontade; mesmo assim me dei conta de que era tal como eu havia desejado, melhor até. Espero que seja do seu agrado, pertenceu à mãe do meu marido. Em sua voz persistia o tom irônico: vai servir para o seu trabalho?, mas pensa em trabalhar todo o verão?, se eu estivesse tão pálida quanto o senhor passaria o dia inteiro na praia. Prometi que faria ambas as coisas, um pouco de trabalho e um pouco de praia, na justa medida. E de noite não irá às discotecas? Sua amiga não gosta de discoteca? Deve gostar, onde ela está? Na praia, falei. Deve ser uma moça inteligente, não perde tempo, disse Frau Else. Eu a apresento à senhora esta tarde, se não vê inconveniente, falei. Vejo, sim, vários inconvenientes, provavelmente vou passar o dia inteiro no escritório, fica para outra vez, disse Frau Else. Sorri. Cada vez eu a achava mais interessante.

— A senhora também troca a praia pelo trabalho — falei.

Antes de ir embora ela me advertiu dizendo que tratasse com mais delicadeza os empregados.

Instalei a mesa junto da janela, numa posição favorável para receber o máximo de luz natural. Depois saí à sacada e fiquei um bom momento olhando para a praia e tentando distinguir Ingeborg entre os corpos seminus expostos ao sol.

Almoçamos no hotel. A pele de Ingeborg estava avermelhada, ela é muito loura e não lhe faz bem tomar tanto sol de uma vez. Espero que não tenha pegado uma insolação, seria terrível. Quando subimos ao quarto perguntou de onde havia saído a mesa e tive de explicar, numa atmosfera de paz absoluta, eu sentado junto à mesa, ela deitada na cama, que eu tinha pedido à direção que trocassem a antiga por uma maior pois pensava em armar o jogo. Ingeborg me fitou sem dizer nada, mas em seus olhos percebi um vestígio de censura.

Não sei dizer em que momento ela adormeceu. Ingeborg dorme de olhos semiabertos. Na ponta dos pés peguei o diário e comecei a escrever.

Estivemos na discoteca Antiguo Egipto. Jantamos no hotel. Ingeborg, durante a sesta (que rápido a gente adquire os costumes espanhóis!), falou sonhando. Palavras soltas como cama, mamãe, estrada, sorvete... Quando acordou demos uma volta pelo Passeio Marítimo, sem entrar no vilarejo, envoltos na corrente de passeantes que iam e vinham, depois sentamos na murada do Passeio e ficamos conversando.

O jantar foi leve. Ingeborg mudou de roupa. Vestido branco, com sapatos brancos de salto alto, colar de madrepérola e cabelo apanhado num coque premeditadamente descuidado. Apesar de menos elegante que ela, eu também me vesti de branco.

A discoteca ficava na zona dos campings, que também é a zona das discotecas, das lanchonetes e dos restaurantes. Dez anos antes só havia ali um par de campings e um pinheiral que se estendia até a linha férrea; hoje, pelo que parece, é o conglomerado turístico mais importante do vilarejo. A efervescência da sua única avenida, que corre paralela ao mar, é comparável com a de uma grande cidade na hora do rush. Com a diferença de que aqui a hora do rush começa às nove da noite e só termina depois das três da madrugada. A multidão que se amontoa nas calçadas é variada e cosmopolita; brancos, negros, amarelos, índios, mestiços, parecia até que todas as raças haviam combinado passar as férias naquele lugar, embora, é claro, nem todos estejam de férias.

Ingeborg estava radiante e nossa entrada na discoteca produziu olhares sub-reptícios de admiração. Admiração por ela e inveja de mim. Eu, a inveja, percebo na hora. De qualquer maneira, não pensávamos ficar muito tempo ali. Fatalmente não demorou a sentar em nossa mesa um casal de alemães.

Explico como aconteceu: não sou louco por dança; costumo dançar, principalmente desde que estou com Ingeborg, mas antes preciso me animar com umas bebidas e digerir, para chamar a coisa por algum nome, a sensação de estranheza que me produzem tantos rostos desconhecidos numa sala que em geral não está bem iluminada; já Ingeborg não tem nenhuma vergonha de ir dançar sozinha. Pode permanecer na pista o tempo que durar um par de músicas, voltar à mesa, tomar um gole da sua bebida, voltar à pista e assim a noite toda até cair exausta. Já me acostumei. Durante suas ausências penso no meu trabalho e em coisas sem sentido, ou cantarolo baixinho a melodia que soa nos alto-falantes, ou medito sobre os obscuros desígnios da massa amorfa e dos rostos imprecisos que me rodeiam. De vez em quando Ingeborg, alheia às minhas preocupações, se aproxima e me dá um beijo. Ou aparece com uma nova amiga e um novo amigo, como esta noite o casal de alemães, com quem mal trocou um par de palavras no alvoroço da pista de dança. Palavras que, unidas à nossa comum condição de veranistas, bastam para estabelecer algo semelhante à amizade.

Karl — mas prefere que o chamem de Charly — e Hanna são de Oberhausen; ela é secretária na empresa onde ele é mecânico; os dois têm vinte e cinco anos. Hanna é divorciada. Tem um menino de três anos e pensa em se casar com Charly assim que puder; tudo isso ela disse a Ingeborg no toalete e Ingeborg me contou ao voltarmos para o hotel. Charly gosta de futebol, de esporte em geral, e de windsurfe: trouxe de Oberhausen sua prancha, da qual falou maravilhas; enquanto Ingeborg e Hanna estavam na pista, perguntou qual era meu esporte favorito. Eu disse que gostava muito de correr. Correr sozinho.

Os dois beberam muito. Ingeborg, para dizer a verdade, também. Nessas condições foi fácil nos comprometermos para o dia seguinte. O hotel deles é o Costa Brava, que fica a poucos passos do nosso. Combinamos nos encontrar por volta do meio-dia, na praia, no lugar em que alugam pedalinhos.

Por volta das duas da madrugada fomos embora. Antes, Charly pagou uma última rodada; estava feliz; contou-me que estavam havia dez dias no vilarejo e ainda não tinham feito amizade com ninguém, o Costa Brava estava cheio de ingleses e os poucos alemães que encontrava nos bares eram gente pouco sociável ou vinham em grupos compostos exclusivamente por homens, o que excluía Hanna.

No caminho de volta, Charly pôs-se a cantar canções que eu nunca tinha ouvido. A maioria era indecente; algumas se referiam ao que pensava fazer com Hanna quando chegassem no quarto, então deduzi que, pelo menos nas letras, eram inventadas. Hanna, que ia de braços dados com Ingeborg um pouco mais à frente, as acolhia com gargalhadas esporádicas. Minha Ingeborg *também* ria. Por um instante imaginei-a nos braços de Charly e estremeci. Senti como se o estômago se contraísse até ficar do tamanho de um punho.

Pelo Passeio Marítimo corria uma brisa fresca que contribuiu para desfazer minhas nuvens. Quase não se via gente, os turistas voltavam para seus hotéis cambaleando ou cantando, e os carros, raros, rodavam com lentidão numa e noutra direção como se todo mundo de repente estivesse esgotado, ou doente, e o esforço fluísse agora na direção das camas e dos quartos fechados.

Quando chegamos ao Costa Brava Charly cismou em nos mostrar sua prancha. Ela estava amarrada com um emaranhado de cordas elásticas no bagageiro do carro, no estacionamento ao ar livre do hotel. O que acha?, perguntou. Ela não tinha nada de extraordinário, era uma prancha igual a milhões. Confessei que não entendia nada de windsurfe. Se quiser posso te ensinar, disse. Vamos ver, respondi, sem me envolver com nenhum compromisso.

Não aceitamos, e nesse ponto Hanna nos apoiou com firmeza, que fossem nos levar ao nosso hotel. De todo modo a despedida se prolongou mais um instante. Charly estava muito mais bêbado do que eu imaginava e insistiu em que fôssemos conhecer o quarto deles. Hanna e Ingeborg riam das bobagens que ele dizia mas eu me mantive inalterável. Quando por fim o convencemos de que o melhor era ele ir se deitar, Charly assinalou com a mão um ponto na praia e saiu correndo para lá até se perder na escuridão. Primeiro Hanna — que certamente devia estar acostumada a essas cenas —, depois Ingeborg e, atrás de Ingeborg e de má vontade, eu o seguimos; logo as luzes do Passeio Marítimo ficaram às nossas costas. Na praia só se ouvia o barulho do mar. Longe, à esquerda, distingui as luzes do porto onde meu pai e eu fomos uma manhã, bem cedinho, numa infrutífera tentativa de comprar peixe: as vendas, pelo menos naqueles anos, eram realizadas à tarde.

Começamos a chamá-lo. Só nossos gritos eram ouvidos na noite. Hanna sem querer entrou na água e molhou as calças até o joelho. Mais ou menos então, enquanto ouvíamos as imprecações de Hanna, as calças eram de cetim e a água do mar ia acabar com elas, Charly respondeu aos nossos chamados: estava entre nós e o Passeio Marítimo. Onde você está, Charly?, berrou

Hanna. Aqui, aqui, sigam minha voz, disse Charly. Pusemo-nos em marcha outra vez em direção às luzes dos hotéis.

— Tomem cuidado com os pedalinhos — avisou Charly.

Como animais abissais, os pedalinhos formavam uma ilha negra no meio da penumbra uniforme que se estendia ao lado da praia. Sentado no flutuador de um desses estranhos veículos, com a camisa desabotoada e os cabelos revoltos, Charly nos aguardava.

— Só queria mostrar a Udo o lugar exato onde nos veremos amanhã — disse ante as reprimendas de Hanna e de Ingeborg, que lhe passavam uma descompostura pelo susto que tinha nos dado e por seu comportamento infantil.

Enquanto as mulheres ajudavam Charly a ficar de pé, observei o conjunto de pedalinhos. Não poderia dizer com exatidão o que foi que chamou minha atenção. Talvez a curiosa maneira como estavam arrumados, diferente de qualquer outra que eu havia visto na Espanha, embora este não seja um país metódico. A disposição que tinham era no mínimo irregular e pouco prática. O normal, inclusive dentro da anormalidade caprichosa de qualquer encarregado de pedalinhos, é deixá-los de costas para o mar, enfileirados de três em três, ou de quatro em quatro. Claro, há quem os deixa virados para o mar, ou numa só linha comprida, ou não os enfileira, ou os arrasta até o paredão que separa a praia do Passeio Marítimo. A disposição destes, no entanto, escapava de qualquer categoria. Alguns estavam virados para o mar e outros para o Passeio, embora a maioria, de lado, apontasse para o porto ou para a zona dos camping numa espécie de fileira de ouriços; no entanto, mais curioso ainda era que alguns haviam sido levantados, mantendo-se em equilíbrio sobre apenas um flutuador, e um tinha até sido virado inteiramente, com os flutuadores e as pás para cima e os selins enterrados na areia, posição que não só era insólita mas requeria uma considerável força física e, não fosse pela estranha simetria, pela vontade que emanava do conjunto semicoberto com umas lonas velhas, este teria sido tomado por obra de um bando de baderneiros, desses que percorrem as praias à meia-noite.

Claro, nem Charly, nem Hanna, nem mesmo Ingeborg notaram nada fora do normal nos pedalinhos.

Quando chegamos a nosso hotel perguntei a Ingeborg que impressão Charly e Hanna tinham lhe causado.

Boa gente, disse. Eu, com algumas reservas, concordei.

22 de agosto

Tomamos o café da manhã no bar La Sirena. Ingeborg tomou um *english breakfast* que consistia numa xícara de chá com leite, um prato de ovo frito, duas fatias de bacon, uma porção de feijão azuki e um tomate na chapa, tudo por trezentos e cinquenta pesetas, muito mais barato que no hotel. Na parede, atrás do balcão, há uma sereia de madeira de cabelos vermelhos e pele dourada. No teto ainda estão penduradas umas velhas redes de pesca. Quanto ao resto, tudo está diferente. O garçom e a mulher que atendem ao balcão são jovens. Dez anos atrás trabalhavam aqui um velho e uma velha, morenos e enrugados, que costumavam conversar com meus pais. Não me atrevi a perguntar por eles. Para quê? Os de agora falam catalão.

Encontramos Charly e Hanna no lugar combinado, perto dos pedalinhos. Dormiam. Depois de estender nossas esteiras junto deles, acordamos os dois. Hanna abriu os olhos de imediato, mas Charly resmungou algo ininteligível e continuou dormindo. Hanna explicou que ele tinha passado uma noite terrível. Quando Charly bebia, segundo Hanna, não conhecia limites e abusava da sua resistência física e da sua saúde. Contou que às oito da manhã, quase sem ter dormido, saiu para fazer windsurfe. De fato, a prancha estava ali, junto das costelas de Charly. Hanna comparou seu creme de bronzear com o de Ingeborg e um instante depois, as duas deitadas de costas para o sol, a conversa passou a girar em torno de um sujeito de Oberhausen, um funcionário de escritório que ao que parece tinha intenções sérias em relação a Hanna, mas que esta só "apreciava como amigo". Parei de prestar atenção no que diziam e dediquei os minutos seguintes a observar os pedalinhos que tinham me causado tanta inquietude na noite anterior.

Não eram muitos os que estavam na praia; a maioria, já alugada, deslizava lenta e vacilante por um mar calmo, de um azul intenso. Claro, nos pedalinhos que ainda não haviam sido alugados não se via nada de inquietante; velhos, de um modelo superado inclusive pelos de outros pontos de aluguel, o sol parecia reverberar nas suas superfícies cheias de rachaduras em que a pintura descascava inexoravelmente. Uma corda, sustentada por um certo número de estacas enfiadas na areia, separava os banhistas da zona reservada aos pedalinhos; a corda se levantava a no máximo uns trinta centímetros do chão e em alguns lugares as estacas tinham se inclinado e estavam a ponto de cair de vez. Na beira d'água avistei o encarregado, ajudava um grupo de clientes a lançar-se ao mar tomando cuidado para que o pedalinho não batesse na cabeça de nenhuma das incontáveis crianças que brincavam ao redor; os clientes, uns seis, todos montados no pedalinho, com sacolas de plástico em que provavelmente levavam sanduíches e latas de cerveja, faziam gestos de despedida para a praia ou batiam palmas alvoroçadas. Quando o pedalinho atravessou a faixa de crianças, o encarregado saiu da água e começou a vir em nossa direção.

— Coitadinho — ouvi Hanna dizer.

Perguntei a quem se referia; Ingeborg e Hanna me indicaram que observasse dissimuladamente. O encarregado era moreno, tinha cabelos compridos e uma constituição musculosa, mas o mais notável em sua pessoa, de longe, eram as queimaduras — quero dizer, queimaduras de fogo, não de sol — que cobriam a maior parte do seu rosto, do pescoço e do peito, e que estavam à mostra sem dissimulação, escuras e rugosas, como carne na chapa ou placas de um avião sinistrado.

Por um instante, devo admitir, eu me senti como que hipnotizado, até que me dei conta de que ele também olhava para nós e que em sua expressão havia absoluta indiferença, uma espécie de frieza que de imediato achei repulsiva.

A partir de então evitei olhar para ele.

Hanna disse que ela se suicidaria se ficasse assim, deformada pelo fogo. Hanna é uma moça bonita, tem olhos azuis, cabelos castanhos e seus peitos — nem Hanna nem Ingeborg estão com a parte de cima do biquíni — são grandes e bem formados, mas sem muito esforço imaginei-a queimada, dando gritos e andando sem rumo por seu quarto de hotel. (Por que, precisamente, pelo quarto de hotel?)

— Talvez seja uma marca de nascimento — disse Ingeborg.

— É possível, a gente vê coisas muito estranhas — disse Hanna. — Charly conheceu na Itália uma mulher que nasceu sem as mãos.

— É mesmo?

— Juro. Pode perguntar a ele. Foram para a cama juntos.

Hanna e Ingeborg riram. Às vezes não compreendo como Ingeborg pode achar graça em semelhantes afirmações.

— Talvez a mãe tenha tomado algum produto químico quando estava grávida.

Não sei se Ingeborg falava da mulher sem mãos ou do encarregado dos pedalinhos. De todo modo tentei chamar-lhe a atenção para seu equívoco. Ninguém nasce assim, com a pele tão martirizada. Mas não havia dúvida de que as queimaduras não eram recentes. Provavelmente datavam de uns cinco anos atrás, ou até mais, a julgar pela atitude do pobre coitado (eu não olhava para ele), acostumado a despertar a curiosidade e o interesse próprio dos monstros e dos mutilados, os olhares de involuntária repulsa, a piedade pela grande desgraça. Perder um braço ou uma perna é perder uma parte de si, mas sofrer queimaduras assim é se transformar, converter-se em outro.

Quando Charly por fim despertou, Hanna disse que o encarregado parecia atraente. Musculoso! Charly riu e fomos todos para a água.

De tarde, depois de almoçar, armei o jogo. Ingeborg, Hanna e Charly foram à parte antiga do vilarejo fazer compras. Durante o almoço, Frau Else se aproximou da nossa mesa para perguntar como estávamos indo. Cumprimentou Ingeborg com um sorriso franco e aberto, mas quando se dirigiu a mim acreditei notar certa ironia, como se estivesse me dizendo: viu, eu me preocupo com seu conforto, não te esqueço. Ingeborg achou-a uma mulher bonita. Perguntou-me que idade tinha. Eu disse que não sabia.

Quantos anos terá Frau Else? Eu me lembro que meus pais contavam que tinha se casado bem mocinha com o espanhol, que ainda não vi, claro. No último verão que estivemos aqui ela devia ter uns vinte e cinco anos, a idade de Hanna, de Charly, a minha. Agora deve rondar os trinta e cinco.

Depois do almoço o hotel cai num torpor estranho; os que não vão à praia ou saem para dar uma volta pelos arredores vão dormir, rendidos pelo calor. Os empregados, salvo os que atendem estoicamente no bar, desaparecem e ninguém os vê circular pelas imediações do hotel até passadas as seis da tarde. Um silêncio pegajoso reina em todos os andares, interrompido de vez em quando por vozes infantis, apagadas, e pelo zumbido do elevador. Por momentos, tem-se a impressão de que um grupo de crianças se perdeu, mas não é assim; o que acontece é apenas que os pais preferem não falar.

Não fosse pelo calor, amenizado pelo ar-condicionado, esta seria a melhor hora para trabalhar. Há luz natural, os ímpetos da manhã se acalmaram e ainda se tem muitas horas pela frente. Conrad, meu querido Conrad, prefere a noite e por isso não lhe são estranhas as olheiras e a extrema palidez com que às vezes nos alarma, tomando por doença o que é pura e simplesmente falta de sono. Mas não pode trabalhar, não pode pensar, não pode dormir, e no entanto nos obsequiou com muitas das melhores variantes de algumas campanhas, além de uma infinidade de trabalhos analíticos, históricos, metodológicos e inclusive simples introduções e resenhas de novos jogos. Sem ele a galera de aficionados de Stuttgart seria diferente, com menos gente e de menor qualidade. De alguma maneira foi nosso protetor — meu, de Alfred, de Franz —, descobrindo para nós livros que talvez jamais teríamos lido e nos falando dos temas mais variados com interesse e veemência. O que o perde é sua falta de ambição. Desde que o conheço — e, pelo que sei, desde muito antes —, Conrad trabalha numa construtora não muito grande, num dos piores cargos, abaixo de quase todos os empregados e operários, realizando as funções que antigamente cabia aos office boys e aos mensageiros-sem-moto, denominação esta com que gosta de designar a si próprio. Com o que ganha paga seu quarto, come num boteco onde já o consideram da família, e muito de vez em quando compra roupa; o resto gasta em jogos, assinaturas de revistas europeias e americanas, mensalidade do clube, alguns livros (poucos, pois normalmente utiliza a biblioteca, economizando um dinheiro que destina a comprar mais jogos) e contribuições voluntárias aos fanzines da cidade nos quais colabora, virtualmente todos, sem exceção. Nem é preciso dizer que muitos desses fanzines se extinguiriam sem a generosidade de Conrad, e nisso também se pode ver sua falta de ambição: o mínimo que alguns merecem é desaparecer sem que ninguém sequer perceba, pútridos folhetos xerocados, paridos por adolescentes mais inclinados aos jogos de RPG, quando não aos jogos de computador, que ao rigor de um tabuleiro hexagonal. Mas a Conrad isso não parece importante, e ele os apoia. Muitos dos seus melhores artigos, inclusive o Gambito Ucraniano — que Conrad chama de o Sonho do General Marcks —, não só foram publicados mas foram escritos *ex professo* para esse tipo de revistas.

Contraditoriamente, foi ele que me incentivou a escrever em publicações de maior tiragem e inclusive que insistiu e me convenceu a que me semiprofissionalizasse. Os primeiros contatos com *Front Line*, *Jeux de Simulation*, *Stockade*, *Casus Belli*, *The General* etc., eu devo a ele. Segundo Conrad — e acerca disso passamos uma tarde inteira fazendo cálculos —, se eu colaborasse de maneira regular para dez revistas, algumas mensais, a maioria bimestral e outras trimestrais, poderia largar com proveito meu trabalho atual para me dedicar apenas a escrever. Quando lhe perguntei por que ele mesmo não fazia isso, pois tinha um trabalho pior que o meu e sabia escrever tão bem ou melhor que eu, respondeu que, devido à sua natureza tímida, para ele era uma violência, para não dizer impossível, estabelecer relações comerciais com gente que não conhecia, fora que para tais misteres era necessário um certo domínio do inglês, idioma que Conrad se contentava somente em decifrar.

Naquele dia memorável estabelecemos as metas de nossos sonhos e depois nos pusemos a trabalhar. Nossa amizade se fortaleceu.

Depois veio o torneio de Stuttgart, que antecede ao interzonal (equivalente ao Campeonato da Alemanha) organizado alguns meses mais tarde em Colônia. Nós dois nos apresentamos com a promessa, metade a sério, metade de brincadeira, de que se o acaso nos levasse a nos enfrentar, apesar da nossa inquebrantável amizade, não nos daríamos quartel. Por então, Conrad acabava de publicar seu Gambito Ucraniano no fanzine *Totenkopf.*

No começo, as partidas foram bem, nós dois passamos sem quebrar muito a cabeça pela primeira eliminatória; na segunda, coube a Conrad jogar contra Mathias Müller, o menino prodígio de Stuttgart, dezoito anos, editor do fanzine *Marchas Forzadas* e um dos jogadores mais rápidos que conhecíamos. A partida foi dura, uma das mais duras daquele campeonato, e Conrad acabou derrotado. Mas nem por isso seu ânimo decaiu: com o entusiasmo de um cientista que depois de um estrepitoso fracasso por fim consegue ver claro, explicou-me as deficiências iniciais do Gambito Ucraniano e suas virtudes secretas, a forma de utilizar inicialmente os corpos blindados e de montanha, os lugares em que se podia ou não se podia aplicar o Schwerpunkt etc. Numa palavra, transformou-se em meu assessor.

Tive de enfrentar Mathias Müller na semifinal e o eliminei. Disputei a final com Franz Grabowski, do clube de maquetismo, um bom amigo de Conrad e meu. Obtive assim o direito de representar Stuttgart. Depois fui a Colônia, onde joguei com gente da estatura de Paul Huchel ou de Heimito Gerhardt, este último o mais velho dos jogadores de *wargames* da Alemanha, sessenta e cinco anos, um exemplo para os aficionados. Conrad, que veio comigo, se divertiu pondo apelidos em todos os que vieram a Colônia naqueles dias, mas diante de Heimito Gerhardt sentia-se paralisado, seu engenho e sua boa disposição se esfumavam; quando falava dele, chamava-o de O Velho ou sr. Gerhardt; na frente de Heimito mal abria a boca. Evidentemente evitava dizer besteiras.

Um dia lhe perguntei por que respeitava *tanto* Heimito. Ele me respondeu que o considerava um homem de ferro. Isso era tudo. Ferro enferrujado, disse depois com um sorriso, mas ferro mesmo assim. Pensei que se referia ao passado militar de Heimito e disse-lhe isso. Não, respondeu Conrad, eu me refiro à sua coragem para jogar. Os velhos costumam passar o tempo vendo televisão ou passeando com a mulher. Heimito, pelo contrário, se atrevia a entrar numa sala repleta de jovens, se atrevia a sentar numa mesa diante de um jogo complicado e se atrevia a ignorar os olhares zombeteiros com que muitos desses jovens o contemplavam. Velhos com esse caráter, com essa pureza, segundo Conrad, só era possível encontrar agora na Alemanha. E estavam acabando. Pode ser que sim, pode ser que não. Em todo caso, como depois verifiquei, Heimito era um excelente jogador. Nós nos enfrentamos pouco antes da final do campeonato, numa rodada especialmente dura, com um jogo desequilibrado em que me coube, por sorteio, o pior lado. Tratava-se de Fortress Europa e eu joguei com a Wehrmacht. Para surpresa de quase todos os que rodeavam nossa mesa, ganhei.

Depois da partida, Heimito convidou uns quantos à sua casa. Sua mulher preparou sanduíches e cervejas e a noitada, que se prolongou até altas horas, foi agradável e cheia de anedotas pitorescas. Heimito havia servido na 352ª Divisão de Infantaria, 915º Regimento, Segundo Batalhão, mas, conforme afirmou, seu general não soube manobrar tão bem quanto eu havia feito com as fichas que a representavam no jogo. Embora lisonjeado, eu me achei na obrigação de indicar que a chave da partida tinha consistido na posição das minhas divisões móveis. Brindamos ao general Marcks e ao general Eberbach e ao Quinto Exército Panzer. Quase no fim da noitada Heimito garantiu que o próximo campeão da Alemanha seria eu. Acho que o pessoal do grupo de Colônia começou a me odiar a partir de então. De minha parte me senti feliz, sobretudo porque compreendi que havia ganhado um amigo.

Além disso, ganhei também o campeonato. As semifinais e a final foram disputadas com um Blitzkrieg de Torneio, um jogo bastante equilibrado em que tanto o mapa como as potências que se enfrentam são imaginários (Great Blue e Big Red), o que produz, se ambos os contendores forem bons, partidas extremamente demoradas e com uma certa tendência ao estancamento. Não foi meu caso. Livrei-me de Paul Huchel em seis horas e no último jogo bastaram três horas e meia, cronometradas por Conrad, para que meu adversário se declarasse vice-campeão e elegantemente se rendesse.

Ainda ficamos mais um dia em Colônia; o pessoal da revista propôs que eu escrevesse um artigo e Conrad foi fazer turismo, fotografando ruas e igrejas. Ainda não conhecia Ingeborg e já então a vida me parecia bela, sem desconfiar que a verdadeira beleza se faria esperar um pouco mais. Mas então tudo me parecia bonito. A federação de jogadores de *wargames* era talvez a menor federação esportiva da Alemanha, mas eu era o campeão e não havia ninguém que pudesse pôr isso em dúvida. O sol brilhava para mim.

Aquele último dia em Colônia ainda nos ofereceu algo que teria importantes consequências. Heimito Gerhardt, um entusiasta do jogo por correio, deu de presente, a Conrad e a mim, um Play-by-Mail kit para cada um, ao nos acompanhar à rodoviária. Ficamos sabendo que Heimito se correspondia com Rex Douglas (um dos ídolos de Conrad), que era o grande jogador americano e redator estrela da mais prestigiosa das revistas especializadas: *The General*. Depois de nos confiar que nunca tinha conseguido vencê-lo (em seis anos haviam jogado três partidas por correspondência), Heimito acabou me sugerindo que escrevesse a Rex e que combinasse com ele uma partida. Devo confessar que a princípio a ideia não me interessou muito. Se fosse para jogar por correspondência, preferia fazê-lo com pessoas como Heimito ou pertencentes ao meu círculo; não obstante, antes do ônibus chegar a Stuttgart, Conrad já tinha me convencido da importância de escrever a Rex Douglas e jogar contra ele.

Ingeborg agora está dormindo. Antes pediu que eu não me levantasse da cama, que me mantivesse abraçado com ela a noite inteira. Perguntei se estava com medo. Foi uma coisa natural, nada premeditada, simplesmente perguntei: está com medo?, e ela respondeu que sim. Por quê?, de quê?, não sabia. Estou junto de você, falei, não precisa ter medo.

Depois adormeceu e eu me levantei. Todas as luzes do quarto estão apagadas, menos o abajur que instalei na mesa, junto do jogo. Esta tarde mal trabalhei. Ingeborg comprou no vilarejo um colar de pedras amareladas que aqui chamam de filipino e que os jovens usam na praia e nas discotecas. Jantamos, com Hanna e Charly, num restaurante chinês da zona dos campings. Quando Charly estava começando a se embriagar fomos embora. Na realidade, uma tarde irrelevante; o restaurante, claro, estava transbordando de gente e fazia calor; o garçom suava; a comida, boa mas nada do outro mundo; a conversa girou sobre os temas prediletos de Hanna e Charly, isto é, o amor e o sexo, respectivamente. Hanna é uma mulher disposta para o amor, segundo suas próprias palavras, se bem que quando fala de amor seu interlocutor tem a estranha sensação de que está falando de segurança, mais ainda, de marcas de carro e eletrodomésticos. Charly, por sua vez, fala de pernas, nádegas, seios, pelos pubianos, pescoços, umbigos, esfíncteres etc., para maior regozijo de Hanna e Ingeborg, de quem constantemente arranca gargalhadas. Para dizer a verdade, não sei o que acham tão engraçado.

Talvez sejam risos nervosos. Quanto a mim, posso dizer que comi em silêncio, com a cabeça em outro lugar.

Ao voltar para o hotel, vimos Frau Else. Ela estava na ponta do salão de refeições que de noite se transforma em salão de dança, junto do estrado da orquestra, falando com dois homens vestidos de branco. Ingeborg não se sentia muito bem do estômago, talvez a comida chinesa, por isso pediu um chá de camomila no bar. Dali vimos Frau Else. Gesticulava como uma espanhola e mexia a cabeça. Os homens de branco, em contrapartida, não agitavam nem um dedo. São os músicos, disse Ingeborg, está dando uma bronca neles. Na realidade pouco me importava quem fossem, embora soubesse é claro que não eram os músicos, pois estes eu havia tido a oportunidade de ver na noite passada e eram moços. Quando saímos, Frau Else continuava lá: uma figura perfeita envolta numa saia verde e numa blusa preta. Os homens de branco, impávidos, só haviam inclinado a cabeça.

23 de agosto

Um dia relativamente aprazível. De manhã, depois do café, Ingeborg foi à praia e eu me tranquei no quarto disposto a começar a trabalhar sério. Em pouco tempo, o calor fez com que eu vestisse a roupa de banho e saísse à sacada, onde há um par de espreguiçadeiras bastante cômodas. A praia, apesar da hora, já estava cheia de gente. Quando entrei no quarto encontrei a cama feita e um barulho proveniente do banheiro me indicou que a camareira ainda estava lá. Era a mesma a quem eu tinha pedido a mesa. Desta vez não me pareceu tão jovem. O cansaço se refletia em seu rosto, e os olhos, maldormidos, se assemelhavam aos de um animal pouco acostumado à luz do dia. Evidentemente não esperava me ver. Por um instante tive a impressão de que teria desejado sair correndo. Antes que assim fizesse perguntei seu nome. Disse se chamar Clarita e sorriu de uma forma que, é o mínimo que posso dizer, era inquietante. Creio que era a primeira vez que eu via alguém sorrir assim.

Mandei, talvez com um gesto demasiado brusco, que esperasse, depois procurei uma nota de mil pesetas e pus na sua mão.

A pobre mocinha olhou perplexa para mim, sem saber se aceitava o dinheiro ou por que cargas d'água eu o dava. É uma gorjeta, falei. Então aconteceu o mais espantoso: primeiro ela mordeu o lábio inferior, como uma colegial nervosa, depois se inclinou numa pequena reverência imitada sem dúvida de algum filme dos Três Mosqueteiros. Eu não soube o que fazer, de que maneira interpretar seu gesto; agradeci e disse que podia sair, mas não em espanhol como até então, e sim em alemão. A moça me obedeceu no ato. Foi-se tão silenciosamente quanto tinha vindo.

Ocupei o resto da manhã anotando, no que Conrad chama de Caderno de Campanha, as linhas iniciais da minha variante.

Ao meio-dia fui encontrar Ingeborg na praia. Eu estava, devo admitir, num estado de exaltação produzido pelas proveitosas horas transcorridas diante do tabuleiro, pelo que, contra meu costume, fiz um pormenorizado relato da minha abertura, que Ingeborg interrompeu dizendo que estavam nos ouvindo.

Objetei que isso não era nada difícil porque na praia, e quase ombro a ombro, se amontoavam milhares de pessoas.

Depois compreendi que Ingeborg havia sentido *vergonha* de mim, das palavras que eu dizia (corpos de infantaria, corpos blindados, fatores de combate aéreo, fatores de combate naval, invasão preventiva da Noruega, possibilidade de empreender uma ação ofensiva contra a União Soviética no inverno de 1939, possibilidade de derrotar completamente a França na primavera de 1940), e foi como se um abismo se abrisse a meus pés.

Almoçamos no hotel. Depois da sobremesa, Ingeborg propôs um passeio de barco; na recepção tinham lhe fornecido os horários dos barquinhos que fazem o percurso entre nosso balneário e dois vilarejos vizinhos. Não aceitei, alegando trabalho pendente. Quando disse que pensava deixar esboçados esta tarde os dois primeiros turnos, ela me observou com a expressão que eu já havia percebido na praia.

Com verdadeiro horror me dou conta de que algo começa a se interpor entre nós.

Uma tarde, de resto, tediosa. No hotel quase não se veem mais hóspedes brancos. Todos, inclusive os que estão há apenas um ou dois dias aqui, exibem um bronzeado perfeito, fruto das muitas horas passadas na praia e dos cremes e bronzeadores que nossa tecnologia produz em abundância. De fato, o único hóspede que ainda mantém sua cor natural sou eu. Sou também o que mais tempo passa no hotel. Eu e uma velha que quase não sai do terraço. Caso que parece despertar a curiosidade dos trabalhadores, que começam a me observar cada vez com maior interesse, se bem que a uma distância prudente e com algo que, correndo o risco de ser exagerado, chamarei de medo. Creio que o incidente da mesa se propagou a uma velocidade prodigiosa. A diferença entre mim e a velha é que ela está quieta no terraço, olhando o céu e a praia, e eu constantemente saio do quarto, como um sonâmbulo, para ir à praia ver Ingeborg ou para tomar uma cerveja no bar do hotel.

É estranho, às vezes tenho certeza de que a velha já estava aqui quando eu vinha com meus pais ao Del Mar. Mas dez anos é muito, pelo menos neste caso, e não consigo localizar seu rosto. Talvez se me aproximasse e perguntasse se ela se lembrava de mim...

Pouco provável. Em todo caso, não sei se seria capaz de abordá-la. Há alguma coisa nela que me repele. No entanto, à simples vista é uma velha igual a tantas outras: mais magra que gorda, cheia de rugas, vestida de branco, com óculos de sol pretos e um chapeuzinho de palha. Esta tarde, depois que Ingeborg foi embora, fiquei observando-a da sacada. Seu lugar no terraço era invariavelmente o mesmo, num canto, junto da calçada. Assim, semioculta sob um enorme guarda-sol azul e branco, deixa passar as horas contemplando os poucos carros que circulam pelo Passeio Marítimo, como uma boneca articulada, feliz. E, coisa estranha, necessária para minha felicidade: quando já não podia aguentar o ar abafado do quarto, saía e ela estava lá, uma espécie de fonte de energia que me insuflava ânimo suficiente para voltar a me sentar à mesa e dar seguimento ao trabalho.

E se ela, por sua vez, tivesse me visto cada vez que apareci na sacada? O que pensaria de mim? Quem imaginaria que sou? Em nenhum momento ergueu o olhar, mas com aquelas lentes negras ninguém sabe quando está ou não sendo observado; pude ver minha sombra no assoalho de cerâmica do terraço; no hotel havia pouca gente, e sem dúvida ela devia considerar fora de propósito que um jovem aparecesse e desaparecesse a certos intervalos de tempo. A última vez que saí ela estava escrevendo um postal. Será que falaria de mim? Não sei. Mas se falou, em que termos, sob que perspectiva? Um jovem pálido, com a fronte ampla. Ou um jovem nervoso, sem dúvida apaixonado. Ou talvez um jovem comum, com problemas de pele.

Não sei. O que sei é que fico atarantado, perco-me em suposições inúteis que só conseguem me perturbar. Não entendo como meu bom Conrad pôde dizer uma vez que escrevo como Karl Bröger. Quem me dera.

Graças a Conrad conheci o grupo literário Operários da Casa Nyland. Foi ele quem pôs em minhas mãos o livro *Soldaten de Erde*, de Karl Bröger, e quem me estimulou, terminada a leitura, a procurar nas bibliotecas de Stuttgart, numa corrida cada vez mais vertiginosa e árdua, *Bunker 17*, do mesmo Bröger, *Hammerschläge*, de Heinrich Lersch, *Das vergitterte Land*, de Max Barthel, *Rhytmus des neuen Europa*, de Gerrit Engelke, *Mensch im Eisen*, de Lersch etc.

Conrad conhece a literatura da nossa pátria. Uma noite, em seu quarto, recitou para mim, de cor, duzentos nomes de escritores alemães. Perguntei se tinha lido todos. Disse que sim. Amava particularmente Goethe e, entre os modernos, Ernst Jünger. Deste tinha dois livros que sempre lia: *Der Kampf als inneres Erlebnis* e *Feuer und Blut*. Não desdenhava, porém, os esquecidos, daí seu fervor, que imediatamente compartilhamos, pelo Círculo Nyland.

Quantas noites a partir de então me deitei tarde, ocupado não só em decifrar espinhosos regulamentos de novos jogos, mas absorto na alegria e na desgraça, nos abismos e nos píncaros da literatura alemã!

Claro, eu me refiro à literatura que se escreve com sangue e não aos livros de Florian Linden, os quais, pelo que Ingeborg conta, são cada vez mais disparatados. A esse propósito não é de mais registrar aqui uma injustiça: Ingeborg experimentou irritação ou vergonha em certas ocasiões em que lhe falei, em público e mais ou menos com detalhes, das progressões de um jogo; ela, não obstante, um sem-número de vezes e em múltiplos momentos, como durante o café da manhã, na discoteca, no carro, na cama, durante o jantar e até ao telefone, me contou os enigmas que Florian Linden tem de resolver. E eu não me irritei nem me senti envergonhado com que alguém ouvisse o que ela tinha a me dizer; ao contrário, procurei compreender o assunto de maneira global e objetiva (esforço em vão) e depois sugeri possíveis soluções lógicas para os quebra-cabeças do seu detetive.

Há um mês, sem ir mais longe, sonhei com Florian Linden. Foi o cúmulo. Lembro-me vivamente: eu estava deitado, pois sentia muito frio, e Ingeborg me dizia: "O quarto está hermeticamente fechado"; então, do corredor, ouvíamos a voz do detetive Florian Linden que nos avisava sobre a presença no quarto de uma aranha venenosa, uma aranha que podia nos picar e depois escapulir, embora o quarto estivesse "hermeticamente fechado". Ingeborg desatava a chorar e eu a abraçava. Passado um instante ela dizia: "É impossível, como Florian terá se saído desta vez?". Eu me levantava e percorria o quarto, revistando as gavetas em busca da aranha, mas não encontrava nada, se bem que, é claro, houvesse muitos lugares em que ela podia se esconder. Ingeborg gritava: Florian, Florian, Florian, o que devemos fazer?, sem que ninguém respondesse. Creio que nós dois sabíamos que estávamos sós.

Isso era tudo. Mais que um sonho, foi um pesadelo. Se significava alguma coisa, ignoro. Não costumo ter pesadelos. Durante minha adolescência, sim; os pesadelos eram numerosos e de variadíssimas cenografias. Mas nada que pudesse inquietar meus pais ou o psicólogo da escola. Na realidade sempre fui uma pessoa equilibrada.

Seria interessante recordar os sonhos que tive aqui, no Del Mar, faz mais de dez anos. Com certeza sonhava com garotas e com castigos, como todos os adolescentes. Meu irmão, uma vez, me *contou* um sonho. Não sei se estávamos sozinhos ou se meus pais também estavam. Nunca fiz nada semelhante. Quando Ingeborg era pequena, muitas vezes acordava chorando e precisava que alguém a consolasse. Quer dizer, acordava com medo e com uma enorme sensação de solidão. A mim isso nunca aconteceu, ou me aconteceu tão poucas vezes que já esqueci.

De uns dois anos para cá sonho com jogos. Eu me deito, fecho os olhos e um tabuleiro cheio de fichas incompreensíveis se acende, e assim, pouco a pouco, me acalento até adormecer. Mas o sonho de verdade deve ser distinto, pois não lembro dele.

Poucas vezes sonhei com Ingeborg, no entanto ela é a figura principal de um dos meus sonhos mais intensos. É um sonho curto de contar, aparentemente breve, e talvez esteja aí sua maior virtude. Ela está sentada num banco de pedra se penteando com uma escova de vidro; o cabelo, de um dourado puríssimo, chega até a cintura. Está entardecendo. No fundo, ainda muito longe, se avista uma nuvem de poeira. De repente me dou conta de que junto dela há um enorme cachorro de madeira e acordo. Creio que o sonhei pouco depois de nos conhecermos. Quando contei o sonho, ela disse que a nuvem de poeira significava o encontro do amor. Eu disse que pensava a mesma coisa. Ambos nos sentíamos felizes. Tudo isso aconteceu na discoteca Detroit, em Stuttgart, e é possível que ela ainda se lembre desse sonho, porque eu lhe contei e ela o entendeu.

Às vezes Ingeborg me telefona a altas horas da madrugada. Confessa que esse é um dos motivos pelos quais gosta de mim. Alguns ex-namorados não podiam suportar esses telefonemas. Um tal de Erich rompeu com ela precisamente porque ela o acordava às três da manhã. Ao cabo de uma semana pretendeu se reconciliar mas Ingeborg o repeliu. Nenhum entendeu que ela precisa falar com alguém depois de acordar de um pesadelo, principalmente se estiver sozinha e o pesadelo tiver sido particularmente assustador. Para esses casos sou a pessoa ideal: tenho sono leve; num instante posso falar como se a chamada fosse às cinco da tarde (coisa improvável pois a essa hora ainda estou trabalhando); não me incomoda que me liguem de noite; finalmente, quando toca o telefone às vezes nem estou dormindo.

Nem é preciso dizer que esses telefonemas me enchem de felicidade. Uma felicidade serena que não me impede de voltar a dormir com a mesma presteza com que acordei. E com as palavras de despedida de Ingeborg ecoando em meus ouvidos: "Sonhe com o que mais ama, querido Udo".

Querida Ingeborg. Nunca amei tanto outra pessoa. Por que então esses olhares de mútua desconfiança? Por que não nos amar sem reservas, como crianças, aceitando-nos inteiramente?

Quando voltar direi que a amo, que senti sua falta, que me perdoe.

Esta é a primeira vez que saímos juntos, que compartilhamos as férias, e, como é natural, custa nos adaptar um ao outro. Devo evitar falar de jogos, em especial de jogos de guerra, e estar mais atento a ela. Se tiver tempo, mal termine de escrever estas linhas, desço à loja de suvenires do hotel e compro alguma coisa para ela, um detalhe que a faça sorrir e me perdoar. Não suporto pensar em perdê-la. Não suporto pensar em machucá-la.

Comprei um colar de prata com incrustações de ébano. Quatro mil pesetas. Espero que ela goste. Adquiri também uma estatueta de barro, pequenininha, um camponês com um chapéu vermelho, de cócoras, no ato de defecar; conforme explicou a balconista é uma figura típica da região, ou algo assim. Tenho certeza de que Ingeborg vai achar divertida.

Na recepção vi Frau Else. Aproximei-me com cuidado e, antes de lhe dar boa-tarde, pude observar por cima do seu ombro um livro de contabilidade em que os zeros abundavam. Alguma coisa deve preocupá-la, pois ao se dar conta da minha presença ficou um tanto mal-humorada. Quis lhe mostrar o colar, mas não deixou. Apoiada no balcão da recepção, com os cabelos iluminados pelas últimas luzes que entravam pela ampla vidraça do corredor, perguntou por Ingeborg e por "meus amigos". Menti que não tinha ideia de a que amigos se referia. O casal de jovens alemães, disse Frau Else. Respondi que não eram amigos e sim conhecidos, amizades de verão; além do mais, disse, eram hóspedes da concorrência. Frau Else não pareceu apreciar minha ironia. Como era evidente que ela não pensava dizer mais nada e eu ainda não desejava voltar para o quarto, peguei apressadamente a estatueta de barro e mostrei a ela. Frau Else sorriu e disse:

— O senhor é uma criança, Udo.

Não sei por quê, mas essa simples frase, pronunciada com um tom perfeito, bastou para me deixar todo vermelho. Depois me fez saber que tinha muito trabalho e que a deixasse a sós. Antes de ir embora perguntei a que horas costumava ficar escuro. Às dez da noite, disse Frau Else.

Da sacada posso ver os barquinhos que fazem o percurso turístico; saem de hora em hora do velho porto dos pescadores, alinham-se para o leste, depois viram para o norte e se perdem atrás de um grande penhasco que aqui chamam de Ponta da Virgem. São nove horas e só agora começa a se insinuar a noite de forma pausada e brilhante.

A praia está quase vazia. Só se distinguem crianças e cachorros transitando pela areia amarelo-escura. Os cachorros, de início sozinhos, logo se juntam em matilha e correm para a zona dos pinheirais e dos campings, depois voltam e pouco a pouco o bando se desagrega. As crianças brincam sem sair do lugar. Na outra extremidade do vilarejo, na parte dos bairros antigos e dos penhascos, aparece um barquinho branco. Nele vem Ingeborg, tenho certeza. Mas o barquinho dá a sensação de mal se mover. Na praia, entre o Del Mar e o Costa Brava, o encarregado dos pedalinhos começa a retirá-los da beira d'água. Embora o trabalho deva ser pesado, ninguém o auxilia. No entanto, vista a facilidade com que transporta os enormes trambolhos, deixando uma marca profunda na areia, fica evidente que ele não necessita de ajuda. Desta distância ninguém adivinharia que grande parte do seu corpo está horrivelmente queimada. Veste apenas calção e o vento que corre pela praia alvoroça-lhe o cabelo, comprido demais. Não se pode negar que é um personagem original. E não digo isso pelas queimaduras, mas pela maneira singular de arrumar os pedalinhos. O que eu já havia descoberto na noite em que Charly escapou pela praia volto a ver agora, só que desde o início, e a operação, tal como imaginei naquela noite, é lenta, complicada, desprovida de utilidade prática, absurda. Consiste em agrupar os pedalinhos, virados para diversas direções, travando-os entre si, até formar não a tradicional fileira ou fileira dupla, mas um círculo, ou melhor: uma estrela de pontas imprecisas. Trabalho árduo que se traduz em que, quando ele chega na metade, todos os outros encarregados já terminaram. No entanto, ele não parece se importar com isso. Deve se sentir satisfeito trabalhando a essa hora do dia, refrescado pela brisa do entardecer, a praia vazia com exceção de umas poucas crianças que brincam na areia sem se aproximar dos pedalinhos. Bom, se fosse criança acho que também não me aproximaria.

É estranho: por um segundo tive a impressão de que ele estava construindo uma fortaleza com os pedalinhos. Uma fortaleza como, precisamente, as crianças constroem. A diferença está em que esse pobre coitado não é uma criança. Pois bem, construir uma fortaleza para quê? Creio que é evidente: para passar a noite dentro dela.

O barquinho de Ingeborg atracou. Ela deve vir agora em direção ao hotel; imagino sua pele acetinada, seus cabelos frescos e cheirosos, seus passos decididos atravessando o bairro antigo. A escuridão logo será completa.

O encarregado dos pedalinhos ainda não acabou de construir sua estrela. Eu me pergunto como é que ninguém chamou a atenção dele; aqueles pedalinhos, como um vulgar barracão, quebram todo o encanto da praia; mas suponho que o infeliz não tenha culpa nenhuma e que talvez o efeito ruim, a sensação profunda de que aquilo se parece demais com um barracão ou uma toca, só seja visível desta perspectiva. Do Passeio Marítimo ninguém percebe a desordem que esses pedalinhos infligem à praia?

Fechei a porta. Por que Ingeborg demora tanto a chegar?

24 de agosto

É muito o que tenho de escrever. Conheci o Queimado. Tentarei resumir o que ocorreu nas últimas horas.

Ingeborg chegou ontem à noite radiante e de bom ânimo. O passeio tinha sido um sucesso e não precisamos nos dizer nada para proceder a uma reconciliação que, por ser natural, foi mais bonita ainda. Jantamos no hotel e depois fomos ter com Hanna e Charly num bar do Passeio Marítimo chamado Rincón de los Andaluces. No fundo, eu teria preferido passar o resto da noite a sós com Ingeborg mas não pude me negar, já que corria o risco de anuviar nossa recém-inaugurada paz.

Charly estava feliz e nervoso, e não demorei a descobrir o motivo: naquela noite a televisão transmitia o jogo de futebol entre as seleções da Alemanha e da Espanha e ele pretendia que o assistíssemos, os quatro, no bar, misturados aos numerosos espanhóis que aguardavam o início da partida. Quando observei que ficaríamos mais à vontade no hotel argumentou que não era a mesma coisa; no hotel, com quase toda certeza, só haveria alemães; no bar estaríamos rodeados de "inimigos", o que duplicava

52

a emoção da partida. Surpreendentemente Hanna e Ingeborg ficaram do seu lado.

Embora fosse contra, não insisti, e pouco depois abandonamos o terraço e nos instalamos perto do aparelho de televisão. Foi assim que conhecemos o Lobo e o Cordeiro.

Não vou descrever o interior do Rincón de los Andaluces; só direi que era amplo, que tinha mau cheiro e que uma só olhada bastou para confirmar meus temores: éramos os únicos estrangeiros.

O público, distribuído de maneira anárquica numa espécie de meia-lua em frente à televisão, era composto basicamente de jovens, a maioria homens, todos com pinta de trabalhadores que acabavam de terminar a jornada e que ainda não haviam tido tempo de tomar banho. No inverno, sem dúvida, a cena não seria esquisita; no verão, era chocante.

Para acentuar a diferença entre eles e nós, os ali presentes pareciam se conhecer desde a mais tenra infância e demonstravam isso dando-se tapinhas, gritando de um canto para o outro, fazendo piadas que pouco a pouco subiam de tom. O barulho era ensurdecedor. As mesas estavam repletas de garrafas de cerveja. Um grupo jogava um totó caindo aos pedaços e o ruído que produziam, de metal golpeado, se sobrepunha ao bulício geral como os disparos de um franco-atirador no meio de uma batalha campal de espadas e facas. Era evidente que nossa presença causava uma expectativa que pouco ou nada tinha a ver com a partida. Os olhares, com maior ou menor grau de dissimulação, convergiam para Ingeborg e Hanna, as quais, nem é preciso dizer, pareciam por contraste duas princesas de conto de fadas, sobretudo Ingeborg.

Charly estava encantado. Na realidade aquele era seu ambiente, gostava dos gritos, das piadas de mau gosto, da atmosfera carregada de fumaça e cheiros nauseabundos; se ainda por cima podia ver nossa seleção jogar, melhor. Mas nada é perfeito. Justo quando nos serviam a sangria para quatro descobrimos que aquele time era o da Alemanha Oriental. Aquilo foi como um tapa na cara de Charly e seu humor, a partir de então, se tornou mais instável. Num primeiro momento, ele quis sair logo dali. Mais tarde pude verificar que seus medos, sem exagero, eram enormes e absurdos: de que os espanhóis nos tomassem por alemães orientais.

Finalmente decidimos ir embora assim que terminássemos a sangria. Falta dizer que não prestávamos a menor atenção à partida, ocupados tão só em beber e rir. Foi então que o Lobo e o Cordeiro se sentaram à nossa mesa.

De que maneira aconteceu, não saberia dizer. Simplesmente, sem nenhuma desculpa, sentaram conosco e puseram-se a falar. Sabiam algumas palavras em inglês, insuficientes de qualquer ponto de vista, conquanto suprissem a carência idiomática com uma enorme capacidade mímica. No começo a conversa versou sobre os lugares-comuns de sempre (o trabalho, o clima, os salários etc.) e eu servi de tradutor. Eram, acreditei entender, guias nativos por vocação, com toda certeza uma piada. Depois, mais avançada a noite e a familiaridade no trato, meus conhecimentos só foram requeridos nos momentos difíceis. Certamente o álcool opera milagres.

Do Rincón de los Andaluces fomos todos, no carro de Charly, a uma discoteca nos arredores do vilarejo, num descampado perto da estrada para Barcelona. Os preços eram muito mais baixos que na zona turística, a clientela era composta majoritariamente de gente parecida com nossos novos amigos e o ambiente era festivo, propenso à camaradagem, embora com um quê obscuro e duvidoso, como só acontece na Espanha, e que, paradoxalmente, não inspira desconfiança. Charly, como sempre, não demorou a se embebedar. Em algum momento da noite, ignoro de que modo, soubemos que a seleção da Alemanha Oriental tinha perdido por dois a zero. Lembro disso como de uma coisa estranha, pois não me interesso por futebol e senti o anúncio do resultado da partida como uma inflexão na noite, como se a partir daquele momento toda a diversão da discoteca pudesse se transformar em algo diferente, num espetáculo de horror.

Voltamos para o hotel às quatro da madrugada. Dirigia o carro um dos dois espanhóis, pois Charly, no banco de trás, com a cabeça para fora da janela, vomitou durante todo o percurso. A verdade é que seu estado era lastimável. Ao chegar ao hotel me chamou à parte e desatou a chorar. Ingeborg, Hanna e os dois espanhóis nos observavam com curiosidade, apesar dos sinais que fiz para que se afastassem. Entre soluços, Charly confessou que tinha medo de morrer; seu discurso, em geral, foi ininteligível, mas ficou claro que não havia razão que justificasse essas apreensões. Depois, sem transição, começou a rir e a boxear com o Cordeiro. Este, muito mais baixo e magro, se contentava em esquivar, mas Charly estava bêbado demais e perdeu o equilíbrio ou caiu intencionalmente. Enquanto o levantávamos, um dos espanhóis sugeriu que fôssemos tomar um café no Rincón de los Andaluces.

O terraço do bar, visto do Passeio Marítimo, tinha um halo de covil de ladrões, um indeciso ar de taberna adormecida em meio à umidade e à névoa da manhã. O Lobo explicou que, embora parecesse fechado, lá dentro o dono costumava ficar vendo filmes em seu novo vídeo até clarear. Decidimos arriscar. Depois de um instante, um homem de cara vermelha e barba de uma semana abriu a porta.

Foi o próprio Lobo que preparou os cafés. No setor das mesas, de costas para nós, só havia duas pessoas vendo tevê, o dono e um outro, sentados em mesas separadas. Demorei um instante para reconhecer o outro. Foi uma coisa obscura que me levou a sentar a seu lado. Pode ser também que eu estivesse meio bêbado. O caso é que peguei meu café e me sentei na sua mesa. Só tive tempo de trocar um par de frases convencionais (logo me senti incomodado e nervoso) até que os outros se juntaram a nós. O Lobo e o Cordeiro, claro, o conheciam. As apresentações foram feitas com toda formalidade.

— Ingeborg, Hanna, Charly e Udo, uns amigos alemães.

— Nosso colega, o Queimado.

Traduzi para Hanna a apresentação.

— Como podem chamá-lo de Queimado? — perguntou.

— Porque é queimado. Além do mais não o chamam só assim. Também pode chamá-lo de Musculinho; os dois apelidos caem bem.

— Acho que é uma falta de delicadeza atroz — disse Ingeborg.

Charly, até então balbuciante, disse:

— Ou um excesso de franqueza. Simplesmente não fingem que o problema não existe. Na guerra era assim, os camaradas chamavam as coisas pelo nome e com simplicidade, e isso não significava menosprezo nem falta de delicadeza, se bem que, é claro...

— É horrível — cortou Ingeborg, olhando com repugnância para mim.

O Lobo e o Cordeiro mal repararam em nossa troca de palavras, ocupados em explicar a Hanna que uma dose de conhaque dificilmente poderia piorar o porre de Charly. Hanna, sentada entre os dois, às vezes parecia excitadíssima e às vezes angustiada e com vontade de sair correndo, mas não creio que no fundo tivesse muita vontade de voltar ao hotel. Pelo menos não com Charly, que havia chegado num ponto em que só podia balbuciar incoerências. O único sóbrio era o Queimado e olhou para nós como se entendesse alemão. Ingeborg, tal como eu, percebeu isso e ficou nervosa. É uma reação bem típica dela, não suporta machucar ninguém de forma involuntária. Mas, na realidade, que mal podíamos ter feito a ele com nossas palavras?

Mais tarde perguntei se sabia nossa língua e ele disse que não.

Às sete da manhã, com o sol já alto, fomos para a cama. O quarto estava frio e fizemos amor. Depois dormimos de janela aberta e cortinas fechadas. Mas antes... antes tivemos de arrastar Charly até o Costa Brava, empenhado em entoar canções que o Lobo e o Cordeiro cantarolavam em seu ouvido (eles riam como loucos e batiam palmas); depois, no trajeto até seu hotel, cismou de nadar um pouco. Contrariamente à opinião de Hanna e à minha, os espanhóis o apoiaram e os três entraram na água. A coitada da Hanna hesitou um instante entre também ir se banhar ou esperar na praia conosco; finalmente se decidiu pela segunda opção.

O Queimado, que tinha saído do bar sem que nos déssemos conta, apareceu andando pela praia e parou a uns cinquenta metros de onde estávamos. Ali ficou, de cócoras, contemplando o mar.

Hanna explicou que tinha medo de que acontecesse algo de ruim com Charly. Ela era uma nadadora estupenda e por esse motivo achava que seu dever era acompanhá-lo, mas, disse com um sorriso torcido, não tinha querido se despir na frente dos nossos novos amigos.

O mar estava liso como um tapete. Os três nadadores se afastavam cada vez mais. Em pouco tempo não conseguíamos reconhecer quem era cada um deles; o cabelo louro de Charly e o cabelo escuro dos espanhóis se tornaram indistinguíveis.

— Charly é o que está mais longe — disse Hanna.

Duas das cabeças começaram a retroceder para a praia. A terceira continuou avançando mar adentro.

— Aquele é o Charly — disse Hanna.

Tivemos de dissuadi-la a não se despir e ir atrás dele. Ingeborg olhou para mim como se eu fosse o indicado para semelhante empresa, mas não disse nada. Agradeci-a por isso. A natação não é meu forte e ele já estava longe demais para ser alcançado. Os que voltavam vinham com extrema lentidão. Um deles se virava a cada tantas braçadas como para verificar se Charly aparecia atrás dele.

Por um instante pensei no que este tinha me dito: medo da morte. Era ridículo. Nesse momento olhei para onde o Queimado estava e não o vi mais. À esquerda de onde nos achávamos, na metade do caminho entre o mar e o Passeio Marítimo, se erguiam os pedalinhos banhados por uma luz levemente azulada, e eu soube que ele agora estava lá, dentro da sua fortaleza, talvez dormindo ou talvez nos observando, e a simples ideia de sabê-lo oculto me pareceu mais emocionante que a exibição de natação que o imbecil do Charly estava nos impondo.

Por fim o Lobo e o Cordeiro chegaram à praia, onde se deixaram cair esgotados, um ao lado do outro, incapazes de se levantar. Hanna, sem se preocupar com a nudez *deles*, correu para lá e começou a interrogá-los em alemão. Os espanhóis riram, cansados, e disseram que não estavam entendendo nada. O Lobo tentou derrubá-la e depois jogou água nela. Hanna deu um pulo para trás (um pulo elétrico) e tapou o rosto com as mãos. Pensei que ia chorar ou que bateria neles, mas não fez nada. Voltou para junto de nós e sentou na areia, ao lado do montinho de roupa que Charly havia deixado esparramada e que ela havia juntado e dobrado laboriosamente.

— Filho da puta — ouvi-a murmurar.

Em seguida, depois de um longo suspiro, levantou-se e pôs-se a escrutar o horizonte. Não se via Charly em lugar nenhum. Ingeborg sugeriu que chamássemos a polícia. Eu me aproximei dos espanhóis e perguntei como podíamos entrar em contato com a polícia ou com alguma equipe de salvamento do porto.

— Polícia não — disse o Cordeiro.

— Não é nada, esse cara é um gaiato, volta já. Tenho certeza de que quer pregar uma peça na gente.

— Mas não chame a polícia — insistiu o Cordeiro.

Informei a Ingeborg e a Hanna que não podíamos contar com os espanhóis para pedir ajuda, o que aliás não deixava de ser um pouco exagerado. Na realidade Charly podia aparecer a qualquer momento.

Os espanhóis se vestiram apressadamente e se juntaram a nós. A praia estava passando de uma cor azul a uma cor avermelhada e pela calçada do Passeio Marítimo alguns turistas madrugadores corriam. Todos permanecíamos de pé, menos Hanna, que tinha sentado novamente ao lado da roupa de Charly e apertava os olhos como se a luz, cada vez mais forte, lhe fizesse mal.

O primeiro a avistá-lo foi o Cordeiro. Sem levantar água, com um estilo cadenciado e perfeito, Charly estava chegando à praia a uns cem metros de onde nos encontrávamos. Com gritos de júbilo, os espanhóis correram para recebê-lo sem se importar em molhar as calças. Hanna, pelo contrário, pôs-se a chorar abraçada a Ingeborg e disse que se sentia mal. Charly saiu da água quase sóbrio. Beijou Hanna e Ingeborg e deu um aperto de mão em nós três. A cena tinha algo de irreal.

Nós nos despedimos na frente do Costa Brava. Enquanto nos dirigíamos, já sozinhos, para nosso hotel, vi o Queimado sair de debaixo dos pedalinhos e depois começar a separá-los, preparando-se para mais um dia de trabalho.

Acordamos depois das três da tarde. Tomamos banho e comemos alguma coisa no restaurante do hotel. Sentados ao balcão contemplamos o panorama do Passeio Marítimo através das vidraças embaçadas. Era como um cartão-postal. Velhos acomodados na mureta junto da calçada, metade deles com chapeuzinhos brancos, e velhas com as saias levantadas acima dos joelhos para que o sol lambesse suas coxas. Era tudo. Tomamos um refresco e subimos ao quarto para pôr a roupa de banho. Charly e Hanna estavam no lugar de costume, perto dos pedalinhos. O incidente daquela manhã serviu por um bom momento de tema para conversa: Hanna disse que quando tinha doze anos seu melhor amigo morreu de uma parada cardíaca no mar; Charly, totalmente recobrado do porre, contou que por um tempo ele e um tal de Hans Krebs foram os campeões da piscina municipal de Oberhausen. Tinham aprendido a nadar num rio e sua opinião era que quem aprende nesse meio nunca pode ser derrotado pelo mar. Nos rios, disse, é preciso nadar com os músculos alertas e a boca fechada, sobretudo se o rio for radioativo. Sentia-se contente por ter demonstrado aos espanhóis sua resistência física. Contou que eles, em determinado momento, lhe suplicaram que voltasse; pelo menos foi o que Charly acreditou; de qualquer maneira, mesmo que lhe dissessem outra coisa, pelo tom das vozes compreendeu que estavam com medo. Você não ficou com medo porque estava bêbado, disse Hanna beijando-o. Charly sorriu mostrando duas fileiras de dentes brancos e grandes. Não, disse, não fiquei com medo porque sei nadar.

Inevitavelmente vimos o Queimado. Movia-se com lentidão e só vestia um jeans cortado como bermuda. Ingeborg e Hanna levantaram os braços e o cumprimentaram. Ele não se aproximou da gente.

— Desde quando vocês são amigas desse cara? — perguntou Charly.

O Queimado respondeu da mesma maneira e voltou à beira d'água arrastando um pedalinho. Hanna perguntou se era verdade que o chamavam de Queimado. Eu disse que sim. Charly disse que mal se lembrava dele. Por que não entrou no mar comigo? Pela mesma razão que Udo, disse Ingeborg, porque não é maluco. Charly deu de ombros. (Acho que adora levar bronca de mulher.) Provavelmente é melhor nadador do que você, disse Hanna. Não acredito, disse Charly, apostaria qualquer coisa. Hanna observou então que a musculatura do Queimado era maior que a de nós dois, na realidade de qualquer um que esti-

60

vesse nesse momento tomando sol. Um fisiculturista? Ingeborg e Hanna caíram na gargalhada. Depois Charly nos confessou que não se lembrava de nada da noite passada. O caminho de volta da discoteca, os vômitos, as lágrimas tinham se apagado da sua memória. Pelo contrário, sabia mais sobre o Lobo e o Cordeiro do que todos nós. Um deles trabalhava num supermercado da zona dos campings e o outro era garçom num bar do bairro antigo. Rapazes admiráveis.

Às sete saímos da praia e fomos tomar uma cerveja no terraço do Rincón de los Andaluces. O dono estava no balcão conversando com um par de velhotes do vilarejo, ambos de estatura bem reduzida, quase anões. Ao nos ver, cumprimentou-nos com um gesto. Era gostoso ali. Soprava uma brisa suave e fresca, e, embora as mesas estivessem todas ocupadas, os clientes ainda não se dedicavam de corpo e alma a fazer barulho. Eram, como nós, pessoas que voltavam da praia e que estavam cansadas de nadar e tomar sol.

Separamo-nos sem fazer planos para a noite.

Ao chegar ao hotel tomamos banho e depois Ingeborg resolveu se instalar na espreguiçadeira da sacada para escrever postais e terminar de ler o livro de Florian Linden. Fiquei um instante vendo meu jogo e depois desci ao restaurante para tomar uma cerveja. Passado um instante subi para pegar o caderno e encontrei Ingeborg adormecida, envolta em seu robe preto, com os postais fortemente seguros entre a mão e a cadeira. Dei-lhe um beijo e sugeri que fosse para a cama, mas ela não quis. Acho que tinha uma ponta de febre. Decidi descer outra vez ao bar. Na praia, o Queimado repetia o ritual de todas as tardes. Um a um os pedalinhos voltavam a se juntar e o barracão ia tomando forma, erguendo-se, se é que um barracão pode se erguer. (Um barracão, não; mas uma fortaleza, sim.) Inconscientemente levantei a mão e cumprimentei-o. Não me viu.

61

No bar encontrei Frau Else. Ela me perguntou o que eu escrevia. Nada de importante, falei, o esboço de um ensaio. Ah, o senhor é escritor, disse ela. Não, não, falei, com o rubor subindo em meu rosto. Para mudar de assunto perguntei por seu marido, que ainda não tivera o prazer de cumprimentar.

— Está doente.

Disse isso com um sorriso muito suave olhando para mim e ao mesmo tempo olhando ao seu redor como se não quisesse perder nada do que acontecia no bar.

— Sinto muito.

— Não é nada grave.

Comentei algo sobre as doenças de verão, uma bobagem qualquer, sem dúvida. Depois me levantei e perguntei se aceitava tomar um drinque comigo.

— Não, obrigada, estou bem, além do mais tenho trabalho. Sempre tenho trabalho!

Mas não se moveu de onde estava.

— Faz muito tempo que não visita a Alemanha? — perguntei para não ficar calado.

— Não, querido, em janeiro passei umas semanas lá.

— E o que achou do país? — No ato me dei conta de que tinha dito uma besteira e tornei a ficar vermelho.

— O de sempre.

— Sim, é verdade — murmurei.

Frau Else olhou com simpatia para mim pela primeira vez, depois se afastou. Vi como um garçom a abordava e logo depois uma hóspede e em seguida um par de velhos, até que desapareceu atrás da escada.

25 de agosto

A amizade com Charly e Hanna começa a pesar como uma pedra. Ontem, depois de terminada a escrita do diário, quando eu achava que passaria uma noite tranquila, a sós com Ingeborg, eles apareceram. Eram dez da noite; Ingeborg tinha acabado de acordar. Eu disse que preferia ficar no hotel, mas ela, depois de falar ao telefone com Hanna (Charly e Hanna estavam na recepção), decidiu que o melhor era sair. Discutimos no quarto o tempo todo que ela levou para mudar de roupa. Quando descemos, qual não foi minha surpresa ao ver o Lobo e o Cordeiro. Aquele, debruçado no balcão, contava ao ouvido da recepcionista algo que a fazia rir sem nenhum recato. Aquilo me desagradou profundamente: supus que era a mesma que tinha ido fofocar com Frau Else quando do mal-entendido da mesa, se bem que, levando-se em conta a hora e a possibilidade de haver dois turnos na recepção, podia ser outra. Em todo caso, era muito jovem e boba: ao nos ver fez uma expressão de apreço como se compartilhasse conosco um segredo. Os demais aplaudiram. Era o cúmulo.

Saímos do vilarejo no carro de Charly, ao lado dele iam Hanna e o Lobo indicando o caminho. Durante o trajeto até a discoteca, se é que aquele antro pode ser chamado assim, vi enormes fábricas de cerâmica instaladas de forma rudimentar na beira da estrada. Na verdade, deviam ser depósitos ou armazéns de venda por atacado. Toda a noite permaneciam iluminados por refletores como que de campo de futebol e o automobilista podia observar inúmeros potes, vasilhas, vasos de todos os tamanhos e uma ou outra escultura atrás das cercas. Grosseiras imitações gregas cobertas de pó. Falsos artesanatos mediterrâneos numa hora nem diurna nem noturna. Pelos pátios só vi transitar cães de guarda.

A noite, em linhas gerais, foi em quase tudo igual à precedente. A discoteca não tinha nome, mas o Cordeiro disse que se chamava Discoteca Trapera; tal como a outra, era concebida mais para os trabalhadores dos arredores do que para os turistas; a música e a iluminação eram lamentáveis; Charly se dedicou a beber e Hanna e Ingeborg, a dançar com os espanhóis. Tudo teria acabado da mesma maneira não fosse um incidente, frequente nesse lugar, segundo o Lobo, que nos aconselhou a cair fora depressa. Tentarei reconstruir a história: começa com um tipo que fingia dançar entre as mesas e na beira da pista. Ao que parece não tinha pagado umas consumações e estava drogado. Sobre este último ponto, claro, não há nenhuma certeza. Seu traço mais distintivo, e no qual reparei muito antes de começar o bafafá, era uma vareta de considerável grossura que ele brandia numa mão, se bem que o Lobo depois tenha assegurado que se tratava de um porrete de tripa de porco, cuja pancada deixa nas carnes uma cicatriz para o resto da vida. Em todo caso a atitude do dançarino espúrio era desafiadora e logo se aproximaram dele dois garçons da discoteca, garçons que aliás não usam uniforme e em nada se distinguem dos clientes, a não ser por seus modos e seus rostos, totalmente sinistros. Eles e o do porrete trocaram umas palavras que pouco a pouco foram subindo de tom.

Pude ouvir o do porrete dizer:

— Meu estoque vai comigo a tudo que é lugar — referindo-se desse modo peculiar a seu porrete e em resposta à proibição de ficar com ele na discoteca.

O garçom respondeu:

— Tenho uma coisa muito mais *dura* que seu estoque. — Ato contínuo seguiu-se um aluvião de palavras grosseiras que não compreendi e por último o garçom disse: — Quer ver?

O do porrete ficou mudo; eu me atreveria a afirmar que empalideceu subitamente.

Então o garçom ergueu o antebraço, musculoso e peludo como o de um gorila, e disse:

— Está vendo? Isto é mais duro.

O do porrete riu num tom não de desafio mas antes de alívio, embora duvide que os garçons tenham captado a diferença, e levantou sua vareta pegando-a por ambas as pontas até tensioná-la como um arco. Tinha uma risada estúpida, risada de bêbado e de desgraçado. Nesse momento, como que impulsionado por uma mola, o braço que o garçom havia mostrado saiu disparado para a frente e se apoderou do porrete. Foi tudo muito rápido. Em seguida, ficando vermelho com o esforço, quebrou-o em dois. De uma mesa saíram aplausos.

Com a mesma celeridade, o cara do porrete pulou em cima do garçom, torceu-lhe o braço nas costas sem que ninguém pudesse impedi-lo e, num átimo, quebrou-o. Creio que, apesar de a música não ter se interrompido durante todo o incidente, ouvi o som dos ossos quebrados.

As pessoas começaram a gritar. Primeiro foram os alaridos do garçom de quem o outro acabava de quebrar o braço, depois os gritos dos que se engalfinharam numa briga em que, pelo menos da minha mesa, não se sabia quem era aliado de quem, e finalmente os berros generalizados de todos os presentes, inclusive aqueles que nem sabiam do que se tratava.

Decidimos bater em retirada.

No caminho de volta cruzamos com dois carros da polícia. O Lobo não veio conosco, foi impossível encontrá-lo na confusão da saída, e o Cordeiro, que nos seguiu sem protestar, agora se lamentava por ter deixado o amigo e propunha que voltássemos. Nisso Charly foi taxativo: se ele quisesse voltar, que voltasse de carona. Combinamos que esperaríamos o Lobo no Rincón de los Andaluces.

O bar ainda estava aberto quando chegamos, quero dizer aberto a todos e com o terraço iluminado e cheio de gente, apesar do avançado da hora; o dono do bar, a pedido do Cordeiro, pois a cozinha sim já estava fechada, nos preparou um par de frangos que acompanhamos com uma garrafa de vinho tinto; depois, como ainda estivéssemos com fome, liquidamos uma travessa com pedaços de linguiça e lascas de presunto, e pão com tomate e azeite. Quando o terraço já estava fechado e dentro só restávamos nós e o dono do bar, que a essas horas se entregava ao seu hobby favorito, ver vídeos de caubói e jantar sem pressa, o Lobo apareceu.

Ao nos ver se pôs num humor dos demônios e suas recriminações, "vocês me abandonaram", "me esqueceram", "não se pode confiar nos amigos" etc., eram dirigidas surpreendentemente a Charly. O Cordeiro, que a rigor era o único amigo que ele tinha ali, assumiu uma atitude de vergonha e mudo acatamento ante as palavras ditas por seu companheiro. E Charly, de uma maneira ainda mais surpreendente, concordava e se desculpava, não o levava muito a sério mas se explicava, numa palavra, sentia-se honrado com o ar afrontado que o espanhol expunha com generosidade de gestos e péssimo gosto. Sim, Charly gostava daquilo! Talvez intuísse naquela cena uma amizade verdadeira!

Só rindo! Devo esclarecer que a mim o Lobo não dirigiu o mais ínfimo reparo e que com as garotas manteve sua compostura de sempre, entre comedida e grosseira.

Acho que eu já estava disposto a ir embora quando o Queimado entrou. Cumprimentou-nos com um movimento de cabeça e sentou ao balcão, de costas para nós. Deixei o Lobo acabar de explicar os acontecimentos da Discoteca Trapera, provavelmente acrescentando 'detalhes de sua lavra aos fatos de sangue e detenções, e me aproximei de onde o Queimado estava. A metade do seu lábio superior era uma crosta amorfa, mas ao cabo de um instante a gente se acostumava. Perguntei se sofria de insônia e ele sorriu. Não, não tinha insônia, a ele bastavam umas poucas horas de sono para aguentar o trabalho; um trabalho leve e divertido. Não era muito falante mas era muito menos silencioso do que eu imaginara. Tinha dentes miúdos, como que limados, e num estado desastroso que, na minha ignorância, não soube se atribuía ao fogo ou simplesmente a deficiências na higiene bucal. Suponho que alguém que tem a cara queimada não se preocupa muito com o estado de seus dentes.

Perguntou-me de onde eu era. Falava com uma voz escura e bem timbrada, com plena certeza de ser entendido. Respondi que de Stuttgart e ele assentiu com a cabeça como se conhecesse a cidade, embora evidentemente nunca houvesse estado lá. Vestia-se tal como de dia, calção, camiseta e alpargatas. Sua constituição física é notável, o peito e os braços largos, e bíceps desenvolvidos demais, embora sentado ao balcão, tomando chá!, parecesse mais magro que eu. Ou mais tímido. Certamente, e apesar da sua roupa exígua, dava para ver que cuidava do seu aspecto, embora da forma mais simples: estava penteado e não cheirava mal. Este último ponto era em certo sentido uma pequena proeza, pois morando na praia o único banho a seu alcance era o de mar. (Aguçando-se o nariz, recendia a água salgada.) Por um instante eu o imaginei, dia após dia, ou noite após noite, lavando sua roupa (o calção, algumas camisetas) no mar, lavando seu corpo no mar, fazendo as necessidades no mar, ou na praia, na mesma praia em que depois descansavam centenas de turistas, entre eles Ingeborg... Em meio a uma profunda sensação de asco eu me imaginei denunciando seu comportamento antissocial à polícia... Mas não ia ser eu a fazê-lo, claro. No entanto, como explicar que uma pessoa com um trabalho remunerado não seja capaz de arranjar um lugar digno para dormir? Acaso *todos* os aluguéis neste vilarejo estão com os preços nas nuvens? Não existem pensões baratas ou campings, mesmo que não estejam perto do mar? Ou nosso amigo Queimado pretende, não pagando aluguel, economizar umas tantas pesetas para quando acabar o verão?

Algo do Bom Selvagem existe nele; mas também posso ver o Bom Selvagem no Lobo e no Cordeiro, e eles se viram de outro modo. Talvez essa casa grátis signifique ao mesmo tempo uma casa isolada, longe dos olhares e da gente. Se for assim, de alguma maneira eu o entendo. Também há os benefícios na vida ao ar livre, se bem que a dele, tal como a imagino, pouco tenha de vida ao ar livre, sinônimo de vida saudável, absolutamente incompatível com a umidade da praia e com os sanduíches que, tenho certeza, compõem seu cardápio diário. Como o Queimado vive? Só sei que de dia parece um zumbi que arrasta pedalinhos da água até o pequeno espaço reservado a eles e dali outra vez para a água. Nada mais. Embora deva ter horário para comer e em algum momento deva se encontrar com seu chefe para lhe entregar a receita. Esse chefe que nunca vi sabe que o Queimado dorme na praia? Sem ir mais longe, o dono do Rincón de los Andaluces sabe? O Cordeiro e o Lobo conhecem o segredo ou sou o único que descobriu seu refúgio? Não me atrevo a lhe perguntar.

De noite, o Queimado faz o que quer, ou pelo menos tenta. Mas o que faz precisamente, além de dormir? Permanece até tarde no Rincón de los Andaluces, passeia pela praia, talvez tenha amigos com os quais conversa, toma chá, enterra-se debaixo dos seus trambolhos... Sim, às vezes vejo a fortaleza dos pedalinhos como uma espécie de mausoléu. Sem dúvida a impressão de barracão persiste quando ainda há luz; de noite, ao luar, um espírito exaltado podia confundi-lo com um túmulo bárbaro.

Nenhuma outra coisa digna de menção aconteceu na noite do dia 24. Saímos do Rincón de los Andaluces relativamente sóbrios. O Queimado e o dono continuaram lá; aquele na frente da sua xícara de chá e este vendo outro filme de caubói.

Hoje, como era de esperar, eu o vi na praia. Ingeborg e Hanna estavam estendidas junto dos pedalinhos, e o Queimado, do outro lado, as costas apoiadas num flutuador de plástico, contemplava o horizonte por onde mal se viam as silhuetas de alguns dos seus clientes. Em nenhum momento se virou para contemplar Ingeborg, que, com toda justiça, estava para se comer com os olhos. Ambas as garotas estreavam tangas novas, cor de laranja, uma cor viva e alegre. Mas o Queimado evitou olhar para elas.

Não fui à praia. Fiquei no quarto — se bem que a cada instante fosse até a sacada ou à janela — revisando meu abandonado jogo. O amor, como se sabe, é uma paixão excludente, mas no meu caso espero poder conciliar a paixão por Ingeborg com minha dedicação aos jogos. Conforme os planos que fiz em Stuttgart, a esta altura já devia ter a metade da variante estratégica concebida e escrita, e pelo menos o rascunho da comunicação que vamos apresentar em Paris. Mas ainda não escrevi nem uma palavra. Se Conrad me visse sem dúvida debocharia de mim. Mas Conrad tem de compreender que não posso, nas minhas *primeiras* férias com Ingeborg, ignorá-la e me dedicar de corpo e alma à variante. Apesar de tudo tenho esperança de tê-la pronta quando voltarmos para a Alemanha.

De tarde aconteceu uma coisa curiosa. Eu estava sentado no quarto quando de repente ouvi o som de uma trombeta. Não posso garantir cem por cento mas, cá para nós, sou capaz de distinguir o som de uma trombeta de outro som. O curioso é que estava pensando, na verdade de forma vaga, em Sepp Dietrich, que uma vez falou da trombeta do perigo. De todo modo estou convencido de não ter imaginado coisas. Sepp afirmou tê-la ouvido em duas ocasiões e em ambas essa música misteriosa teve a virtude de se impor a um tremendo cansaço físico, da primeira vez na Rússia e da segunda na Normandia. A trombeta, segundo Sepp, o qual chegou a comandar um exército depois de começar como moço de recados e chofer, é o aviso dos antepassados, a voz do sangue que põe você de sobreaviso. Eu, como dizer, estava sentado divagando quando de repente acreditei ouvi-la. Levantei e saí à sacada. Lá fora só retumbava o fragor de todas as tardes; não se ouvia nem mesmo o barulho do mar. No corredor, pelo contrário, reinava um silêncio balofo. Soou a trombeta, então, na minha mente? Soou porque pensava em Sepp Dietrich ou porque devia me avisar de um perigo? Recapitulando melhor, também pensava em Hausser, em Bittrich, em Meindl... Soou então só para mim? E, se assim foi, contra que perigo pretendia me avisar?

Quando contei a Ingeborg, ela me recomendou que não ficasse tanto tempo trancado no quarto. Segundo ela, devíamos nos inscrever nuns cursos de aeróbica e ginástica que o hotel organiza. Pobre Ingeborg, não entende nada. Prometi que falaria com Frau Else a esse respeito. Dez anos atrás aqui não havia curso de nenhuma espécie. Ingeborg disse que se encarregaria ela própria de nos inscrever, que eu não precisaria falar com Frau Else por causa de um assunto que podia ser resolvido com a recepcionista. Disse a ela que tudo bem, que fizesse o que achasse conveniente.

Antes de entrar na cama fiz duas coisas, a saber:

1. Dispus os corpos blindados para o ataque relâmpago à França.

2. Saí à sacada e procurei alguma luz na praia que indicasse a presença do Queimado, mas tudo estava escuro.

26 de agosto

Segui as instruções de Ingeborg. Hoje fiquei mais tempo que de costume na praia. O resultado é que estou com os ombros vermelhos de tanto sol e que de tarde precisei sair para comprar um creme que aliviasse o ardor da minha pele. Claro que nos instalamos ao lado dos pedalinhos e, como não era possível fazer outra coisa, fiquei conversando com o Queimado. De qualquer maneira, o dia nos trouxe algumas notícias. A primeira é que ontem Charly tomou um porre escandaloso em companhia do Lobo e do Cordeiro. Hanna, chorosa, disse a Ingeborg que não sabia o que fazer, largá-lo ou não largá-lo? O desejo de voltar sozinha para a Alemanha não a abandona em nenhum momento; sente falta do filho; está farta e cansada. A única coisa que a consola é seu bronzeado perfeito. Ingeborg assevera que tudo reside em saber se seu amor por Charly é verdadeiro ou não. Hanna não sabe o que responder. A outra notícia é que o gerente do Costa Brava pediu que eles saíssem do hotel. Parece que ontem à noite Charly e os espanhóis tentaram bater no vigia noturno. Ingeborg, apesar dos sinais disfarçados que lhe fiz, sugeriu que mudassem para o Del Mar. Por sorte Hanna está decidida a fazer com que o gerente reconsidere seu pedido ou, se não, devolva o dinheiro que pagaram adiantado. Suponho que tudo ficará numas tantas explicações e desculpas. À pergunta de Ingeborg sobre onde ela estava no momento da altercação, Hanna responde que em seu quarto, dormindo. Charly só apareceu na praia por volta do meio-dia, em péssimo estado e arrastando sua prancha de windsurfe. Hanna, ao vê-lo, murmura no ouvido de Ingeborg:

— Está se matando.

A versão de Charly é totalmente diferente. Além de tudo, não dá a mínima para o gerente e suas ameaças. Diz, com as pálpebras semicerradas e um ar de sonolência como se acabasse de pular da cama:

— Podemos nos mudar para a casa do Lobo. Mais barato e mais autêntico. Assim você vai conhecer a verdadeira Espanha.

— E pisca o olho para mim.

É uma meia piada, a mãe do Lobo aluga quartos no verão, com ou sem refeições, a preços módicos. Por um instante tenho a impressão de que Hanna vai desatar a chorar. Ingeborg intervém e a acalma. Com o mesmo tom de piada, pergunta a Charly se o Lobo e o Cordeiro não estão se apaixonando por ele. Mas ela está falando sério. Charly ri e diz que não. Depois, já reposta, Hanna garante que é ela que o Lobo e o Cordeiro querem levar para a cama.

— Na outra noite não pararam de pôr a mão em mim — disse com um singular misto de coquetismo e de mulher humilhada.

— Porque você é bonita — explica Charly com calma. — Eu também tentaria, se não te conhecesse, não?

A conversa se desloca de repente para lugares tão exóticos como a Discoteca 33 de Oberhausen e a companhia telefônica. Hanna e Charly começam a ficar sentimentais e a se lembrar dos lugares que têm conotações românticas para eles. Mas depois de um instante Hanna insiste:

— Você está se matando.

Charly põe fim às recriminações pegando a prancha e entrando no mar.

Minha conversa com o Queimado versou de início sobre temas como o de se alguma vez tinham lhe roubado um pedalinho, se o trabalho era duro, se não se chateava em passar tantas horas na praia debaixo daquele sol inclemente, se tinha tempo para comer, se sabia quais eram, entre os estrangeiros, seus melhores clientes etc. As respostas, bastante sucintas, foram as seguintes: duas vezes roubaram um pedalinho ou, melhor dizendo, largaram-no na outra ponta da praia; o trabalho não era duro; ocasionalmente se chateava, não muito; comia, como eu desconfiava, sanduíches; não tinha ideia de quais nacionalidades alugavam mais pedalinhos. Considerei as respostas boas e aguentei os intervalos de silêncio que se sucederam. Sem sombra de dúvida, tratava-se de uma pessoa pouco habituada ao diálogo e, como pude apreciar por seu olhar escorregadiço, meio desconfiada. A uns poucos passos os corpos de Ingeborg e Hanna absorviam, brilhantes, os raios de sol. Disse então a ele de supetão que preferiria não ter saído do hotel. Olhou para mim sem curiosidade e continuou contemplando o horizonte, onde seus pedalinhos se confundiam com os de outros postos. Ao longe observei um windsurfista que perdia o equilíbrio várias vezes. Pela cor da vela, me dei conta de que não era Charly. Disse que preferia a montanha ao mar. Gostava do mar, mas gostava mais da montanha. O Queimado não fez nenhum comentário.

Ficamos em silêncio mais um pouco. Sentia que o sol abrasava meus ombros mas não me mexi nem fiz nada para me proteger. De perfil, o Queimado parecia outro. Não quero dizer que dessa maneira ficasse menos desfigurado (precisamente me oferecia seu perfil *mais* desfigurado), mas parecia outro. Mais distante. Como um busto de pedra-pomes emoldurado por pelos grossos e escuros.

Não sei que impulso me levou a lhe confessar que pretendia ser escritor. O Queimado se virou e depois de hesitar disse que era uma profissão interessante. Eu o fiz repetir, pois de início acreditei interpretá-lo mal.

— Mas não de romances nem de peças de teatro — esclareci.

O Queimado entreabriu os lábios e disse algo que não pude ouvir.

— O quê?

— Poeta?

Debaixo das suas cicatrizes acreditei ver uma espécie de sorriso monstruoso. Pensei que o sol estava me deixando tonto.

— Não, não, claro, poeta não.

Esclareci, já que eu tinha dado margem a entender assim, que não desprezava de modo algum a poesia. Podia recitar de cor versos de Kolpstock ou de Schiller; mas escrever versos nestes tempos, se não fossem para a amada, era meio inútil, ele não achava?

— Ou grotesco — disse o pobre infeliz, assentindo com a cabeça.

Como é que alguém tão disforme podia opinar que algo era grotesco sem se sentir de imediato aludido? Mistério. De qualquer maneira, a sensação de que o Queimado sorria secretamente foi aumentando. Talvez seus olhos é que concedessem essa sombra de sorriso. Raramente olhava para mim, mas quando o fazia eu descobria neles uma centelha de júbilo e de força.

— Escritor especializado — falei. — Ensaísta criativo.

Ato contínuo esbocei em grandes traços um panorama do mundo dos *wargames*, com as revistas, as competições, os clubes locais etc. Em Barcelona, por exemplo, expliquei, funcionava um par de associações e, embora eu não tivesse notícia da existência de uma federação, os jogadores espanhóis começavam a ser bastante ativos no campo das competições europeias. Em Paris eu tinha conhecido uns dois.

— É um esporte em alta — afirmei.

O Queimado ruminou minhas palavras, depois se levantou para receber um pedalinho que chegava na praia; sem nenhuma dificuldade subiu-o até o local destinado a guardá-lo.

— Uma vez li sobre gente que joga com soldadinhos de chumbo — falou. — Acho que faz tempo, no princípio do verão...

— Sim, é mais ou menos a mesma coisa. Como o rúgbi e o futebol americano. Mas eu não me interesso muito pelos soldadinhos de chumbo, embora sejam bem... são bonitos... artísticos... — ri. — Prefiro os jogos de tabuleiro.

— Sobre o que você escreve?

— Sobre qualquer coisa. Cite a guerra ou a campanha que quiser, e eu direi como você pode ganhar ou perder, que falhas tem o jogo, onde o programador visual acertou e onde errou, quais são as falhas do desenvolvimento, que escala é a correta, qual era a ordem da batalha original...

O Queimado olha para o horizonte. Com o dedão do pé faz um buraquinho na areia. Atrás de nós Hanna continua dormindo e Ingeborg lê as últimas páginas do livro de Florian Linden; quando nossos olhares se encontram, ela sorri e me manda um beijo.

Por um instante me pergunto se o Queimado tem namorada. Ou se teve.

Que moça pode ser capaz de beijar essa máscara horrível? Mas, eu sei, tem mulher para tudo.

Depois de um instante:

— Você deve se divertir muito — disse ele.

Ouvi sua voz como se chegasse de longe. A luz ricocheteava na superfície do mar formando uma espécie de muralha que crescia até tocar as nuvens. Estas, gordas, pesadas, cor de leite sujo, mal se moviam em direção aos penhascos do norte. Sob as nuvens um paraquedas se aproximava da praia arrastado por uma lancha. Disse que me sentia um pouco mareado. Deve ser o trabalho pendente, falei, os nervos me atazanam enquanto não ponho o ponto-final. Esclareci como pude que ser um escritor especializado requeria a montagem de um aparato complicado e incômodo. (Esta era a principal virtude que os jogadores de *wargames* computadorizados aludiam a seu favor: a economia de espaço e de tempo.) Confessei que no meu quarto de hotel fazia dias estava aberto um jogo enorme e que na realidade eu deveria estar trabalhando.

— Prometi entregar o ensaio no início de setembro e, como você está vendo, estou aqui na boa-vida.

O Queimado não fez nenhum comentário. Acrescentei que era para uma revista americana.

— É uma variante inimaginável. Não ocorreu a ninguém.

Talvez o sol tenha conseguido me exaltar. Como atenuante devo dizer que desde que deixei Stuttgart não havia tido a oportunidade de conversar sobre *wargames* com ninguém. Um jogador seguramente me entenderia. Para nós é um prazer falar de jogos. Mas, é evidente, escolhi o interlocutor mais singular que pude achar.

O Queimado pareceu entender que à medida que eu escrevia ia jogando.

— Mas assim você vai ganhar sempre — disse, mostrando seus dentes maltratados.

— De jeito nenhum. Se você joga sozinho não há forma de enganar o inimigo com estratagemas ou fingimentos. Todas as cartas estão em cima da mesa; se minha variante funciona é porque matematicamente não podia deixar de funcionar. Entre parênteses, já a experimentei um par de vezes, e em ambas as ocasiões ganhei, mas é preciso burilá-la, por isso jogo sozinho.

77

— Você deve escrever com muita lentidão — disse ele.

— Não — ri —, escrevo como um relâmpago. Jogo muito devagar mas escrevo muito rápido. Dizem que sou nervoso, e não é verdade; dizem isso por causa da minha escrita. Sem parar!

— Eu também escrevo muito rápido — murmurou o Queimado.

— Sim, eu supunha — falei.

Minhas próprias palavras me surpreenderam. Na realidade nem sequer esperava que o Queimado *soubesse* escrever. Mas quando ele disse, ou talvez antes, quando eu afirmei isso, intuí que ele também devia ter uma caligrafia veloz. Nós nos olhamos alguns segundos sem falar nada. Era difícil contemplar sua cara por muito tempo, embora pouco a pouco eu fosse me acostumando. O sorriso secreto do Queimado continuava ali, emboscado, talvez zombando de mim e da nossa recém-descoberta qualidade. Eu me sentia cada vez pior. Estava suando. Não entendia como o Queimado podia resistir a tanto sol. Sua carne rugosa, cheia de pregas chamuscadas, por momentos adquiria tonalidades azuis de fogão a gás ou negro-amareladas, a ponto de arrebentar. No entanto era capaz de permanecer sentado na areia, com as mãos nos joelhos e os olhos cravados no mar sem deixar transluzir o mais ínfimo incômodo. Com um gesto inabitual nele, normalmente muito reservado, me perguntou se queria ajudá-lo a tirar da água um pedalinho que acabava de chegar. Meio estonteado, concordei. O casal do pedalinho, uns italianos, era incapaz de manobrar até a areia. Entramos na água e empurramos suavemente. Sentados, os italianos faziam piadas e gestos de que iam cair. Pularam fora antes de chegar à areia. Só me senti bem quando os vi se afastar, driblando corpos, de mãos dadas, em direção ao Passeio Marítimo. Depois de deixar o pedalinho, o Queimado disse que eu devia nadar um instante.

— Por quê?

— O sol está fundindo sua cuca — garantiu.

Ri e convidei-o a cair no mar comigo.

Nadamos um pedaço preocupados só em avançar, até sair da primeira leva de banhistas. Então viramos de frente para a praia: dali, junto do Queimado, a praia e a gente apinhada pareciam diferentes.

Quando voltamos me aconselhou, com uma voz estranha, a passar creme de coco na pele.

— Creme de coco e sombra — murmurou.

Com premeditada brusquidão acordei Ingeborg e fomos embora.

Esta tarde tive febre. Contei a Ingeborg. Não acreditou em mim. Quando lhe mostrei os ombros ela disse que eu pusesse uma toalha molhada neles ou tomasse uma chuveirada de água fria. Hanna estava à sua espera e Ingeborg parecia ter pressa de me deixar sozinho.

Por um instante olhei para o jogo sem ânimo para nada; a luz fazia mal à vista e o zum-zum do hotel ia me adormecendo. Não sem esforço consegui sair à rua e procurar uma farmácia. Sob um sol espantoso vaguei pelas velhas ruas internas do vilarejo. Não me lembro de ter visto turistas. Na realidade não me lembro de ter visto ninguém. Um par de cachorros adormecidos; a moça que me atendeu na farmácia; um velho sentado à sombra de um pórtico. No Passeio Marítimo, pelo contrário, as pessoas se aglomeravam a tal ponto que era impossível andar sem distribuir cotoveladas e empurrões. Nas proximidades do porto haviam montado um pequeno parque de diversões e ali, hipnotizados, estavam todos. Parecia coisa de louco. Proliferavam minúsculos pontos de venda de ambulantes que o fluxo humano ameaçava pisotear a qualquer momento. Como pude, voltei a me perder pelas ruas da parte antiga e fazendo um desvio regressei ao hotel.

Despi-me, fechei as persianas e besuntei meu corpo com o creme. Estava ardendo.

Estirado na cama, sem luz mas com os olhos abertos, tentei pensar nos acontecimentos dos últimos dias antes de adormecer. Depois sonhei que já não tinha febre e estava com Ingeborg neste mesmo quarto, na cama, cada um lendo um livro, mas ao mesmo tempo bem juntos, quero dizer: com a certeza de que estávamos juntos embora permanecêssemos absortos em nossos respectivos livros, ambos sabendo que nos amávamos. Então alguém *raspava* a porta e passado um instante ouvíamos uma voz do lado de fora que dizia: "É Florian Linden, saia já, sua vida corre grande perigo". De imediato Ingeborg largava seu livro (o livro caía no tapete e se desencadernava) e cravava os olhos na porta. De minha parte, mal me mexia. A verdade é que eu me sentia tão bem ali, com a pele tão fresca, que pensava que não valia a pena me assustar. "Sua vida está em perigo", repetia a voz de Florian Linden, cada vez mais distante, como se falasse do fim do corredor. E, de fato, ouvíamos seguidamente o som do elevador, as portas que se abriam com um estalo metálico e depois se fechavam levando Florian Linden para o térreo. "Foi para a praia ou para o parque de diversões", dizia Ingeborg vestindo-se apressada, "tenho de encontrá-lo, espere-me aqui, tenho de falar com ele." Claro, eu não fazia nenhuma objeção. Mas ao ficar só não conseguia continuar lendo. "Como alguém pode correr perigo trancado neste quarto?", eu perguntava em voz alta. "O que pretende esse detetive de araque?" Cada vez mais excitado me aproximava da janela e contemplava a praia esperando ver Ingeborg e Florian Linden. Entardecia e só o Queimado estava lá, arrumando seus pedalinhos, sob umas nuvens vermelhas e uma lua da cor de um prato de lentilhas fervendo, vestindo apenas um shorts e alheio a tudo que o rodeava, isto é, alheio ao mar e à praia, à mureta do Passeio e às sombras dos hotéis. Por um momento o medo me dominou; eu soube que estavam ali o perigo e a morte. Acordei suando. A febre tinha desaparecido.

27 de agosto

Esta manhã, depois de realizar e anotar os dois primeiros turnos, nos quais ficam destroçados os ensaios de Benjamin Clark (*Waterloo*, nº 14) e de Jack Corso (*The General*, nº 3, vol. 17), em que ambos desaconselham a criação de mais uma frente no primeiro ano, desci ao bar do hotel tomado por um excelente estado de espírito e com o corpo fervilhando de desejo de ler, escrever, nadar, beber, rir, enfim, tudo aquilo que é sinal visível de saúde e alegria de viver. De manhã o bar não costuma estar muito cheio, por isso levei comigo um romance e a pasta com as fotocópias dos artigos que me são indispensáveis para o trabalho. O romance era *Wally, die Zweiflerin*, de K. G., mas, talvez devido à minha excitação interior, à felicidade de uma manhã proveitosa, não consegui me concentrar na leitura nem no estudo dos artigos que, é preciso dizer, pretendo refutar. Assim, fiquei observando o ir e vir da gente entre o restaurante e o terraço, e apreciando minha cerveja. Quando me dispunha a voltar para o quarto, onde com um pouco de sorte podia deixar esboçado o rascunho do terceiro turno (primavera de 1940, sem dúvida um dos mais importantes), Frau Else apareceu. Ao me ver, sorriu. Foi um sorriso estranho. Depois se apartou de uns hóspedes, eu diria que os deixando com a palavra na boca, e veio sentar na minha mesa.

Parecia cansada, mas isso em nada desmerecia seu rosto de linhas regulares, seu olhar luminoso.

— Nunca li — disse ela, examinando o livro. — Nem sei quem é. Moderno?

Neguei com um sorriso. Disse que era um autor do século passado. Um morto. Por um instante nos olhamos fixamente, sem desviar os olhos nem suavizá-los com palavras.

— Qual é o argumento? Conte. — Apontou para o romance de G.

— Se quiser, posso lhe emprestar.

— Não tenho tempo para ler. Não no verão. Mas o senhor pode me contar a história. — Sua voz, sem deixar de ser muito suave, foi adquirindo um tom imperativo.

— É o diário de uma garota. Wally. No fim se suicida.

— Só isso? Que horror.

Eu ri.

— A senhora pediu um resumo. Tome, depois me devolve.

Pegou o livro com expressão pensativa.

— As meninas gostam de escrever seus diários... Odeio esses dramas... Não, não vou ler. Não tem nada um pouco mais alegre? — Abriu a pasta e observou as fotocópias dos artigos.

— Isso é outra coisa — eu me apressei a explicar. — Sem importância!

— Estou vendo. O senhor lê inglês?

— Sim.

Com a cabeça fez um gesto como que dizendo muito bem. Depois fechou a pasta e por um instante ficamos sem nos dizer nada. A situação, pelo menos para mim, era um tanto embaraçosa. O mais extraordinário foi que ela não parecia ter pressa de ir embora. Procurei mentalmente um tema para iniciar uma conversa, mas não me ocorreu nada.

De repente me lembrei de uma cena de uns dez ou onze anos atrás: Frau Else se afastava das pessoas no meio de uma festa em homenagem a não sei quem e depois de atravessar o Passeio Marítimo se perdia na praia. Na época, não havia no Passeio a iluminação de agora e bastavam dois passos para penetrar numa zona de escuridão total. Não sei se mais alguém notou sua fuga, creio que não, a festa era barulhenta e todos bebiam e dançavam no terraço, inclusive os transeuntes que só passavam por ali e que não tinham nada a ver com o hotel. O caso é que, salvo eu, ninguém sentiu sua ausência. Não sei quanto tempo transcorreu até que ela voltasse a aparecer; suponho que bastante. Quando voltou, não vinha só. Junto dela, de mãos dadas, estava um homem alto e muito magro, com uma camisa branca que tremulava com a brisa, como se dentro só houvesse ossos, melhor dizendo, *um só osso*, grande como o mastro de uma bandeira. Quando atravessaram o Passeio eu o reconheci, era o dono do hotel, o marido de Frau Else. Esta, ao passar junto de mim, me cumprimentou com umas palavras em alemão. Eu nunca tinha visto um sorriso tão triste.

Agora, dez anos depois, estava sorrindo da mesma maneira.

Sem pensar duas vezes, disse que a achava uma mulher muito bonita.

Frau Else olhou para mim como se não entendesse e depois riu, mas bem baixinho, de tal sorte que alguém numa mesa vizinha muito dificilmente a teria ouvido.

— É verdade — falei; o medo de me fazer de ridículo que normalmente eu sentia cada vez que estava com ela havia desaparecido.

Repentinamente séria, talvez compreendendo que eu também falava sério, ela disse:

— O senhor não é o único que pensa assim, Udo; na certa sou mesmo.

— Sempre foi — disse eu, já embalado —, se bem que eu não me referia apenas à sua beleza física, óbvia com toda certeza, mas a seu... halo; a atmosfera que emana dos seus atos mais ínfimos... Seus silêncios...

Frau Else riu, desta vez de forma aberta, como se acabasse de ouvir uma piada.

— Desculpe — disse ela. — Não é do senhor que rio.

— De mim não, das minhas palavras — disse eu, rindo também, de forma alguma ofendido. (Mas a verdade é que estava sim um pouco ofendido.)

Essa atitude pareceu ser do agrado de Frau Else. Pensei que sem me propor havia tocado numa ferida oculta. Imaginei Frau Else cortejada por um espanhol, talvez embarcada numa relação secreta. O marido, sem dúvida, desconfiava e sofria; ela, incapaz de abandonar o amante, tampouco encontrava forças para se decidir a largar o esposo. Colhida entre duas fidelidades, culpava por tais tribulações sua própria beleza. Vi Frau Else como uma chama, a chama que nos ilumina ainda que no intento se consuma e morra etc.; ou como um vinho que ao se fundir em nosso sangue desaparece como tal. Bonita e distante. E *exilada*... Esta última, sua virtude mais misteriosa.

Sua voz me tirou de minhas especulações:

— O senhor parece estar muito longe daqui.

— Pensava na senhora.

— Por Deus, Udo, vou acabar ficando vermelha.

— Pensava na pessoa que a senhora era dez anos atrás. Não mudou nada.

— Como eu era dez anos atrás?

— Igual a agora. Magnética. Ativa.

— Ativa, sim, que remédio, mas magnética? — Seu riso camarada tornou a ecoar no restaurante.

85

— Sim, magnética; lembra daquela festa no terraço, quando a senhora saiu em direção à praia?... A praia estava escura como breu apesar de haver muitas luzes no terraço. Só eu me dei conta da sua saída e esperei seu regresso. Ali, naquela escada. Passado um instante a senhora voltou, mas não sozinha, acompanhada por seu marido. Ao passar por mim, sorriu. A senhora estava muito bonita. Não me lembro de ter visto seu marido sair atrás da senhora, por isso deduzo que ele já estava na praia. É a esse tipo de magnetismo que me refiro. A senhora atrai as pessoas.

— Caro Udo, não tenho a menor lembrança dessa festa; houve tantas festas e passou tanto tempo. De qualquer maneira, em sua história a que parece atraída sou eu. Atraída por meu marido, nem mais nem menos. Se o senhor afirma que não o viu sair, isso indica que ele já estava na praia, mas, se como o senhor diz, e nisso lhe dou toda a razão, a praia estava escura, eu não podia saber que ele se achava lá, portanto, ao entrar na praia fiz isso atraída pelo magnetismo *dele*, não vê assim?

Não quis responder. Entre nós dois tinha se estabelecido uma corrente de compreensão que, embora Frau Else tentasse destruir, nos dispensava das desculpas.

— Que idade o senhor tinha então? É normal que um adolescente se sinta atraído por uma mulher um pouco mais velha. A verdade é que eu mal me lembro do senhor, Udo. Meus... interesses estavam em outras direções. Acho que eu era uma moça meio louca; meio louca, como todas, e bastante segura. Não gostava do hotel. Claro, sofri muito. Bem, no princípio todas as estrangeiras sofrem muito.

— Para mim foi uma coisa... bonita.

— Não faça essa cara.

— Que cara?

— Essa cara de cachorro abandonado, Udo.

— É o que Ingeborg me diz.

— É mesmo? Não acredito.

— Não, emprega outras palavras. Mas parece.

— É uma moça muito atraente.

— Se é.

Tornamos subitamente a guardar silêncio. Os dedos da sua mão esquerda se puseram a tamborilar na superfície de plástico da mesa. Eu gostaria de ter perguntado por seu marido, que ainda não tinha visto nem de longe e que eu intuía ter um papel importante naquilo que, indefinível, emanava de Frau Else, mas não tive oportunidade.

— Por que não mudamos de assunto? Falemos de literatura. Melhor dizendo, fale o senhor de literatura e eu escutarei. Sou uma ignorante no que diz respeito aos livros, mas gosto de ler, acredite.

Tive a sensação de que zombava de mim. Com a cabeça fiz um movimento de repulsa. Os olhos de Frau Else pareciam escavar minha pele. Eu até seria capaz de garantir que seus olhos procuravam os meus como se no exame destes pudesse ler meus mais íntimos pensamentos. Aquele gesto, não obstante, se sustentava em algo semelhante à amabilidade.

— Falemos então de cinema. Gosta de cinema? — Dei de ombros. — Esta noite vai passar na tevê um filme de Judy Garland. Adoro Judy Garland. O senhor gosta?

— Não sei. Nunca vi nada dela.

— Não viu *O mágico de Oz*?

— Vi, mas era desenho animado, pelo que me lembro, era desenho animado.

Fez uma expressão de desalento. De algum canto do restaurante saía uma música muito suave. Nós dois estávamos transpirando.

— Não há comparação — disse Frau Else. — Mas suponho que de noite o senhor e sua amiga devem ter coisas melhores a fazer do que descer para ver televisão na sala do hotel.

— Não muito melhores. Vamos às discotecas. No fim das contas é chato.

— O senhor dança bem? Sim, acho que deve ser um bom dançarino. Dos sérios e incansáveis.

— Como eles são?

— Dançarinos que não se alteram com nada, dispostos a chegar aonde quer que seja.

— Não, não sou um deles.

— Qual é seu estilo, então?

— Mais para o desajeitado.

Frau Else assentiu com um gesto enigmático que indicava que entendia. O restaurante, sem que nos déssemos conta, estava se enchendo de gente que voltava da praia. Na sala contígua já havia hóspedes sentados à mesa, prontos para comer. Pensei que Ingeborg não tardaria a chegar.

— Já não danço com tanta frequência; quando cheguei à Espanha dançava com meu marido quase todas as noites. Sempre no mesmo lugar, porque naqueles anos não havia tantas discotecas e além do mais porque aquela era a melhor, a mais moderna. Não, não ficava aqui, mas em X... Era a única discoteca de que meu marido gostava. Talvez precisamente por ficar fora da cidade. Não existe mais. Fechou há anos.

Aproveitei para contar os incidentes da nossa última visita a uma discoteca. Frau Else ouviu os detalhes sem se alterar, nem mesmo quando fiz um pormenorizado relato da disputa entre o garçom e o cara do porrete que acabou em briga generalizada. Pareceu lhe interessar mais a parte da história que se referia a nossos acompanhantes espanhóis, o Lobo e o Cordeiro. Pensei que os conhecia ou que tinha ouvido falar deles, e lhe disse isso. Não, não os conhecia, mas podiam não ser a companhia mais adequada para um jovem casal que passava as primeiras férias juntos, como uma lua de mel. Mas de que maneira podiam interferir? Pelo semblante de Frau Else passou um ar de preocupação. Saberia, talvez, de algo que eu ignorava? Disse-lhe que o Lobo e o Cordeiro eram mais amigos de Charly e Hanna que meus, e que em Stuttgart conhecia personagens de pinta muito pior. Claro que mentia. Finalmente assegurei que os espanhóis só me interessavam na medida em que podia praticar o idioma.

— O senhor deve pensar em sua amiga — disse ela. — Deve ser amável com ela.

Em seu rosto se desenhou algo semelhante ao asco.

— Não se preocupe, não vai acontecer nada. Sou uma pessoa prudente e sei muito bem até onde ir com certos indivíduos. Além do mais essas relações são simpáticas a Ingeborg. Suponho que não lide muito com seres assim. Claro, nem ela nem eu os consideramos coisa séria.

— Mas são reais.

Estive a ponto de lhe dizer que naquele momento tudo me parecia irreal: o Lobo e o Cordeiro, o hotel e o verão, o Queimado, que eu não havia mencionado, e os turistas; tudo menos ela, Frau Else, magnética e solitária; mas por sorte me calei. Ela certamente não teria gostado.

Ficamos um instante sem nos dizer nada, embora no meio desse silêncio eu tenha me sentido mais próximo dela do que nunca. Depois, com esforço visível, ela se levantou, me *estendeu a mão*, e foi embora.

Quando subia para o quarto, no elevador, um desconhecido comentou em inglês que o chefe estava doente. "É uma pena que o chefe esteja doente, Lucy", foram suas palavras. Soube, sem nenhuma sombra de dúvida, que se referia ao esposo de Frau Else.

Quando cheguei ao quarto, surpreendi a mim mesmo repetindo: está doente, está doente, está doente... Então, era verdade. No mapa, as fichas pareciam se dissolver. O sol caía obliquamente na mesa e os contadores que representam unidades blindadas alemãs cintilavam como se estivessem vivos.

Hoje comemos frango com batata frita e salada, sorvete de chocolate e café. Um almoço meio triste. (Ontem foi bife à milanesa com salada, sorvete de chocolate e café.) Ingeborg me contou que esteve com Hanna no Jardim Municipal que fica atrás do porto, entre dois penhascos que caem diretamente no mar. Tiraram muitas fotos, compraram postais e decidiram voltar andando até o vilarejo. Uma manhã completa. De minha parte, mal abri a boca. O barulho do restaurante me subia à cabeça e produzia um ligeiro mas persistente enjoo. Pouco antes de terminarmos de comer apareceu Hanna, vestida apenas de biquíni e camiseta amarela. Ao sentar, dirigiu-me um sorriso um tanto forçado, como se pedisse desculpas por alguma coisa ou como se estivesse envergonhada. De quê, não consigo entender. Tomou um café conosco e quase não falou. A verdade é que sua aparição não me agradou nem um pouco, mas evitei manifestar meu desagrado. Finalmente nós três subimos ao quarto, onde Ingeborg pôs sua roupa de banho, e depois elas foram para a praia.

Hanna perguntou: "Por que Udo fica tanto tempo trancado?". E depois de uma pausa: "O que é aquele tabuleiro cheio de fichas em cima da mesa?". Ingeborg demorou para achar uma resposta; perturbada, olhou para mim como se eu fosse culpado pela estúpida curiosidade da amiga. Hanna esperava. Com uma voz calma e fria que desconcertou até a mim, expliquei que do jeito que meus ombros estavam eu preferia por ora a sombra e ler na sacada. É tranquilizante, afirmei, você devia experimentar.

Ajuda a pensar. Hanna riu, não muito segura do sentido das minhas palavras. Acrescentei em seguida:

— Este tabuleiro, como você pode ver, é o mapa da Europa. É um jogo. Também é um desafio. E faz parte do meu trabalho.

Aturdida, Hanna balbuciou que tinha ouvido dizer que eu trabalhava na Companhia de Eletricidade de Stuttgart, de modo que tive de esclarecer que, embora a quase totalidade dos meus rendimentos proviesse da Companhia de Eletricidade, nem minha vocação nem uma considerável parte das minhas horas eram consagradas a ela; mais ainda, uma pequena quantidade de dinheiro extra provinha de jogos como o que estava em cima da mesa. Não sei se foi a menção ao dinheiro ou o brilho do tabuleiro e das fichas, mas Hanna se aproximou e com toda seriedade começou a me fazer perguntas relacionadas ao mapa. Era o momento ideal para introduzi-la ao assunto... Bem então Ingeborg disse que tinham de ir. Da sacada eu as vi atravessar o Passeio Marítimo e estender suas esteiras a uns poucos metros dos pedalinhos do Queimado. Seus gestos, suaves, intensamente femininos, me doeram de um modo insólito. Por uns instantes me senti mal, incapaz de fazer outra coisa além de ficar estirado na cama, de bruços, suando. Por minha cabeça passaram imagens absurdas que machucavam. Pensei em propor a Ingeborg que fôssemos para o sul, até a Andaluzia, ou que fôssemos para Portugal, ou que sem planejar nenhum trajeto nos perdêssemos pelas estradas do interior da Espanha, ou déssemos uma esticada até o Marrocos... Depois me lembrei que ela tinha de voltar ao trabalho no dia 3 de setembro e que minhas férias terminavam dia 5 de setembro, e que na realidade não tínhamos tempo... Por fim me levantei, tomei um banho e me lancei ao jogo.

(Aspectos gerais do turno da primavera, 1940. A França mantém a frente clássica na fileira de hexágonos 24 e uma segunda linha de contenção na fileira 23. Dos catorze corpos de infantaria que devem estar no teatro europeu, doze deles, pelo menos, devem cobrir os hexágonos Q24, P24, O24, N24, M24, L24, Q23, O23 e M23. Os dois restantes deverão se posicionar nos hexágonos O22 e P22. Dos três corpos blindados, um provavelmente estará no hexágono O22, outro no hexágono T20 e o último no hexágono O23. As unidades de reserva estarão nos hexágonos Q22, T21, U20 e V20. As unidades aéreas nos hexágonos P21 e Q20, em bases aéreas. A Força Expedicionária Britânica, que no *melhor* dos casos estará composta por três corpos de infantaria e um corpo blindado — claro, se o inglês enviasse mais forças para a França a variante a empregar seria a do golpe direto contra a Grã-Bretanha e, para tanto, o corpo aerotransportado alemão deve estar no hexágono K28 —, se desdobrará nos hexágonos N23, dois corpos de infantaria, e P23, um corpo de infantaria e outro blindado. Como possível variante defensiva podem se mudar as forças inglesas do hexágono P23 para o hexágono O23, e as francesas, um corpo blindado e um corpo de infantaria, do O23 para o P23. Em qualquer desdobramento, o hexágono mais forte será aquele em que o corpo blindado inglês estiver, seja o P23 ou o O23, e determinará o eixo do ataque alemão. Este será levado a cabo com muito poucas unidades. Se o corpo blindado inglês estiver em P23, o ataque alemão se produzirá em O24; se, pelo contrário, o corpo blindado inglês estiver em O23, o ataque deve se iniciar em N24, pelo sul da Bélgica. Para garantir o *breakthrough*, o corpo aerotransportado deverá se lançar sobre o hexágono O23 se o corpo blindado inglês estiver em P23, ou em N23 se estiver em O23. O golpe na primeira linha defensiva será assestado por dois corpos blindados e a penetração estará a cargo de outros dois ou três corpos blindados que deverão chegar até o hexágono O23 ou N22, dependendo de onde se ache o corpo blindado inglês, e proceder a um imediato ataque de aproveitamento contra o hexágono O22, Paris. Para impedir um contra-ataque com relações superiores a 1-2, alguns fatores aéreos devem ser deixados na expectativa etc.)

De tarde tomamos alguma coisa na zona dos campings e depois fomos jogar minigolfe. Charly estava mais calmo que nos dias anteriores, o rosto limpo e sossegado, como se uma tranquilidade até então desconhecida houvesse se instalado nele. As aparências enganam. Logo se pôs a falar com o arrevesamento de sempre e nos contou uma história. Ela ilustra sua estupidez ou a estupidez que supõe em nós, ou ambas as coisas. Resumindo: o dia todo esteve praticando windsurfe e em determinado momento se afastou tanto que perdeu de vista a linha da costa. A graça da sua história residia em que ao voltar para a praia confundiu nosso vilarejo com o vilarejo ao lado; desconfiou dos edifícios, dos hotéis, até da forma da praia, mas não deu importância. Desorientado, perguntou a um banhista alemão pelo hotel Costa Brava; este, sem hesitar, o enviou a um hotel que de fato se chamava Costa Brava mas que não tinha nada a ver com o Costa Brava onde Charly se hospeda. Não obstante, Charly entrou e pediu a chave do seu quarto. Claro, por não estar registrado, o recepcionista não a deu, imune às ameaças de Charly. Finalmente, e como na recepção não havia muito trabalho, dos insultos passaram ao diálogo e a uma cerveja no bar do hotel onde, para surpresa dos que ouviam, tudo se esclareceu e Charly ganhou um amigo e a admiração geral.

— O que você fez depois? — disse Hanna, embora estivesse claro que já sabia a resposta.

— Peguei minha prancha e voltei. Pelo mar, naturalmente!

Charly é um grandissíssimo fanfarrão ou um grandissíssimo imbecil.

Por que às vezes tenho tanto medo? E por que, quanto mais medo eu tenho, meu espírito parece se encher, se elevar e observar o planeta inteiro de cima? (Vejo Frau Else de *cima* e tenho medo. Vejo Ingeborg de *cima* e sei que ela também olha para mim e tenho medo e vontade de chorar.) Vontade de chorar de amor? Na realidade, desejo escapar com ela não só deste vilarejo e do calor mas também do que o futuro nos reserva, da mediocridade e do absurdo? Outros se acalmam com o sexo ou com os anos. Para Charly bastam as pernas e os peitos de Hanna. Fica tranquilo. Para mim, ao contrário, a beleza de Ingeborg me obriga a abrir os olhos e perder a serenidade. Sou uma pilha de nervos. Sinto vontade de chorar e dar socos quando penso em Conrad, que não tem férias ou que passou suas férias em Stuttgart sem sair nem mesmo para ir à piscina. Mas meu rosto não muda por isso. E meu pulso continua igual. Nem me mexo, apesar de por dentro estar me dilacerando.

Ingeborg comentou, quando nos deitamos, como Charly parecia bem. Estivemos numa discoteca chamada Adan's até as três da manhã. Agora Ingeborg dorme e eu escrevo com a porta da sacada aberta e fumando um cigarro atrás do outro. Hanna também parecia muito bem. Até dançou comigo umas duas músicas lentas. A conversa, desimportante como sempre. De que falarão Hanna e Ingeborg? É possível que estejam se tornando realmente amigas? Jantamos no restaurante do Costa Brava, convidados por Charly. Paella, salada, vinho, sorvete e café. Depois fomos no meu carro para a discoteca. Charly não estava com vontade de dirigir nem de andar; talvez eu exagere, mas me deu a impressão de que não tinha vontade nem de *se mostrar.* Nunca o tinha visto tão discreto e reservado. Hanna a cada instante se inclinava sobre ele e o beijava. Suponho que deve beijar da mesma maneira seu filho em Oberhausen. Quando voltávamos vi o Queimado no terraço do Rincón de los Andaluces. O terraço estava vazio e os garçons guardavam as mesas. Um grupo de rapazes do vilarejo conversava encostado na balaustrada. O Queimado, uns metros à parte, parecia ouvi-los. Ao dizer a Charly, meio de piada, que ali estava seu amigo, ele respondeu com maus modos: e daí, vá andando. Acho que pensou que eu me referia ao Lobo ou ao Cordeiro. No escuro era difícil distingui-los. Vá andando, vá andando, disseram Ingeborg e Hanna.

28 de agosto

Hoje, pela primeira vez, amanheceu nublado. A praia, da nossa janela, mostrava-se majestosa e vazia. Algumas crianças brincavam na areia mas pouco depois começou a chover e elas foram desaparecendo uma atrás da outra. No restaurante, durante o café da manhã, a atmosfera também era diferente; as pessoas, não podendo sentar no terraço por causa da chuva, se amontoam nas mesas de dentro e o tempo do café da manhã se prolonga, permitindo fazer novas e rápidas amizades. Todos falam. Os homens começam a beber mais cedo. As mulheres vão constantemente a seus quartos em busca de agasalhos que em geral não encontram. Fazem-se piadas. Em pouco tempo o ambiente geral é de tédio. Não obstante, como não é possível permanecer o dia todo no hotel, organizam-se incursões fora dele: grupos de cinco, de seis pessoas protegidas debaixo de um guarda-chuva percorrem as lojas, depois se metem numa lanchonete ou em alguma casa de videogames. As ruas, varridas pela chuva, se revelam alheias ao bulício diário, imersas em outro tipo de cotidianidade.

Charly e Hanna chegaram na metade do café, resolveram ir a Barcelona, e Ingeborg os acompanha. Declino de ir com eles. O dia de hoje será totalmente para mim. Depois que partiram me dedico a observar as pessoas que saem e entram no restaurante. Frau Else, contra o previsto, não aparece. De qualquer maneira, o lugar é tranquilo e cômodo. Ponho meu cérebro para trabalhar. Rememoro inícios de partidas, movimentos preparatórios e de sondagem... Um torpor generalizado invade tudo. Em pouco tempo os únicos autenticamente contentes são os garçons. Têm o dobro de trabalho de um dia normal mas fazem brincadeiras uns com os outros e riem. Um velho, a meu lado, opinou que riam de nós.

— O senhor se engana — contestei. — Riem porque já veem o fim do verão se aproximar e portanto o fim do seu trabalho.

— Nesse caso deviam estar tristes. Vão ficar desempregados, esses sem-vergonhas!

Saí do hotel ao meio-dia.

Peguei o carro e rodei lentamente até o Rincón de los Andaluces. Teria chegado mais depressa a pé, mas não estava a fim de andar.

Fora, estava como todos os bares com terraço: cadeiras com o encosto apoiado nas mesas e gotas caindo das franjas dos guarda-sóis. A animação estava dentro. Como se a chuva houvesse feito desaparecer as reservas, turistas e nativos, num conglomerado que tinha algo de catastrófico, tentavam um diálogo gestual, ininteligível e interminável. No fundo, junto da televisão, vi o Cordeiro. Com sinais indicou que eu me aproximasse. Esperei que me servissem um café com leite e fui me sentar à sua mesa. As primeiras palavras foram meramente de cortesia. (O Cordeiro se lamentava pela chuva, não por *ele* e sim por *mim*, pois eu tinha vindo em busca de dias ensolarados e de praia etc.) Não me dei ao trabalho de dizer que na realidade estava encantado com a chuva.

Não demorou muito para perguntar por Charly. Disse que estava em Barcelona. Com quem?, inquiriu. A pergunta não deixou de me surpreender; de bom grado teria dito que não lhe dizia respeito. Depois de hesitar, decidi que não valia a pena.

— Com Ingeborg e Hanna, claro, com quem você imaginava?

O pobre rapaz pareceu perturbado. Com ninguém, sorriu. Na janela embaçada alguém havia desenhado um coração atravessado por uma agulha hipodérmica. Do lado de lá, viam-se o Passeio Marítimo e umas pranchas cinzentas. As poucas mesas do fundo do bar eram ocupadas por jovens e estes eram os únicos que mantinham certa distância dos turistas; um muro, tacitamente aceito tanto pela gente que se apinhava ao longo do balcão — famílias e homens mais velhos — como pelo pessoal do fundo, separava meio bar para cada grupo. De repente o Cordeiro começou a me contar uma história estranha e sem sentido. Falava rápido, em segredo, inclinado sobre a mesa. Mal entendi. A história versava sobre Charly e o Lobo, mas suas palavras foram ditas como num sonho: uma discussão, uma loura (Hanna?), facas, a amizade acima de tudo... "O Lobo é uma boa pessoa, eu o conheço, tem um coração de ouro. Charly também. Mas quando enchem a cara não há cristo que os suporte." Concordei. Pouco me importava. Perto de nós uma moça olhava fixamente para a lareira apagada, transformada agora num enorme cinzeiro. Lá fora a chuva engrossava. O Cordeiro me ofereceu um conhaque. Nesse momento apareceu o dono do bar e pôs um vídeo. Para tanto teve de trepar numa cadeira. Dali anunciou: "Vou pôr um vídeo para vocês, filhinhos". Ninguém deu bola para ele. "Vocês são um bando de vagabundos", disse a modo de despedida. O filme era de motociclistas pós-nucleares. "Já vi", disse o Cordeiro quando voltou com dois copos de conhaque. Um bom conhaque. Junto da lareira a moça começou a chorar. Não sei como explicar, mas era a única em todo o bar que parecia não estar ali. Perguntei ao Cordeiro por que ela chorava. Como sabe que está chorando?, respondeu, eu mal vejo a cara dela. Dei de ombros; na televisão, um par de motociclistas avançava pelo deserto; um deles era caolho; no horizonte se estendiam os restos de uma cidade: um posto de gasolina em ruínas, um supermercado, um banco, um cinema, um hotel... "Mutantes", disse o Cordeiro, pondo-se de perfil para assim poder ver um pouco.

Junto da moça da lareira havia outra moça, e um rapaz que tanto podia ter treze como dezoito anos. Ambos a observavam chorar e de vez em quando acariciavam suas costas. O rapaz tinha a cara cheia de espinhas; em voz baixa dizia palavras no ouvido da moça como se, mais que consolá-la, pretendesse convencê-la de alguma coisa e com o rabo do olho não perdia de vista as cenas mais violentas do filme que, aliás, se sucediam a cada instante. De fato, os rostos de todos os jovens, salvo a que chorava, se elevavam automaticamente para a televisão atraídos pelo barulho da luta ou pela música que antecedia os momentos de clímax dos combates. O resto do filme não lhes interessava ou já tinham visto.

Lá fora a chuva não amainava.

Pensei então no Queimado. Onde estaria? Era capaz de passar o dia na praia, enterrado debaixo dos pedalinhos? Por um segundo, como se me faltasse ar, tive vontade de sair correndo para verificar.

Pouco a pouco a ideia de lhe fazer uma visita começou a tomar forma. O que mais me atraía era ver com meus próprios olhos o que eu havia imaginado: metade refúgio infantil, metade barracão terceiro-mundista, o que finalmente eu esperava achar no interior dos pedalinhos? Em minha mente aparecia o Queimado sentado como um cavernícola junto de um lampião de camping; ao entrar, ele erguia a vista e nós nos encarávamos. Mas entrar por onde, por um buraco, como numa toca de coelho? Era uma possibilidade. E no fim do túnel, lendo um jornal, o Queimado pareceria um coelho. Um coelho enorme, mortalmente assustado. Claro, se eu não quisesse assustá-lo, devia antes chamá-lo. Olá, sou eu, Udo, você está aí, como eu desconfio?... E se ninguém respondesse, que fazer? Eu me imaginei ao redor dos pedalinhos procurando o buraco de entrada. Pequeníssimo. A duras penas, rastejando, me introduzia... No interior, tudo estava escuro. Por quê?

— Quer que eu conte o fim do filme? — perguntou o Cordeiro.

A moça da lareira não chorava mais. Na televisão, uma espécie de carrasco cava um buraco suficientemente grande para enterrar o corpo de um homem com sua moto. Terminada a operação os rapazes riem, apesar de a cena ter algo de intangível, mais trágico que cômico.

Assenti. Como terminava?

— O herói consegue sair da zona radioativa com o tesouro. Não me lembro se é uma fórmula para fazer petróleo sintético ou água sintética ou sei lá o quê. Bom, é um filme como os outros, não?

— É — falei.

Eu quis pagar, mas o Cordeiro se opôs com energia. "Hoje à noite você paga", sorriu. Não achei a menor graça na ideia. Mas, afinal, ninguém podia me obrigar a sair com eles, se bem que temi que o imbecil do Charly já houvesse assumido esse compromisso. E, se Charly saísse com eles, Hanna também sairia; e, se Hanna fosse, provavelmente Ingeborg também iria. Enquanto me levantava perguntei, como quem não quer nada, pelo Queimado.

— Não tenho a menor ideia — disse o Cordeiro. — Esse cara é meio maluco. Quer vê-lo? Está procurando por ele? Se quiser eu te acompanho. Talvez esteja agora no bar do Pepe, com esta chuva não creio que trabalhe.

Agradeci. Disse que não era necessário. Não o estava procurando.

— É um sujeito esquisito — disse o Cordeiro.

— Por quê? Por causa das queimaduras? Você sabe como ele as fez?

— Não, não é por isso, não tem nada a ver. Digo porque me parece esquisito. Não, esquisito não, sistemático, sabe o que quero dizer.

— Não, o que você quer dizer?

— Que ele tem suas manias, como todo mundo. Um pouco amargurado. Não sei. Todos têm suas manias, não? Olhe só o Charly, para não ir mais longe, só gosta de encher a cara e dessa merda de windsurfe.

— Não precisa exagerar, cara, ele também gosta de outras coisas.

— De mulher? — disse o Cordeiro com um sorriso malicioso. — Hanna é muito gostosa, temos de reconhecer, não?

— Sim — falei. — Não é nada má.

— Ela tem um filho, não?

— Acho que sim — falei.

— Ela me mostrou uma foto. É um menino muito bonito, louro e tudo o mais, parece com ela.

— Não sei. Não vi nenhuma foto.

Antes de explicar que eu conhecia Hanna tanto quanto ele, fui embora. Provavelmente ele a conhecia sob algumas facetas melhor do que eu e lhe dizer aquilo não adiantaria nada.

Lá fora continuava chovendo, mas com menor intensidade. Nas largas calçadas do Passeio Marítimo viam-se alguns turistas que passeavam encapuzados em seus impermeáveis coloridos. Entrei no carro e acendi um cigarro. Dali podia ver a fortaleza de pedalinhos e a cortina de vapor e espuma que o vento levantava. De uma janela do bar a moça da lareira também olhava para a praia. Liguei o motor do carro e me afastei. Durante meia hora dei voltas no vilarejo. Na parte velha o trânsito estava impossível. A água saía aos borbotões dos bueiros e um vapor morno e pútrido se colava no carro junto com a fumaça dos canos de escape, com as buzinas, os gritos das crianças. Por fim consegui sair. Estava com fome, uma fome feroz, mas em vez de procurar um lugar para comer me afastei do vilarejo.

Dirigi a esmo, sem saber aonde ia. De vez em quando eu ultrapassava carros e trailers de turistas; o tempo pressagiava o fim do verão. As terras, dos dois lados da estrada, estavam cobertas de plásticos e sulcos escuros; no horizonte se recortavam uns morros carecas e achatados para onde corriam as nuvens. Dentro de um pomar, debaixo dos galhos de uma árvore, vi um grupo de negros que se protegia da chuva.

De repente apareceu uma fábrica de cerâmica. Aquele, então, era o caminho que levava à discoteca sem nome em que havíamos estado. Parei o carro no estacionamento e entrei. De uma guarita, um velho olhou para mim sem dizer nada. Tudo era diferente: não havia refletores, nem cachorros, nem um brilho irreal emanava das estátuas de gesso nas quais a chuva tamborilava.

Peguei um par de vasos e me aproximei da casinhola do velho.

— Oitocentas pesetas — disse ele sem sair.

Procurei o dinheiro e lhe dei.

— Tempo ruim — eu disse enquanto esperava o troco e a chuva me caía no rosto.

— É — respondeu o velho.

Pus os vasos no porta-malas do carro e fui embora.

Comi numa ermida, no alto do monte do qual se domina todo o balneário. Faz séculos houve ali uma fortaleza de pedra como proteção contra os piratas. Talvez o vilarejo ainda nem existisse quando construíram a fortaleza. Não sei. Em todo caso, da fortaleza só restam umas tantas pedras cobertas de nomes, de corações, de desenhos obscenos. Junto dessas ruínas se ergue a ermida, de construção mais recente. A vista é formidável: o porto, o iate clube, a cidade velha, o centro residencial, os campings, os hotéis à beira-mar; com tempo bom podem-se avistar alguns vilarejos costeiros e, encarapitando-se no esqueleto da fortaleza, uma teia de estradas secundárias e uma infinidade de pequenos povoados e vilas do interior. Num anexo da ermida há uma espécie de restaurante. Não sei se quem o gerencia pertence a uma comunidade religiosa ou simplesmente conseguiu a licença da forma costumeira. Bons cozinheiros, que é o que importa. Os moradores do vilarejo, em especial os casais, costumam subir à ermida mesmo que não seja precisamente para admirar a paisagem. Ao chegar encontrei vários carros parados debaixo das árvores. Alguns motoristas permaneciam dentro dos veículos. Outros estavam sentados às mesas do restaurante. O silêncio era quase total. Dei uma volta por uma espécie de mirante com grades metálicas; em ambos os extremos havia telescópios, desses que funcionam com moedas. Eu me aproximei de um e enfiei cinquenta pesetas. Não vi nada. A escuridão era total. Dei umas porradas nele e me afastei. No restaurante, pedi um coelho e uma garrafa de vinho.

Que mais vi?

1. Uma árvore suspensa sobre o precipício. Suas raízes, como que enlouquecidas, se enroscavam entre as pedras e o ar. (Mas essas coisas não se veem só na Espanha; também na Alemanha vi árvores assim.)

2. Um adolescente vomitando na beira do caminho. Seus pais, dentro de um carro de placa britânica, esperavam com o rádio a todo volume.

3. Uma moça de olhos escuros na cozinha do restaurante da ermida. Não nos vimos nem um segundo, mas algo em mim a fez sorrir.

4. O busto de bronze de um homem calvo numa pracinha apartada. No pedestal, um poema escrito em catalão do qual só pude identificar as palavras: "terra", "homem", "morte".

5. Um grupo de jovens catando mariscos nas pedras ao norte do vilarejo. Sem motivo aparente, de tanto em tanto davam hurras e vivas. Seus gritos subiam pelas pedras com estrondo de tambores.

6. Uma nuvem de cor vermelho-escura, de sangue sujo, apontando para o leste e que, entre as nuvens escuras que encapotavam o céu, era como uma promessa do fim da chuva.

Depois de almoçar, voltei ao hotel. Tomei um banho, mudei de roupa e tornei a sair. Na recepção havia uma carta para mim. Era de Conrad. Hesitei um momento entre lê-la imediatamente ou atrasar o prazer da leitura para mais tarde. Decidi que leria depois de ver o Queimado. Guardei portanto a carta no bolso e me dirigi para os pedalinhos.

A areia estava molhada, embora não chovesse mais; em alguns pontos da praia podiam se apreciar silhuetas que caminhavam bordeando as ondas, com a cabeça curvada como se procurassem garrafas com mensagens ou joias devolvidas pelo mar. Em duas ocasiões estive a ponto de voltar para o hotel. A sensação de estar me passando por ridículo, no entanto, era menor que minha curiosidade.

Muito antes de chegar ouvi o barulho que a lona produzia ao bater nos flutuadores. Alguma corda devia ter se soltado. Com passos precavidos rodeei os pedalinhos. De fato, havia uma corda desamarrada que fazia com que o vento mexesse a lona com uma violência cada vez maior. Eu me lembro que a corda se agitava como uma cobra. Uma cobra d'água. A lona estava úmida e pesada por efeito da chuva. Sem pensar, peguei a corda e amarrei como pude.

— O que você está fazendo? — perguntou o Queimado de dentro dos pedalinhos.

Dei um pulo para trás. O nó, no ato, se desfez e a lona estalou como uma planta arrancada pela raiz, como algo vivo e úmido.

— Nada — disse eu.

Pensei imediatamente que devia ter acrescentado: "Onde você está?". Agora o Queimado podia deduzir que eu conhecia seu segredo e que por esse motivo não me surpreendia ouvir sua voz que, obviamente, provinha de dentro. Tarde demais.

— Como nada?

— Nada — gritei. — Estava dando um passeio e vi que o vento estava a ponto de arrancar sua lona. Você não tinha percebido?

Silêncio.

Dei um passo à frente e com movimentos decididos tornei a amarrar a maldita corda.

— Pronto — falei. — Agora sim os pedalinhos estão protegidos. Só falta sair o sol!

Um grunhido ininteligível chegou de dentro.

— Posso entrar?

O Queimado não respondeu. Por um instante temi que saísse e me perguntasse no meio da praia que diabos eu queria. Não teria sabido o que responder. (Matar o tempo? Comprovar uma suspeita? Um pequeno estudo de costumes?)

— Está me ouvindo? — gritei. — Posso entrar, sim ou não?

— Sim. — A voz do Queimado mal era audível.

Procurei, solícito, a entrada; claro que não havia nenhum buraco cavado na areia. Os pedalinhos, encaixados de forma inverossímil, não pareciam deixar nenhuma fresta por onde eu pudesse passar. Olhei na parte superior: entre a lona e um flutuador havia um espaço por onde um corpo podia se insinuar. Subi com cuidado.

— Por aqui? — perguntei.

O Queimado grunhiu algo que tomei por um sinal afirmativo. Já em cima, o buraco era maior. Fechei os olhos e me deixei cair.

Um cheiro de madeira podre e sal golpeou meu olfato. Por fim estava no interior da fortaleza.

O Queimado permanecia sentado numa lona parecida com a que cobria os pedalinhos. Junto dele havia uma sacola quase tão grande quanto uma mala. Em cima de uma folha de jornal havia um pedaço de pão e uma lata de atum. A luz, contra minhas previsões, era aceitável, sobretudo levando-se em conta que lá fora estava nublado. Junto com a luz, por entre os inúmeros buracos, entrava o ar. A areia estava seca, ou assim acreditei; de qualquer maneira, ali dentro fazia frio. Disse isso a ele: faz frio. O Queimado tirou da sacola uma garrafa e me ofereceu. Tomei um bom gole. Era vinho.

— Obrigado — falei.

O Queimado pegou a garrafa e bebeu por sua vez; depois cortou um pedaço de pão, abriu-o no meio, enfiou entre as duas partes uns pedacinhos de atum, empapou de azeite e começou a comê-lo. O buraco no interior dos pedalinhos tinha dois metros de largura por um metro e pouco de altura. Logo descobri outros objetos: uma toalha de cor imprecisa, as sandálias (o Queimado estava descalço), outra lata de atum, vazia, uma sacola de plástico com o logo de um supermercado... Em geral a ordem imperava na fortaleza.

— Não estranha que eu soubesse onde você estava?

— Não — disse o Queimado.

— Às vezes dou uma mão a Ingeborg deduzindo coisas... Quando ela lê livros de mistério... Consigo descobrir os assassinos antes de Florian Linden... — Minha voz tinha se reduzido quase a um murmúrio.

Depois de engolir o pão, com gestos parcimoniosos enfiou as duas latas na sacola de plástico. Suas mãos, enormes, se moviam velozes e silenciosas. Mãos de criminoso, pensei. Num segundo não sobrou vestígio de comida, só a garrafa de vinho entre nós dois.

— A chuva... Te incomodou?... Mas vejo que você está bem, aqui... Que chova de vez em quando deve ser uma sorte para você: hoje você era mais um turista, como todos.

O Queimado olhou para mim em silêncio. Na massa disforme das suas feições acreditei ver uma expressão de sarcasmo. Você também está de férias?, perguntou. Hoje estou sozinho, expliquei, Ingeborg, Hanna e Charly foram a Barcelona. O que pretendeu insinuar perguntando se eu também estava de férias? Que não escrevia meu artigo? Que não estava trancado no hotel?

— Como passou pela sua cabeça viver aqui?

O Queimado deu de ombros e suspirou.

— Sim, entendo, deve ser muito bonito dormir debaixo das estrelas, ao ar livre, se bem que daqui você não deva ver muitas estrelas — sorri, e bati na testa com a mão espalmada, um gesto pouco usual em mim. — De qualquer maneira você mora mais perto do mar que qualquer turista. Alguns pagariam para estar no seu lugar!

O Queimado procurou alguma coisa na areia. Os dedos dos seus pés se enterraram e se desenterraram com lentidão; eram grandes, desmedidos e, surpreendentemente, embora não tivessem por que ser diferentes, sem uma só queimadura, lisos, com a pele intacta, inclusive sem calosidades que o contato diário com o mar devia se encarregar de apagar.

— Gostaria de saber por que você decidiu se instalar aqui, como lhe ocorreu que juntando os pedalinhos você podia construir este refúgio. É uma boa ideia, mas por quê. Foi para não pagar aluguel? Estão tão caros assim os aluguéis? Desculpe se não é da minha conta. É uma curiosidade que tenho, sabe? Quer ir tomar um café?

O Queimado pegou a garrafa e depois de levá-la aos lábios passou-a a mim.

— É barato. É grátis — murmurou quando depositei a garrafa de volta entre ambos.

— É legal também? Fora eu, alguém sabe que você dorme aqui? O dono dos pedalinhos, por exemplo, sabe onde você passa a noite?

— Sou eu o dono destes pedalinhos — disse o Queimado.

Uma linha de luz caía justo na sua testa: a carne chamuscada, tocada pela luz, parecia se iluminar, se mexer.

— Não valem muito — acrescentou. — Todos os pedalinhos da cidade são mais novos que os meus. Mas eles ainda flutuam e as pessoas gostam.

— Acho magníficos — falei num ímpeto de entusiasmo. — Eu nunca subiria num pedalinho com forma de cisne ou nau viking. São horrorosos. Os *seus*, em compensação, me parecem... não sei, mais clássicos. Mais confiáveis.

Eu me senti um idiota.

— Não creia. Os pedalinhos novos são mais rápidos.

Desalinhavadamente explicou que o tráfego de lanchas, de barcos de excursão e pranchas de windsurfe nas proximidades da praia era, em certas ocasiões, tão anárquico quanto o de uma estrada. A velocidade que os pedalinhos eram capazes de alcançar para esquivar as outras embarcações se tornava, então, um detalhe importante. Até agora não tinha a lamentar nenhum acidente, salvo batidas na cabeça de banhistas; mas até nisso os pedalinhos novos eram superiores: uma pancada no flutuador de um dos seus velhos pedalinhos podia abrir a cabeça de qualquer um.

— São pesados — disse ele.

— Sim, sim, como tanques.

O Queimado sorriu pela primeira vez naquela tarde.

— Sempre pensando nisso — falou.

— Sim, sempre, sempre.

Sem parar de sorrir, fez um desenho na areia que apagou imediatamente. Seus contados gestos eram, além do mais, enigmáticos.

— Como vai seu jogo?

— Perfeito. De vento em popa. Vou destroçar todos os esquemas.

— Todos os esquemas?

— Sim, todas as velhas maneiras de jogar. Com meu sistema o jogo terá de ser repensado.

Ao sair, o céu era de uma cor cinza-metálica e anunciava novos aguaceiros. Disse ao Queimado que algumas horas antes eu tinha visto uma nuvem vermelha a leste; pensei que era sinal de bom tempo. No bar, lendo um jornal esportivo na mesma mesa em que o deixei, estava o Cordeiro. Ao nos ver fez sinais para que sentássemos com ele. A conversa discorre então por terrenos que teriam encantado a Charly mas que a mim só conseguem chatear. Bayern de Munique, Schuster, Hamburgo, Rummenigge são os temas e os pretextos. Claro, o Cordeiro sabe mais desses times e dessas personalidades que eu. Para minha surpresa, o Queimado participa da conversa (que se dá em minha homenagem, pois não se fala de esportistas espanhóis mas de alemães, coisa que sei apreciar em sua justa medida e que ao mesmo tempo produz desconfiança em mim) e demonstra ter um conhecimento aceitável do futebol alemão. Por exemplo, o Cordeiro pergunta: qual é seu jogador predileto?, e, depois da minha resposta (Schumacher, para dizer alguma coisa) e da do Cordeiro (Klaus Allofs), o Queimado diz: "Uwe Seeler", que nem o Cordeiro nem eu conhecemos. Ele e Tilkowski são os nomes que mais prestígio guardam na lembrança do Queimado. O Cordeiro e eu não sabemos de que ele fala. A nossas perguntas responde que em criança viu os dois num campo de futebol. Quando acho que o Queimado vai se pôr a rememorar sua infância, de repente emudece. As horas passam e, apesar de aquele dia estar nublado, a noite demora a chegar. Às oito me despeço e volto ao hotel. Sentado numa cadeira, no térreo, junto de uma vidraça da qual posso ver o Passeio Marítimo e um setor do estacionamento, me disponho a ler a carta de Conrad. Diz assim:

Querido Udo:

Recebi seu postal. Espero que a natação e Ingeborg deixem tempo para você terminar o artigo na data prevista. Ontem concluímos um Terceiro Reich na casa de Wolfgang. Walter e Wolfgang (Eixo) contra Franz (Aliados) e eu (Rússia). Jogamos com três lados e o resultado final foi: W e W, quatro objetivos; Franz, dezoito; eu, dezenove, entre eles Berlim — e Estocolmo! (pode imaginar o estado em que W e W deixaram a Kriegsmarine). Surpresas no módulo diplomático: no outono de 1941, a Espanha passa para o Eixo. Impossibilidade de transformar a Turquia em aliado menor graças aos DP que Franz e eu esbanjamos prodigamente. Alexandria e Suez, intocáveis; Malta esmagada mas de pé. W e W *quiseram* testar alguns aspectos da sua Estratégia Mediterrânea. E da Estratégia Mediterrânea de Rex Douglas. Grande demais para eles, que se estreparam. O Gambito Espanhol de David Hablanian pode *funcionar* uma vez em cada vinte. Franz perdeu a França no verão de 40 e suportou uma invasão contra a Inglaterra na primavera de 41! Quase todos os seus corpos de exército se achavam no Mediterrâneo e W e W não puderam resistir à tentação. Aplicamos a variante Beyma. Em 1941, fui salvo pela *neve* e pela insistência de W e W em *abrir* frentes, com um gasto de BRPs enorme; sempre chegavam à bancarrota no último turno anual. Acerca da sua estratégia: Franz disse que ela não se distingue muito da de Anchors. Eu disse a ele que *você* se *correspondia* com Anchors e que a estratégia dele não tem nada em comum com a sua. W e W estão dispostos a montar um TR gigante assim que você voltar. Primeiro sugeriram a série Europa de GDW, mas eu os dissuadi. Não *acredito* que você tope jogar *mais* de um mês seguido. Combinamos que W e W, Franz e Otto Wolf jogarão com os Aliados e os russos, respectivamente, e que você e eu tomaremos as rédeas da Alemanha, o que acha? Falamos também do encontro em Paris, de 23 a 28 de dezembro. Está confirmado que Rex Douglas em pessoa vai vir. Vai gostar de te conhecer. Em Waterloo apareceu uma foto sua: aquela em que você está jogando contra Randy Wilson, e uma notícia sobre nosso grupo de Stuttgart. Recebi uma carta do fanzine *Marte,* você *lembra* deles? Querem um artigo seu (também sairá um de Mathias Müller, é incrível!) para um número extraordinário de jogadores especializados na Segunda. Quase todos os participantes são franceses e suíços. Tem mais notícias, que prefiro dar quando você voltar de férias. Quais você acha que foram os hex. objetivos que retiveram W e W? Leipzig, Oslo, *Gênova* e *Milão.* Franz queria *me bater.* Na verdade, ficou me perseguindo *em volta* da mesa. Deixamos montado um Case White. Começaremos amanhã à noite. Os rebentos de Fogo e Aço descobriram Boots & Saddles e Bundeswehr, da série Assault. Agora pensam em vender seus velhos Squad Leader e já falam em publicar um fanzine que se chamaria *Assault* ou *Combates Radioativos* ou algo assim. Eles me fazem *rir.* Tome bastante sol. Lembranças a Ingeborg. Um abraço do amigo.

Conrad

A tarde no Del Mar depois da chuva se tinge de um azul--escuro com veios de ouro. Por um bom momento permaneço no restaurante sem fazer outra coisa além de olhar para a gente que volta ao hotel com rosto cansado e faminto. Não vi Frau Else em lugar nenhum. Descubro que tenho frio: estou em mangas de camisa. Além do mais a carta de Conrad me deixou um ressaibo de tristeza. Wolfgang é um imbecil: imagino sua lentidão, suas indecisões ao mover cada contador, sua falta de imaginação. Se você não pode controlar a Turquia com DP, invada-a, seu debiloide. Nicky Palmer já disse isso mil vezes. Eu disse mil vezes. De repente, sem causa visível, pensei que estou sozinho. Que só Conrad e Rex Douglas (que conheço apenas por correspondência) são meus amigos. O resto é vazio e escuridão. Telefonemas que ninguém atende. Plantas. "Sozinho num país devastado", lembrei-me. Era uma Europa amnésica, sem épica e sem heroísmo. (Não me estranha que os adolescentes se dediquem a Dungeons & Dragons e outros jogos de RPG.)

Como o Queimado comprou seus pedalinhos? Sim, ele me disse. Com as economias obtidas na colheita das uvas. Mas como pôde comprar todo o lote, seis ou sete, só com o dinheiro da colheita? Essa foi a primeira prestação. O resto ia pagando pouco a pouco. O antigo dono era velho e estava cansado. Não se ganha o bastante no verão, se ainda por cima é preciso pagar um salário; então decidiu vendê-los e o Queimado comprou. Já havia trabalhado antes com aluguel de pedalinhos? Nunca. Não é difícil aprender, zombou o Cordeiro. Eu poderia fazer? (Pergunta cretina.) Claro, disseram em duo o Cordeiro e o Queimado. Qualquer um. Na realidade era um ofício em que só se necessitava de paciência e um bom olho para não perder os pedalinhos fujões. Não era preciso nem mesmo saber nadar.

O Queimado chegou ao hotel. Subimos sem que ninguém nos visse. Mostrei-lhe o jogo. As perguntas que fez foram inteligentes. De repente a rua se encheu de barulho de sirenes. O Queimado saiu à sacada e disse que o acidente era na zona dos campings. Que estupidez morrer nas férias, observei. O Queimado deu de ombros. Usava uma camiseta branca e limpa. De onde estava podia vigiar a massa informe dos seus pedalinhos. Eu me aproximei e perguntei a ele o que olhava. A praia, falou. Acho que ele poderia aprender a jogar rapidamente.

Passam as horas e nem sinal de Ingeborg. Até as nove esperei no quarto, anotando movimentos.

O jantar no restaurante do hotel: creme de aspargos, canelones, café e sorvete. Durante a sobremesa também não vi Frau Else. (Decididamente hoje ela desapareceu.) Compartilhei a mesa com um casal holandês de uns cinquenta anos. O tema da conversa tanto na minha mesa como no resto do restaurante era o mau tempo. Entre os comensais havia opiniões divergentes que os garçons — investidos de uma suposta sabedoria meteorológica e afinal de contas nativos — se encarregavam de dirimir. No fim ganhou a facção que vaticinava bom tempo para o dia seguinte.

Às onze dei uma volta pelos diferentes salões do térreo. Não encontrei Frau Else e fui a pé até o Rincón de los Andaluces. O Cordeiro não estava, mas meia hora depois apareceu. Perguntei pelo Lobo. Não o tinha visto o dia inteiro.

— Imagino que esteja em Barcelona — falei.

O Cordeiro olhou para mim espantado. Claro que não, hoje trabalhava até tarde, que ideias malucas eu tinha. Como o coitado do Lobo iria a Barcelona? Tomamos um conhaque e vimos um pedaço de um programa de concursos que passava na televisão. O Cordeiro falava gaguejando, pelo que deduzi que estava nervoso. Não me lembro por que saiu o assunto, mas em determinado momento e sem que eu perguntasse me confessou que o Queimado não era espanhol. Pode ser que estivéssemos falando da dureza e da vida e dos acidentes. (No concurso ocorriam centenas de pequenos acidentes, aparentemente simulados e incruentos.) Pode ser que eu tenha afirmado algo sobre o caráter espanhol.

Pode ser que falasse seguidamente do fogo e das queimaduras. Não sei. O caso é que o Cordeiro disse que o Queimado não era espanhol. De onde era, então? Sul-americano; de que país exato, não sabia.

A revelação do Cordeiro como que me acertou uma bofetada. Quer dizer que o Queimado não era espanhol. E não tinha me dito. Esse fato, em si sem importância, me pareceu dos mais inquietantes e significativos. Que motivos podia ter o Queimado para me esconder sua verdadeira nacionalidade? Não me senti tapeado. Senti-me observado. (Não pelo Queimado, na realidade por ninguém em particular: observado por um vazio, por uma ausência.) Pouco depois paguei as bebidas e fui embora. Tinha a esperança de encontrar Ingeborg no hotel.

No quarto não há ninguém. Desço de novo: fantasmagóricas, no terraço distingo umas silhuetas que mal se falam; no balcão do bar, um velho, o último cliente, bebe em silêncio. Na recepção, o vigia da noite me informa que ninguém me telefonou.

— Sabe onde posso encontrar Frau Else?

Ignora. A princípio nem entende de quem eu falo. Frau Else, grito, a dona deste hotel. O empregado arregala muito os olhos e torna a negar com a cabeça. Não a viu.

Agradeci e fui tomar um conhaque no bar. À uma da manhã decidi que o melhor era subir e me deitar. Não havia mais ninguém no terraço, mas uns tantos hóspedes recém-chegados se instalaram no balcão do bar e faziam piadas com os garçons.

Não consigo dormir; não estou com sono.

Às quatro da manhã, por fim, Ingeborg aparece. Um telefonema do vigia me informa que uma senhorita quer me ver. Desci correndo. Na recepção encontro Ingeborg, Hanna e o vigia envolvidos em algo que, da escada, se assemelha a um conciliábulo.

Quando chego junto deles a primeira coisa que vejo é o rosto de Hanna: um hematoma roxo e rosado cobre sua maçã esquerda e parte do olho; na bochecha direita e no lábio superior também se podem apreciar machucados, porém mais leves. Fora isso, não para de chorar. Quando indago a causa de semelhante estado, Ingeborg me obriga a calar de forma abrupta. Seus nervos estão à flor da pele; repete constantemente que aquilo só podia acontecer na Espanha. Cansado, o vigia sugere que chamemos uma ambulância. Ingeborg e eu nos consultamos mas é Hanna que se nega veementemente. (Diz coisas como: "é meu corpo", "são minhas feridas" etc.) A discussão prossegue e o choro de Hanna aumenta. Até aquele momento não tinha pensado no Charly, onde está? Ao mencioná-lo, Ingeborg, incapaz de se conter, solta uma torrente de palavrões. Por um instante tive a sensação de que Charly tinha se *perdido para sempre*. Inesperadamente, sinto que uma corrente de simpatia me une a ele. Uma coisa a que não sei dar nome e que nos liga de um modo doloroso. Enquanto o vigia sai em busca de uma caixa de primeiros socorros — meio-termo a que chegamos com Hanna —, Ingeborg me põe a par dos últimos acontecimentos que, aliás, eu havia adivinhado.

O passeio não podia ter sido pior. Depois de um dia aparentemente normal e tranquilo, tranquilo até demais, passado dando voltas pelo Bairro Gótico e pelas Ramblas, tirando fotos e comprando suvenires, a placidez inicial se espatifou até virar pó. Tudo começou, segundo Ingeborg, depois da sobremesa: Charly, sem que nenhuma provocação interviesse, experimentou uma mudança notável, como se algo na comida o houvesse envenenado. De início tudo se traduziu numa atitude hostil para com Hanna e em piadas de mau gosto. Houve uma troca de insultos e a coisa ficou por aí. A explosão, o primeiro aviso, se produziu mais tarde, depois que Hanna e Ingeborg concordaram, muito embora contra a vontade, em entrar num bar junto do porto; iam tomar uma última cerveja antes de voltar. Segundo Ingeborg, Charly estava nervoso e irritadiço, mas não agressivo. O incidente, talvez, não teria ido mais longe se no decorrer da conversa Hanna não o tivesse criticado por uma história de Oberhausen da qual Ingeborg não tinha conhecimento. As palavras de Hanna foram obscuras e cifradas; Charly, a princípio, ouviu as recriminações em silêncio. "Estava com a cara branca como papel e parecia assustado", disse Ingeborg. Depois se levantou, agarrou Hanna pelo braço e desapareceu com ela nos toaletes. Minutos depois, nervosa, Ingeborg resolveu chamá-los, não muito certa do que acontecia. Os dois estavam trancados no toalete feminino e não ofereceram resistência ao ouvir a voz de Ingeborg. Ao sair, ambos choravam. Hanna não disse uma palavra. Charly pagou a conta e se foram de Barcelona. Ao cabo de meia hora de viagem pararam nos arredores de um dos muitos vilarejos que margeiam a estrada da costa. O bar em que entraram se chamava Mar Salada. Desta vez Charly nem tentou convencê-las; simplesmente as ignorou e desandou a beber. Na quinta ou sexta cerveja irrompeu em lágrimas. Ingeborg, que contava jantar comigo, pediu então o cardápio e persuadiu Charly a comer alguma coisa. Por um momento tudo pareceu voltar ao normal. Os três jantaram e, embora com dificuldades, mantiveram um simulacro de conversa civilizada. No momento de irem embora, a discussão voltou a estourar. Charly estava decidido a continuar ali e Ingeborg e Hanna queriam que ele lhes entregasse as chaves do carro para voltarem. Segundo Ingeborg, as palavras que trocavam eram "um beco sem saída", no qual Charly se sentia muito à vontade. Finalmente ele se levantou e fez como se estivesse disposto a lhes dar as chaves ou levá-las. Ingeborg e Hanna o seguiram. Ao atravessar a porta, Charly se virou bruscamente e esmurrou Hanna no rosto. A resposta de Hanna foi sair correndo para a praia. Charly saiu disparado atrás dela e em poucos segundos Ingeborg escutou os gritos de Hanna, abafados e soluçantes como os de uma criança. Quando chegou junto deles Charly já não batia nela, embora de vez em quando lhe acertasse um sopapo ou cuspisse nela. Ingeborg, no primeiro impulso, pensou em se interpor mas, ao ver a amiga no chão com a cara cheia de sangue, perdeu a escassa serenidade que lhe restava e pôs-se a berrar pedindo socorro. Claro, ninguém acudiu. O escândalo terminou com Charly indo embora de automóvel; Hanna ensanguentada e com forças apenas para recusar qualquer intervenção policial ou médica; e Ingeborg abandonada num lugar que não conhecia e com a responsabilidade de tirar a amiga dali. Por sorte o dono do bar onde haviam estado atendeu Hanna, ajudou a limpá-la sem fazer perguntas e depois chamou um táxi que as trouxe de volta. Agora o problema era o que Hanna devia fazer. Onde dormir? Em seu hotel ou no nosso? Se dormisse no hotel dela, que possibilidades havia de que Charly a surrasse outra vez? Devia ir a um hospital? O soco no pômulo podia ser mais grave do que pensávamos? O vigia resolveu a questão: segundo ele, não havia nenhum dano no osso; era só uma bela pancada, nada mais. Em relação a dormir no hotel, amanhã, com certeza, teria quartos livres, mas esta noite, lamentavelmente, não sobrava nenhum. Hanna fez uma cara de alívio quando viu que não tinha opções. "A culpa é minha", murmurou. "Charly é muito nervoso e eu o provoquei, o que podemos fazer, o filho da puta é assim e não posso mudá-lo." Acho que Ingeborg e eu nos sentimos melhor ao escutá-la; era preferível dessa maneira. Agradecemos o vigia por sua atenção e fomos deixá-la em seu hotel. A noite estava linda. A chuva havia lavado não só os edifícios, mas também o ar. Soprava uma brisa fresca e o silêncio era total. Nós a acompanhamos até a porta do Costa Brava e esperamos no meio da rua. Logo depois Hanna saiu à sacada e nos comunicou que Charly ainda não tinha voltado. "Durma e não pense em nada", Ingeborg gritou para ela antes de voltarmos para o Del Mar. Já em nosso quarto falamos de Charly e de Hanna (eu diria que os criticamos) e fizemos amor. Depois Ingeborg pegou o livro de Florian Linden e em poucos instantes estava dormindo. Saí à sacada para fumar um cigarro e ver se avistava o carro de Charly.

29 de agosto

De madrugada a praia está cheia de gaivotas. Com as gaivotas há pombos. As gaivotas e os pombos estão na beira do mar, *olhando* o mar, inamovíveis salvo uma ou outra que levanta um curto voo. As gaivotas são de dois tipos: grandes e pequenas. De longe os pombos também parecem gaivotas. Gaivotas de um terceiro tipo menor ainda. Pela boca do porto começam a sair os barcos; na sua passagem deixam um sulco opaco na superfície lisa do mar. Hoje não dormi. O céu ostenta uma cor azul, pálida e líquida. A linha do horizonte é branca; a areia da praia, marrom, salpicada de pequenas pintas de lixo. Do terraço — os garçons ainda não chegaram para arrumar as mesas — se adivinha um dia aprazível e transparente. Dir-se-ia que formadas em fila as gaivotas contemplam imperturbáveis os barcos que se afastam até quase se perder de vista. A esta hora os corredores do hotel são quentes e desertos. No restaurante, um garçom sonolento abre com brutalidade as cortinas; o brilho que inunda tudo, não obstante, é amável e frio; luz tênue, contida. A cafeteira ainda não está funcionando. Pelo gesto do garçom intuo que vai demorar bastante. No quarto Ingeborg dorme com o livro de Florian Linden enrolado no meio dos lençóis. Suavemente o deposito na mesa de cabeceira, e uma frase me chama a atenção. Florian Linden (suponho) diz: "O senhor afirma ter repetido várias vezes o mesmo crime. Não, o senhor não está louco. Nisso, precisamente, consiste o mal". Com cuidado ponho o marcador entre as páginas e fecho o livro. Ao sair tive a curiosa ideia de que ninguém no Del Mar planejava se levantar. Mas as ruas já não estão totalmente vazias. Diante do quiosque, na fronteira entre a parte velha e a zona turística, na parada de ônibus, há uma caminhonete da qual descarregam pacotes de revistas e da imprensa diária. Compro dois jornais alemães antes de me enfiar pelas ruas estreitas, em direção ao porto, em busca de um bar aberto.

Na moldura da porta se recortaram as silhuetas de Charly e do Lobo. Nenhum dos dois pareceu surpreso em me ver. Charly se dirigiu diretamente para minha mesa enquanto o Lobo pedia no balcão dois cafés da manhã. Não achei nada para dizer; a fisionomia de Charly e do espanhol estavam cobertas por uma máscara de sossego mas por trás dessa calma aparente permaneciam alertas.

— A gente te seguiu — disse Charly —; vimos que você saía do hotel... parecia muito cansado, de modo que preferimos *deixar* você andar um pouco.

Notei que minha mão esquerda tremia; só um pouco — eles não perceberam —, mas a escondi imediatamente debaixo da mesa. Dentro de mim comecei a me preparar para o pior.

— Acho que você também não dormiu — disse Charly.

Dei de ombros.

— Eu não consegui dormir — disse Charly —, suponho que já deve saber de toda a história. Para mim, tanto faz; quero dizer, que não me importa um dia a mais ou um dia a menos sem dormir. Minha consciência dói um pouco por eu ter acordado o Lobo. Por minha culpa ele também não dormiu, não é, Lobo?

O Lobo sorriu sem entender uma palavra. Por um instante tive a louca ideia de traduzir para ele o que Charly acabava de dizer, mas me calei. Uma coisa obscura me avisou que era melhor assim.

— Os amigos servem para apoiar seus amigos quando estes necessitam — disse Charly. — Pelo menos assim me parece. Você sabia que o Lobo é um amigo de verdade, Udo? Para ele a amizade é sagrada. Por exemplo, agora devia ir trabalhar, mas eu *sei* que não irá enquanto não me deixar instalado no hotel ou em qualquer outro lugar seguro. Pode perder o trabalho, mas não lhe importa. E por que acontece isso? Isso acontece porque seu senso da amizade é como deve ser: sagrado. Com a amizade não se brinca!

Os olhos de Charly brilhavam desmedidamente; pensei que ia chorar. Olhou para seu croissant com uma expressão de asco e afastou-o com a mão. O Lobo indicou que, se não queria, ele o comeria. Sim, sim, disse Charly.

— Fui procurá-lo em casa às quatro da manhã. Você acha que eu teria sido capaz de fazer isso com um desconhecido? Todo mundo é desconhecido, claro, todos no fundo são asquerosos; mas a mãe do Lobo, que foi quem me abriu a porta, achou que eu havia tido um acidente e a primeira coisa que fez foi me oferecer um conhaque, que eu aceitei, é claro, embora estivesse mais bêbado que um gambá. Que pessoa estupenda. Quando o Lobo se levantou me achou sentado numa das suas poltronas e tomando um conhaque. Que outra coisa eu podia fazer!

— Não estou entendendo nada — falei. — Acho que você ainda está de porre.

— Não, juro... É simples: fui buscar o Lobo às quatro da manhã; fui recebido pela mãe dele como um príncipe; depois o Lobo e eu tentamos conversar; depois saímos para dar umas voltas de automóvel; passamos nuns bares; compramos duas garrafas; depois fomos para a praia, beber com o Queimado...

— Com o Queimado? Na praia?

— O cara às vezes dorme na praia para que não roubem seus pedalinhos nojentos. Então decidimos compartilhar com ele nosso álcool. Olhe, Udo, que curioso: dali se via sua sacada e eu poderia garantir que você não apagou a luz a noite toda. Estou enganado ou não? Não, não estou enganado, era sua sacada e suas janelas e sua maldita luz. O que você estava fazendo? Brincava de guerra ou fazia sacanagem com Ingeborg? Ei, ei! Não me olhe assim, é gozação, o que é que eu tenho com isso? Era seu quarto, sim, percebi na hora, e o Queimado também. Enfim, uma noite movimentada, parece que todos ficamos um pouco acordados, não?

Acima da vergonha e do rancor que senti ao saber que Charly não ignorava minha paixão pelos jogos e que sem dúvida Ingeborg é que tinha lhe contado ou mal contado (pude até imaginar os três na praia comemorando com gargalhadas as piadas a respeito: "Udo está ganhando, mas Udo também está perdendo"; "é assim que os generais do Estado-maior passam as férias, trancados"; "Udo está convencido de que é a encarnação de Von Manstein"; "o que você vai dar de presente de aniversário para ele, uma pistola de água?"), acima, dizia eu, da vergonha e do rancor contra Charly, contra Ingeborg e contra Hanna, impôs-se um sentimento de suave e progressivo terror ao ouvir que o Queimado "também sabia qual era minha sacada".

— Melhor você faria me perguntando por Hanna — falei, tentando fazer com que a voz saísse normal.

— Para quê? Na certa está bem. Hanna sempre está bem.

— O que você vai fazer agora?

— Com Hanna? Não sei, daqui a pouco acho que vou deixar o Lobo no trabalho e depois vou para o hotel. Espero que Hanna já esteja na praia, pois estou com vontade de dormir sossegado...

Foi uma noite movimentada, Udo. Até na praia! Pode crer, aqui ninguém para um minuto, Udo, ninguém. Dos pedalinhos ouvíamos um barulho. Já é esquisito ouvir um barulho na praia, àquelas horas. O Lobo e eu fomos investigar e sabe o que encontramos? Um casal trepando. Um casal de alemães, suponho, porque quando disse a eles bom proveito me responderam em alemão. Não prestei atenção no cara mas ela era bonita, usava um vestido de festa branca como o de Inge, ali, deitada na praia, com a roupa amarrotada e todas essas coisas poéticas...

— Inge? Você se refere a Ingeborg? — A mão tornou a tremer; literalmente pude farejar a violência que estava nos rondando.

— Ela não, cara, o vestido branco dela; ela tem um vestido branco, não tem? Então, é isso. Sabe o que o Lobo disse então? Que fizéssemos fila. Que entrássemos na fila para quando o cara acabasse. Meu Deus, como eu ri! Pretendia que a gente a comesse depois daquele pobre coitado! Um estupro em regra! Que humor. Eu só tinha vontade de beber e de contemplar as estrelas! Ontem choveu, lembra? Em todo caso no céu havia um par de estrelas, talvez três. E eu me sentia ótimo, então. Em outras condições, Udo, provavelmente teria aceitado a proposta do Lobo. Talvez a garota gostasse. Talvez não. Quando voltamos aos pedalinhos, acho que o Lobo tentou convencer o Queimado a acompanhá-lo. O Queimado também não quis ir. Mas não tenho certeza, você sabe que meu espanhol não é muito bom.

— Nem um pouco — falei.

Charly soltou uma gargalhada sem muita convicção.

— Quer que eu pergunte a ele e assim você não fica em dúvida? — acrescentei.

— Não. Não é meu problema... De qualquer maneira, acredite, eu me entendo com meus amigos e o Lobo é meu amigo e nós nos entendemos.

— Não duvido.

— Faz bem... Foi uma bonita noite, Udo... Uma noite tranquila, com maus pensamentos mas sem más ações... Uma noite tranquila, como explicar, tranquila mas sem parar nem um minuto, nem um minuto... Inclusive quando amanheceu e se podia pensar que tudo havia acabado, você saiu do hotel... No primeiro momento achei que você tinha nos visto da sacada e vinha participar da farra; quando você se afastou em direção ao porto levantei o Lobo e te seguimos... Sem pressa, você viu. Como se estivéssemos dando um passeio.

— Hanna não está bem. Você devia ir vê-la.

— Inge também não está bem, Udo. Nem eu. Nem o Lobo, meu compadre. Nem você, se me permite que te diga. Só a mãe do Lobo está bem. E, em Oberhausen, o filhinho da Hanna. Só eles estão bem... não, totalmente bem não, mas em comparação com os outros, bem. Sim, bem.

Era obsceno ouvi-lo chamar Ingeborg de Inge. Lamentavelmente os amigos dela, alguns colegas de trabalho, também a chamavam assim. Era normal e no entanto eu nunca tinha pensado nisso; eu não conhecia nenhum amigo de Ingeborg. Senti um calafrio percorrer meu corpo. Pedi outro café com leite. O Lobo tomou um café com rum (se tinha de ir trabalhar, certamente não mostrava a menor preocupação). Charly não quis nada. Só tinha vontade de fumar e fazia isso com voracidade, um cigarro depois do outro. Mas falou que pagaria a conta.

— O que aconteceu em Barcelona? — Ia dizer "você está mudado", mas me pareceu ridículo: eu mal o conhecia.

— Nada. Passeamos. Compramos suvenires. É uma cidade bonita, com gente demais, isso sim. Por um tempo, torci pelo Fútbol Club Barcelona, quando Lattek era o treinador e jogavam nele Schuster e Simonsen. Agora não. Não me interessa o Barcelona, mas a cidade continua me agradando. Você esteve na Sagrada Família? Gostou? Sim, é linda. Também fomos beber num bar muito antigo, cheio de cartazes de toureiros e ciganos. Hanna e Inge acharam muito original. E era barato, muito mais barato que os bares daqui.

— Se você tivesse visto a cara de Hanna não estaria tão tranquilo. Ingeborg pensava em te denunciar à polícia. Se isso acontecesse na Alemanha, garanto que denunciava.

— Você está exagerando... Na Alemanha, na Alemanha... — Fez uma expressão de impotência. — Não sei, talvez lá também agora as coisas não parem nem um minuto. Merda. Não importa. Além do mais, não acredito em você, não acredito que passasse pela cabeça da Inge chamar a polícia.

Dei de ombros, ofendido; pode ser que Charly tivesse razão, pode ser que ele conhecesse melhor o coração de Ingeborg.

— E você, o que teria feito? — Os olhos de Charly brilharam cheios de malícia.

— Em seu lugar?

— Não, no lugar de Inge.

— Não sei. Eu te dava uns tapas, te arrebentava.

Charly fechou os olhos. Minha resposta, surpreendentemente, o feriu.

— Eu não. — Agitou a mão no ar como se algo muito importante lhe escapasse. — Eu, no lugar de Inge, não teria feito isso.

— Claro.

— Também não quis estuprar a alemã da praia. Podia ter feito, mas não fiz. Entende? Podia ter quebrado a cara de Hanna, quebrado de verdade, e não quebrei. Podia ter atirado uma pedra na sua janela ou te pegado de porrada depois que você comprou estes jornais imundos. Não fiz nada disso. Falo e fumo, nada mais.

— Por que você ia querer quebrar meus vidros ou me bater? Que idiotice.

— Não sei. Isso me passou pela cabeça. Rápido, rápido, com uma pedra do tamanho de um punho. — Sua voz se quebrou como se de repente se lembrasse de um pesadelo. — Foi o Queimado; enquanto via a luz da sua janela; vontade de chamar a atenção, suponho...

— O Queimado sugeriu que você apedrejasse minha janela?

— Não, Udo, não. Você não está entendendo nada, cara. O Queimado estava bebendo com a gente, em silêncio, os três em silêncio, ouvindo o mar, nada mais, e bebendo, mas de olhos abertos, não é?, e o Queimado e eu olhamos para sua janela. Quero dizer: quando olhei para sua janela o Queimado já estava com os olhos grudados nela e eu me dei conta e ele se deu conta de que eu tinha sacado. Mas não falou em atirar pedras. Quem teve essa ideia fui eu. Pensei que devia *te avisar*... Entende?

— Não.

Charly fez uma careta de fastio; pegou os jornais e virou as páginas numa velocidade inaudita, como se antes de mecânico tivesse sido caixa de banco; tenho certeza de que não leu uma só frase completa; depois, com um suspiro, largou-os; com esse gesto parecia dizer que as notícias eram para mim, não para ele. Por uns segundos ambos permanecemos em silêncio. Lá fora a rua pouco a pouco recobrava seu ritmo cotidiano; no bar já não estávamos sozinhos.

— No fundo, gosto da Hanna.

— Você devia ir vê-la agora mesmo.

— É uma boa moça, sim. E teve muita sorte na vida, apesar de pensar o contrário.

— Você devia ir ao hotel, Charly...

— Primeiro deixamos o Lobo no trabalho, está bem?

— Está bem, vamos agora mesmo.

Quando se levantou da mesa estava branco, como se não lhe restasse sangue no corpo. Sem cambalear uma só vez, pelo que deduzi que não estava tão bêbado quanto eu imaginava, foi ao balcão, pagou e saímos. O carro de Charly estava estacionado do lado do mar. No bagageiro vi a prancha de windsurfe. Será que ele a levou para Barcelona? Não, deve ter posto ali ao voltar, o que queria dizer que tinha passado no hotel. Percorremos devagar a distância que nos separava do supermercado onde o Lobo trabalhava. Antes que ele descesse Charly disse que se o despedissem fosse vê-lo no hotel, que ele veria a maneira de solucionar o problema. Traduzi. O Lobo sorriu e disse que com ele não se atreviam. Charly assentiu gravemente e quando já tínhamos deixado para trás o supermercado disse que era verdade, que com o Lobo qualquer desacordo podia vir a ser complicado, para não dizer perigoso. Depois falou dos cachorros. No verão era comum ver cachorros abandonados morrendo de fome nas ruas. "Especialmente aqui", disse.

— Ontem, quando procurava a casa do Lobo, atropelei um.

Esperou que eu fizesse algum comentário e prosseguiu:

— Um cachorro pequeno e preto, que eu já tinha visto no Passeio Marítimo... Procurando os escrotos dos seus donos ou um pouco de comida... Não sei... Você conhece a história do cachorro que morreu junto do cadáver do dono?

— Conheço.

— Pensei nisso. No começo os pobres bichos não sabem aonde ir, limitam-se a esperar. Isso é que é fidelidade, hein, Udo. Se vencem essa etapa, saem vagabundando e revirando as latas de lixo. O cachorrinho preto de ontem me deu a impressão de que ainda esperava. Como se pode entender isso, Udo?

— Como você tem tanta certeza de que já o tinha visto antes ou de que não era um cachorro vagabundo?

— Porque desci do carro e observei-o com cuidado. Era o mesmo.

A luz dentro do carro começava a me dar sono. Por um instante acreditei ver os olhos de Charly cheios de lágrimas. "Nós dois estamos cansados", pensei.

Na porta do seu hotel aconselhei-o a tomar um banho, ir para a cama e deixar as explicações com Hanna para depois de se levantar. Alguns hóspedes começavam a desfilar rumo à praia. Charly sorriu e se perdeu corredor adentro. Voltei ao Del Mar com o espírito intranquilo.

Encontrei Frau Else no terraço da cobertura do hotel, depois de ignorar as placas que indicam que partes são acessíveis aos turistas e que partes estão reservadas apenas ao pessoal do hotel. Devo confessar, aliás, que não a estava procurando. Aconteceu que Ingeborg ainda dormia, que no bar eu me asfixiava, que não tinha vontade de sair de novo e que também não estava com sono. Frau Else lia, estirada numa espreguiçadeira azul-celeste com um suco de frutas ao lado. Não se surpreendeu ao me ver aparecer, ao contrário, com sua voz serena de sempre me felicitou por descobrir a entrada do terraço. "Privilégios de sonâmbulos", respondi, inclinando a cabeça para ver o livro que ela tinha nas mãos. Era um guia turístico do sul da Espanha. Depois me perguntou se eu desejava tomar alguma coisa. Ante meu olhar de interrogação, explicou que até no terraço ela tinha uma campainha para avisar o serviço. Por curiosidade, aceitei. Depois de uma pausa perguntei por suas atividades no dia anterior. Acrescentei que eu a tinha procurado em vão por todo o hotel. "Com a chuva, a senhora desaparece", falei.

O rosto de Frau Else ficou sombrio. Com gestos aparentemente estudados (mas sei que ela é assim, que isso também faz parte da sua espontaneidade e da sua energia), tirou os óculos de sol e me observou fixamente antes de responder: ontem passou o dia todo trancada no quarto, com o marido. Ele está doente? O mau tempo, as nuvens carregadas de eletricidade o prejudicam; tem dores de cabeça terríveis que afetam a vista e os nervos; chegou até a sofrer de cegueira transitória algumas vezes. Febre cerebral, dizem os lábios perfeitos de Frau Else. (Até onde sei, essa doença não existe.) Ato contínuo, com um assomo de sorriso, me faz prometer que nunca mais eu a procurarei. Só nos veremos quando o acaso assim dispuser. E se eu me negar? Vou obrigá-lo a prometer, sussurra Frau Else. Nesse instante aparece uma criada com um copo de suco de frutas idêntico ao que Frau Else tem na mão; por uns segundos a pobre moça, ofuscada pelo sol, pestaneja e não sabe aonde ir; depois deposita o copo na mesa e sai.

— Prometo — falei, dando-lhe as costas e indo até a beira do terraço.

O dia era amarelo e por toda parte reverberava uma cor de carne humana que me deu náuseas.

Virei para ela e confessei que não tinha pregado o olho a noite inteira. "Não precisava jurar", respondeu sem desviar a vista do livro que tinha de novo nas mãos. Contei que Charly tinha batido em Hanna. "Alguns homens costumam fazer isso", foi sua resposta. Ri. "Sem dúvida a senhora não é feminista!" Frau Else virou a página sem me responder. Disse então o que Charly me explicou acerca dos cachorros, os cachorros que as pessoas abandonam antes ou durante as férias. Notei que Frau Else ouvia com interesse. Ao terminar minha história vi em seus olhos um sinal de alarme; temi que fosse levantar e avançar em minha direção. Temi que pronunciasse as palavras que então eu menos desejava ouvir. Mas ela não fez nenhum comentário e pouco depois achei mais prudente me retirar.

Esta noite tudo voltou à normalidade. Numa discoteca da zona dos campings, Hanna, Charly, Ingeborg, o Lobo, o Cordeiro e eu brindamos à amizade, ao vinho, à cerveja, à Espanha, à Alemanha, ao Real Madrid (o Lobo e o Cordeiro não são torcedores do Barcelona, como Charly acreditava, mas do Real Madrid), às mulheres bonitas, às férias etc. Uma paz completa. Hanna e Charly, claro, se reconciliaram. Charly voltou a ser o mesmo casca-grossa mais ou menos comum que conhecemos no dia 21 de agosto e Hanna pôs o vestido mais brilhante e decotado que tem para comemorar o acontecimento. Até mesmo sua maçã do rosto arroxeada lhe confere um certo encanto entre erótico e canalha. (Sua maçã do rosto arroxeada, que enquanto ainda estava sóbria escondeu sob os óculos escuros, mas que no fragor da discoteca exibiu sem dissimulação, feliz, como se houvesse reencontrado a si mesma e à sua razão de viver.) Ingeborg perdoou oficialmente Charly, que, em presença de todos, se ajoelhou a seus pés e elogiou suas virtudes, para regozijo de quantos puderam ouvir e entendiam alemão. Nesse desdobrar-se em atenções o Lobo e o Cordeiro não ficaram para trás; devemos a eles a descoberta do restaurante mais autenticamente espanhol já visto até hoje. Restaurante onde, além de comer bem e barato, e de beber em abundância e mais barato ainda, tivemos a oportunidade de ouvir uma cantora de flamenco (ou de canções típicas) que afinal era um travesti chamado Andrômeda, bem conhecido de nossos amigos espanhóis. O pós-jantar: demorado e ameno em anedotas, cantorias e danças. Andrômeda, sentada conosco, ensinou as mulheres a bater palmas e depois dançou com Charly uma dança chamada "sevilhana"; não demorou muito para todo mundo imitá-los, inclusive gente de outras mesas, salvo eu, que me neguei de maneira rotunda e um tanto brusca. Teria caído no ridículo. Minha brusquidão, não obstante, pareceu agradar ao travesti, que terminada a dança leu minha sorte na palma da mão. Vou ter dinheiro, poder e amor; uma vida cheia de emoções; um filho (ou um neto) bicha... Andrômeda lê o futuro e interpreta; de início sua voz é quase inaudível, um sussurro, depois vai subindo de volume e finalmente recita de tal modo que todos podem ouvi-la e divertir-se com seus achados. Quem se presta a esses jogos é alvo das piadas da clientela, mas em linhas gerais não me disse nada desagradável e antes de irmos embora deu a cada um de nós um cravo e nos convidou a voltar. Charly lhe deu mil pesetas de gorjeta e jurou por seus pais que voltaria. Todos compartilhamos a opinião de que é um lugar que "vale a pena"; chovem felicitações sobre o Lobo e o Cordeiro. Na discoteca o ambiente é outro, há mais jovens e o entorno é artificial, mas não demoramos a entrar na onda. Resignação. Lá sim eu danço; e beijo Ingeborg e Hanna e procuro os toaletes e vomito e me penteio e saio novamente para a pista. Num aparte, cato Charly pela lapela e pergunto: tudo bem? Tudo magnificamente bem, responde. Hanna, por trás, o abraça e o afasta de mim. Charly quer me dizer alguma coisa mas só vejo seus lábios se mexendo e, quando não há mais remédio, seu sorriso. Ingeborg também voltou a ser a Ingeborg da noite de 21 de agosto; a Ingeborg de sempre. Ela me beija, me abraça, me pede que façamos amor. De volta ao nosso quarto, às cinco da manhã, consequentemente fazemos amor; Ingeborg tem um orgasmo rápido; eu me contenho e a possuo muitos minutos mais. Ambos estamos com sono. Nua sobre os lençóis, Ingeborg garante que tudo é simples. "Até suas miniaturas." Insiste nesse termo antes de adormecer. "Miniaturas." "Tudo é simples." Por um bom tempo fiquei contemplando meu jogo e *pensando*.

30 de agosto

Os acontecimentos de hoje ainda são confusos, não obstante vou tentar registrá-los de forma ordenada, assim talvez eu mesmo possa descobrir neles algo que até agora teria me passado despercebido, tentativa difícil e possivelmente inútil, pois o que aconteceu não tem mais remédio e pouco adianta alimentar falsas esperanças. Mas alguma coisa tenho de fazer para matar o tempo.

Começarei pelo café da manhã no terraço do hotel, com a roupa de banho já vestida, numa manhã sem nuvens, temperada por uma agradável brisa que soprava do mar. Meu projeto inicial era voltar para o quarto, quando este já estivesse arrumado, e passar aquelas horas imerso no jogo, mas Ingeborg se encarregou de me dissuadir: a manhã estava esplêndida demais para não sair do hotel. Na praia encontramos Hanna e Charly deitados numa esteira enorme; dormiam. A esteira, recém-comprada, ainda conservava num canto a etiqueta com o preço. Lembro-me dele com a nitidez de uma tatuagem: setecentas pesetas. Pensei então, ou talvez só pense agora, que essa cena me era familiar. É o que costuma acontecer quando passo a noite em claro, os detalhes insignificantes se agigantam e perduram. Quero dizer: nada fora do normal. No entanto me pareceu inquietante. Ou agora, quando o sol já se escondeu, me parece.

A manhã transcorreu envolta nos atos vãos de sempre: nadar, falar, ler revistas, besuntar o corpo com cremes e bronzeadores. Almoçamos cedo, num restaurante entupido de turistas que, como nós, vestiam roupas de banho e recendiam a óleos (não é um cheiro agradável na hora de comer); depois consegui escapar; Ingeborg, Hanna e Charly foram para a praia e eu voltei para o hotel. O que fiz? Pouca coisa. Dei uma olhada no meu jogo, incapaz de me concentrar, depois tirei uma sesta povoada de pesadelos até as seis da tarde. Quando da sacada observei que a grande massa dos banhistas empreendia a retirada para os hotéis e os campings, desci até a praia. É triste essa hora e são tristes os banhistas: cansados, fartos de sol, viram a vista para a linha de edifícios como soldados de antemão convencidos de sucumbir; seus passos cansados que atravessam a praia e o Passeio Marítimo, prudentes mas com um laivo de desprezo, de fanfarronice ante um perigo remoto, sua maneira peculiar de enveredar por ruas laterais onde de imediato procuram a sombra, os levam diretamente — são uma homenagem — ao vazio.

O dia, visto retrospectivamente, parece desprovido de figuras e de suspeitas. Nem Frau Else, nem o Lobo, nem o Cordeiro, nem uma carta da Alemanha, nem um telefonema, nem nada que se mostre significativo. Só Hanna e Charly, Ingeborg e eu, os quatro em paz; e o Queimado, mas longe, ocupado com seus pedalinhos (não restavam muitos clientes), mas Hanna se aproximou, não sei por quê, para falar com ele; pouco menos de um minuto, ato de cortesia, disse depois. Em resumo, um dia tranquilo, para tomar sol e nada mais.

Lembro que quando desci para a praia pela segunda vez o céu logo se povoou de uma infinidade de nuvens, nuvens diminutas que começaram a correr para o leste ou para noroeste, e que Ingeborg e Hanna estavam nadando e ao me ver saíram, primeiro Ingeborg, que me beijou, depois Hanna. Charly estava estendido de cara para os já fracos raios de sol e parecia dormir. À nossa esquerda o Queimado armava, com paciência, a fortaleza de cada noite, alheio a tudo, na hora em que sem dúvida sua aparência monstruosa se autorrevelava sem disfarces. Lembro da cor amarelo-cinza da tarde, da nossa conversa sem substância (não seria capaz de especificar os temas), dos cabelos molhados das meninas, da voz de Charly que contava a história absurda de um garoto que aprendia a andar de bicicleta. Tudo indicava que ia ser uma tarde prazerosa como qualquer outra e que logo voltaríamos aos nossos hotéis para tomar banho a fim de rematar a noite em alguma discoteca.

Então Charly deu um pinote, agarrou sua prancha de windsurfe e entrou no mar. Até esse momento não havia percebido que a prancha estava ali, de que todo o tempo estivera ali.

— Volte logo — gritou Hanna.

Não creio que ele tenha ouvido.

Nadou os primeiros metros arrastando a prancha; depois subiu, içou a vela, fez um gesto de despedida com a mão e se enfiou mar adentro aproveitando um vento favorável. Deviam ser sete da noite, não muito mais. Não era o único windsurfista. Disso tenho certeza.

Uma hora depois, cansados de esperar, fomos beber no terraço do Costa Brava, de onde se domina perfeitamente a praia e o lugar onde com toda lógica Charly devia aparecer. Nós nos sentíamos sujos e sedentos. Lembro que o Queimado, que eu via cada vez que me virava tentando localizar a vela de Charly, em nenhum momento parou de se movimentar em torno dos seus pedalinhos, uma espécie de Golem atarefado, até que de repente simplesmente desapareceu (dentro do seu barracão, infiro), mas de maneira tão intempestiva, tão seca, que na praia ficou um duplo vazio: faltava Charly e agora faltava o Queimado. Creio que já então temi uma desgraça.

Às nove da noite, embora ainda não escurecesse, decidimos pedir conselho ao recepcionista do Costa Brava. Este nos enviou à Cruz Vermelha do Mar, cujo posto fica no Passeio Marítimo, pouco antes de chegar à parte velha do vilarejo. Ali, depois de uma intrincada explicação, eles se comunicaram por rádio com uma Zodiac de salvamento. Meia hora depois, a Zodiac chamou por sua vez aconselhando que passassem o problema para as autoridades policiais e marítimas do porto. Estava anoitecendo depressa; lembro que olhei pela janela e vi por um segundo a Zodiac com que tínhamos falado. O atendente do posto nos disse que era melhor voltarmos para o hotel e de lá chamar a Capitania dos Portos, a polícia e a Defesa Civil; o gerente do hotel devia nos assessorar em tudo. Dissemos que faríamos isso e fomos embora. Fizemos a metade do caminho de volta em silêncio e a outra metade discutindo. Segundo Ingeborg, eram todos uns incompetentes. Hanna não estava muito convencida, mas sustentava por outro lado que o gerente do hotel Costa Brava odiava Charly; era possível também que ele estivesse num vilarejo vizinho, como aconteceu uma vez, não lembrávamos? Dei minha opinião: que fizesse exatamente o que tinham nos indicado. Então Hanna disse que sim, que eu tinha razão, e desabou.

No hotel, o recepcionista, e posteriormente o gerente, explicaram a Hanna que os náufragos do windsurfe eram uma espécie abundante nesta época e que, normalmente, nada de ruim lhes acontecia. No pior dos casos, passavam quarenta e oito horas à deriva, mas o resgate era certo etc. Depois dessas palavras Hanna parou de chorar e pareceu mais calma. O gerente se ofereceu a nos levar de carro à Capitania dos Portos. Ali tomaram o depoimento de Hanna, comunicaram-se com o porto e outra vez com a Cruz

Vermelha do Mar. Pouco depois chegaram dois policiais. Necessitavam de uma descrição detalhada da prancha; iniciariam uma busca de helicóptero. Quando nos perguntaram se a prancha tinha equipamento de sobrevivência, todos nos declaramos totalmente ignorantes acerca da existência de tal equipamento. Um dos policiais disse: "É que é uma invenção espanhola". O outro policial acrescentou: "Então tudo dependerá de se estiver com sono; se dormir, vai ter problema". Incomodou-me que falassem dessa maneira diante de nós, apesar de não ignorarem que eu entendia o idioma deles. Claro, não traduzi para Hanna o que disseram. O gerente, pelo contrário, não manifestava o menor sinal de nervosismo e até, quando voltamos ao hotel, se permitiu brincar com o assunto. "Está satisfeito?", perguntei. "Sim, vai tudo bem", respondeu. "Seu amigo não demora a aparecer. Sabe, todos estamos envolvidos nisso. Não podemos fracassar."

Jantamos no Costa Brava. Como era de esperar, o jantar não foi nada animado. Frango com purê de batata e ovos fritos, salada, café e sorvete, que os garçons, a par do que acontecia (na realidade éramos alvo de todos os olhares), nos serviram com uma afabilidade fora do comum. Nosso apetite não havia diminuído. Estávamos precisamente na sobremesa quando vimos a cara do Lobo colada nos vidros que separavam o restaurante do terraço. Ele me fazia sinais. Quando anunciei sua presença, Hanna corou na mesma hora e baixou a vista. Com um fio de voz me pediu que me livrasse deles, que viessem amanhã, o que eu achasse conveniente. Dei de ombros e saí; no terraço, o Lobo e o Cordeiro esperavam. Em poucas palavras contei o ocorrido. Ambos ficaram abalados com a notícia (creio que vi lágrimas nos olhos do Lobo, mas não poderia jurar); depois expliquei que Hanna estava muito nervosa e que esperávamos de um momento para o outro novidades da polícia. Não tive argumentos a opor quando se propuseram a voltar dentro de uma hora. Esperei no terraço até irem embora; um deles recendia a perfume e dentro do seu estilo descuidado estavam vestidos com esmero; quando chegaram à calçada puseram-se a discutir; ao virar na esquina ainda gesticulavam.

Os acontecimentos que se seguiram, suponho, fazem parte da rotina de casos semelhantes, apesar de que costumam ser aborrecidos e desnecessários. Primeiro apareceu um policial; depois outro, mas com uniforme diferente, acompanhado por um civil que falava alemão e por um marinheiro, com uniforme completo de marinheiro!; por sorte não demoraram muito (o marinheiro, segundo nos informou o gerente, já ia se juntar à busca numa lancha dotada de refletores). Quando se foram, prometeram nos avisar a qualquer hora dos resultados que obtivessem. Em seus rostos podia se ver que as possibilidades de encontrar Charly eram cada vez mais remotas. Por último apareceu um membro — o secretário, acreditei entender — do clube de windsurfe do vilarejo para nos assegurar o apoio material e moral dos seus sócios; eles também haviam posto em serviço um barco salva-vidas, além de cooperar com a Capitania dos Portos e a Defesa Civil desde o momento em que tiveram notícia do naufrágio. Assim o chamou: naufrágio. Hanna, que durante o jantar havia dado mostras de serenidade e fortaleza, ante esta última manifestação de solidariedade voltou a cair num pranto que se converteu progressivamente num ataque de histeria.

Auxiliados por um garçom, levamos Hanna para seu quarto e a deitamos. Ingeborg perguntou se ela tinha algum calmante. Soluçando, Hanna disse que não, que o médico tinha proibido. Finalmente decidimos que o melhor era Ingeborg passar a noite lá.

Antes de voltar ao Del Mar, dei um pulo no Rincón de los Andaluces. Esperava encontrar o Lobo e o Cordeiro, ou o Queimado, mas não vi ninguém. O dono do bar na primeira mesa perto da televisão assistia como sempre a um filme de caubói. Fui logo embora. Ele nem sequer se virou. Do Del Mar telefonei para

Ingeborg. Sem novidades. Estavam deitadas, mas nenhuma das duas conseguia dormir. Eu disse estupidamente: "Console-a". Ingeborg não me respondeu. Por um momento acreditei que a comunicação tinha caído.

— Estou ouvindo — disse Ingeborg —, estou pensando.

— Sim, também estou pensando — falei.

Depois nos demos boa-noite e desligamos.

Fiquei um instante estirado na cama, com a luz apagada matutando sobre o que podia ter acontecido com Charly. Na minha cabeça só se formavam imagens desconexas: a esteira nova com o preço que não fora tirado, o almoço impregnado de cheiros repulsivos, a água, as nuvens, a voz de Charly... Pensei que era estranho que ninguém houvesse perguntado a Hanna por sua bochecha arroxeada; pensei no aspecto dos afogados; pensei que nossas férias, de alguma maneira, tinham ido para o diabo. Este último pensamento me fez levantar de um pulo e me pôr a trabalhar com uma energia inusitada.

Às quatro da manhã terminei o turno da primavera de 1941. Meus olhos se fechavam de sono, mas eu me sentia satisfeito.

31 de agosto

Às dez da manhã Ingeborg me telefonou informando que havíamos sido chamados à Capitania dos Portos. Esperei-as no carro na frente do Costa Brava e partimos. Hanna estava mais animada que na noite anterior, tinha os olhos e os lábios pintados e ao me ver me dedicou um sorriso. Pelo contrário, o semblante de Ingeborg não fazia pressagiar nada de bom. A Capitania dos Portos fica a poucos metros do porto esportivo, numa rua estreita da cidade antiga; para chegar à sua sede é preciso atravessar um pátio interno com chão de lajotas sujas e uma fonte seca no centro. Ali, encostada na fonte, descobrimos a prancha de Charly. Soubemos sem que ninguém nos dissesse e por um instante fomos incapazes de falar ou continuar andando. "Subam, por favor, subam", disse um jovem, que depois reconheci como o da Cruz Vermelha, de uma janela do segundo andar. Depois do desconcerto inicial, subimos; aguardavam-nos no patamar da escada o chefe de Defesa Civil e o secretário do clube de windsurfe, que se dirigiram a nós com gestos de simpatia e cordialidade. Pediram que entrássemos: na sala havia outros dois civis, o rapaz de Cruz Vermelha e dois policiais. Um dos civis perguntou se reconhecíamos a prancha que estava no pátio. Hanna, cuja pele bronzeada empalideceu, deu de ombros. Perguntaram a mim. Disse que não podia garantir; Ingeborg respondeu a mesma coisa. O secretário do clube de windsurfe pôs-se a olhar pela janela. Os policiais pareciam enfastiados. Tive a impressão de que ninguém se atrevia a falar. Fazia calor. Foi Hanna que rompeu o silêncio. "Vocês o encontraram?", disse com uma voz tão aguda que todos demos um pinote. O que falava alemão se apressou a responder que não, só achamos a prancha e a verga, o que, como compreenderá, é bastante significativo... Hanna tornou a dar de ombros. "Na certa soube que dormiria e resolveu se amarrar"... "Ou previu que suas forças não iam resistir, o mar, a angústia, a escuridão, sabe como é"... "Em todo caso fez o mais adequado: soltou as cordas que prendem a vela e se amarrou na prancha"... "Bom, são suposições, claro"... "Não poupamos esforços: a busca foi caríssima e arriscada"... "Esta madrugada um barco da cooperativa de pesca encontrou a prancha e a verga"... "Agora é preciso entrar em contato com o consulado alemão"... "É claro que continuaremos as buscas na área"... Hanna estava de olhos fechados. Logo me dei conta de que estava chorando. Todos nós nos olhamos compungidos. O rapaz da Cruz Vermelha se gabou: "Não dormi a noite toda". Parecia excitado. Em seguida apresentaram uns papéis para Hanna assinar; ignoro de que se tratava. Ao sair, fomos tomar um refresco num bar do centro. Falamos do tempo e dos funcionários públicos espanhóis, gente com vontade mas poucos meios. O lugar estava abarrotado de uma espécie de turistas de passagem, meio sujos, e recendia fortemente a suor e tabaco. Saímos depois do meio-dia. Ingeborg decidiu ficar com Hanna e eu subi para o quarto; meus olhos se fechavam, não demorei a dormir.

Sonhei que alguém batia na porta. Era de noite e ao abrir via uma figura que escapulia pelo fundo do corredor. Eu a seguia; inesperadamente chegávamos a um quarto enorme, na penumbra, no qual se recortavam as silhuetas de pesados móveis antigos. Imperava o cheiro de mofo e umidade. Em cima de uma cama se contorcia uma sombra. De início pensei que fosse um bicho. Depois reconheci o marido de Frau Else. Por fim!

Quando Ingeborg me acordou, o quarto estava cheio de luz e eu suava. A primeira coisa que percebi, definitivamente mudado, foi seu rosto; o mau humor marcava sua testa e as pálpebras, e por uns instantes nos fitamos sem nos reconhecer, como se ambos acabássemos de acordar. Depois me deu as costas e pôs-se a olhar para os armários e o teto; havia perdido, segundo afirmou, meia hora tentando me telefonar do Costa Brava e ninguém respondeu. Em sua voz percebo rancor e tristeza; minha explicação, conciliadora, só lhe causa desprezo. Finalmente, depois de um longo silêncio que emprego para tomar banho, admite: "Você estava dormindo, mas achei que tinha ido embora".

— Por que não subiu para comprovar com seus próprios olhos?

Ingeborg fica vermelha:

— Não era preciso... Além do mais, este hotel me dá medo. Todo o vilarejo me dá medo.

Pensei, não sei por que motivos obscuros, que ela tinha razão; não lhe disse.

— Que bobagem...

— Hanna me emprestou uma roupa, caiu bem, temos quase o mesmo tamanho. — Ingeborg fala depressa e pela primeira vez olha nos meus olhos.

141

De fato, a roupa que usa não é dela. De repente noto o gosto de Hanna, as ilusões de Hanna, a férrea vontade veranista de Hanna, e o resultado é perturbador.

— Sabe-se alguma coisa de Charly?

— Nada. Uns jornalistas estiveram no hotel.

— Então está morto.

— É possível. É melhor você não dizer isso a Hanna.

— Claro que não, seria um absurdo.

Ao sair do chuveiro a imagem de Ingeborg, sentada junto do meu jogo numa atitude ensimesmada, me pareceu perfeita. Sugeri que fizéssemos amor. Sem se virar, repeliu-me com um leve movimento de cabeça.

— Não sei o que te atrai nesta coisa — disse, indicando o mapa.

— A clareza — respondi, me vestindo.

— Acho que detesto esta coisa.

— Porque não sabe jogar. Se soubesse, gostaria.

— Tem mulheres que se interessam por este tipo de jogo? Já jogou com alguma?

— Não, eu não. Mas existem. São poucas, é verdade; não é um jogo que atraia especialmente as mulheres.

Ingeborg me fitou com olhos desolados.

— Todo mundo pôs a mão em Hanna — disse de repente.

— O quê?

— Todos puseram a mão nela. — Fez uma careta horrível. — Um abuso. Não entendo, Udo.

— O que está querendo dizer? Que todos foram para a cama com ela? E quem são todos? O Lobo e o Cordeiro? — Não consigo me explicar como nem por que desandei a tremer. Primeiro os joelhos, depois as mãos. Era impossível dissimular.

Depois de hesitar um momento Ingeborg se levantou de um salto, enfiou numa sacola de palha o biquíni e a toalha e saiu do quarto literalmente fugindo. Da porta, que não se incomodou em fechar, falou:

— Todos puseram a mão nela mas você estava trancado no quarto com sua guerra.

— Que história é essa? — gritei. — O que é que eu tenho a ver com isso? É culpa minha?

Passei o resto da tarde escrevendo cartões-postais e tomando cerveja. O desaparecimento de Charly não me afetou como se supõe que esses incidentes devam afetar; cada vez que pensava nele — admito que com frequência — sentia uma espécie de vazio, e mais nada. Às sete passei pelo Costa Brava para dar uma olhada. Encontrei Ingeborg e Hanna na sala de televisão, uma peça estreita e comprida, com paredes verdes e uma janela que dá para um pátio interno cheio de plantas moribundas. O lugar era deprimente e assim opinei. A pobre Hanna olhou para mim com simpatia, tinha posto os óculos escuros e sorriu ao dizer que era por essa razão que nunca ninguém ia naquele aposento, os hóspedes costumavam ver tevê no bar do hotel; o gerente garantia que era um canto tranquilo. E vocês estão bem, aqui?, falei estupidamente, gaguejando até. Sim, estamos bem, respondeu Hanna por ambas. Ingeborg nem sequer olhou para mim: manteve os olhos fixos na tela do aparelho fingindo um interesse que não podia ter, pois se tratava de um seriado americano dublado em espanhol e ela obviamente não entendia uma só palavra. Junto delas, numa poltrona que parecia de brinquedo, uma velhinha dormia. Perguntei com um gesto quem era. A mãe de alguém, disse Hanna, e riu. Não fizeram objeção quando as convidei para beber alguma coisa, mas se negaram a sair do hotel; segundo Hanna, podiam chegar notícias novas no momento mais inesperado. Assim, ficamos até as onze da noite, conversando entre nós e com os garçons. Hanna, sem dúvida, tinha se tornado a celebridade do hotel; todos estão a par da sua desgraça e pelo menos exteriormente é objeto de admiração. Seu pômulo machucado contribui para realçar uma incerta história trágica. É como se ela também houvesse escapado de algum naufrágio.

A vida em Oberhausen, claro, é evocada. Hanna, num murmúrio ininterrupto, rememora os gestos elementares de um homem e uma menina, de uma mulher e uma velha, de duas velhas, de um menino e uma mulher; pares, todos, desastrosos, cujo vínculo com Charly mal é explicado. A verdade é que Hanna só conhece metade deles de ouvir dizer. Junto de todas essas máscaras o rosto de Charly resplandece, virtuoso: tinha um coração de ouro, procurava constantemente a verdade e a aventura (que *verdade* e que *aventura* preferi não perguntar), sabia fazer uma mulher rir, não tinha preconceitos idiotas, era razoavelmente valente e gostava de crianças. Quando perguntei a que se referia quando dizia que não tinha preconceitos idiotas, Hanna respondeu: "Ele sabia se fazer perdoar".

— Você se dá conta de que começou a falar dele no passado?

Por um instante Hanna pareceu meditar minhas palavras; depois, com a testa inclinada, pôs-se a chorar. Felizmente desta vez não houve cenas de histerismo.

— Não acho que Charly morreu — disse por fim —, apesar de ter certeza de que nunca mais vou vê-lo.

Ante nossa incredulidade, Hanna afirmou que acreditava ser tudo uma piada de Charly. Não podia imaginá-lo afogado pela simples razão de que nadava muito bem. Então por que não aparecia? O que o levava a se manter oculto? A resposta de Hanna se sustenta na loucura e no desamor. Leu uma história parecida num romance americano, só que nela o motivo era o ódio. Charly não odeia ninguém. Charly está louco. Além do mais: parou de amá-la (esta última certeza parece fortalecer o caráter de Hanna).

Depois do jantar saímos para conversar no terraço do Costa Brava. Na realidade é Hanna que fala e nós acompanhamos o caminho errático da sua conversa como se nos revezássemos nos cuidados de uma enferma. A voz de Hanna é suave e, apesar das bobagens que alinhava uma depois da outra, é tranquilizante ouvi-la. Conta o diálogo telefônico que manteve com um funcionário do consulado alemão como se se tratasse de um encontro amoroso; disserta sobre a "voz do coração" e a "voz da natureza"; relata anedotas do seu filho e se pergunta com quem se parecerá quando crescer: agora é a cara dela. Numa palavra, resignou-se ante o horror, ou talvez, mais astutamente, transformou o horror em ruptura. Quando se despediu de nós não havia mais ninguém no terraço e as luzes do restaurante do hotel tinham se apagado.

Hanna, segundo Ingeborg, não sabe quase nada de Charly:

— Quando falou com o funcionário do consulado não soube dar um só endereço de parentes próximos ou distantes a quem se pudesse comunicar o desaparecimento. Só foi capaz de dar o nome da empresa em que os dois trabalham. A verdade é que desconhece por completo a vida passada de Charly. Em seu quarto, na mesa de cabeceira, tinha a carteira de identidade de Charly, aberta, com a foto dele presidindo tudo; junto da carteira havia um montinho de dinheiro e Hanna foi muito explícita: é *o dinheiro dele*.

Ingeborg não se atreveu a espiar a mala em que Hanna guardou as coisas que Charly trouxe para a Espanha.

Data de partida: o hotel está pago até o dia 1º de setembro; isto é, amanhã, antes do meio-dia, vai ter de se decidir entre partir ou ficar. Suponho que vai ficar, embora comece a trabalhar no dia 3 de setembro. Charly também começava a trabalhar no dia 3 de setembro. Isso me lembra que Ingeborg e eu começamos dia 5.

1º de setembro

Ao meio-dia Hanna foi para a Alemanha no carro de Charly. O gerente do Costa Brava, mal soube disso, falou que era uma decisão desastrada e imperdoável. A única razão de Hanna era que não podia mais suportar a tensão. Agora, de uma maneira obscura e ineludível, estamos a sós, coisa que até há pouco eu desejava mas certamente não da maneira como se produziu; tudo parece igual a ontem, embora a tristeza já tenha começado a rematar a paisagem. Antes de partir Hanna me rogou que cuidasse de Ingeborg. Claro que sim, sosseguei-a, mas quem cuidará de mim? Você é mais forte que ela, disse de dentro do carro. Isso me surpreendeu, pois a maioria das pessoas que nos conhece pensa que Ingeborg é mais forte que eu. Detrás das suas lentes escuras pude ver um olhar inquieto. Nada de ruim vai acontecer com Ingeborg, prometi. Junto de nós Ingeborg soltou uma bufada sarcástica. Acredito, disse Hanna, apertando minha mão. Mais tarde o gerente do Costa Brava começou a nos fustigar por telefone, como se nos culpasse pela partida de Hanna. O primeiro telefonema chegou quando estávamos comendo; um garçom foi me buscar na mesa e eu pensei, contra toda lógica, que era Hanna telefonando de Oberhausen para nos avisar que havia chegado sã e salva. É o gerente; a indignação o impede de falar com fluidez; liga para confirmar se é verdade que Hanna partiu. Eu disse que sim e ele então me informou que com essa "fuga" Hanna acabava de violar, com agravantes, toda a legalidade espanhola. A situação dela, agora, era muito delicada. Aventurei que provavelmente Hanna não sabia que estava infringindo uma lei. Uma não, várias!, disse o gerente. E a ignorância, jovem, não exime ninguém. Não, a conta com o hotel fora saldada. O problema estava em Charly, quando seu corpo aparecesse, coisa de que ele não duvidava, tinha de haver alguém que pudesse identificá-lo. Claro, a polícia espanhola podia telegrafar para a polícia alemã os dados que Charly entregou no registro do hotel; os alemães fariam o resto com seus computadores. É um ato de irresponsabilidade suprema, disse antes de desligar. O segundo telefonema, poucos minutos depois, foi para nos notificar, estupefato, que o carro de Charly estava com Hanna, ação que podia ser considerada um delito. Desta vez foi Ingeborg que falou com ele para dizer que Hanna não era ladra e que precisava do carro para voltar para a Alemanha, para que mais, senão? O que fizesse depois com aquele maldito traste era problema dela. O gerente insistiu em que se tratava de um roubo e a conversa terminou de maneira um tanto brusca. O terceiro telefonema, tranquilizador, foi para nos perguntar se podíamos, como amigos, representar a parte "afetada" (com isso suponho que se referia ao coitado do Charly) nos trabalhos relacionados à sua busca. Aceitamos. Representar a parte afetada, ao contrário do que eu pensava, queria dizer bem pouco. A busca certamente continuava, embora ninguém mais tivesse esperança de encontrar Charly com vida. Na mesma hora compreendemos a decisão de Hanna: aquilo era insuportável.

Nada mudou. É isso que eu acho estranho. De manhã não se podia transitar pelos corredores do hotel devido à gente que ia embora, mas esta tarde, no terraço, já vi caras novas, brancas, entusiasmadas, de uma remessa recente. A temperatura experimentou uma elevação, como se estivéssemos em julho, e a brisa que ao entardecer refrescava as ruas escaldantes do vilarejo havia desaparecido. Um suor pegajoso faz a roupa grudar no corpo, e sair para passear é um martírio. Também avistei o Lobo e o Cordeiro, umas três horas depois da partida de Hanna, no Rincón de los Andaluces; de início fingiram não me ver; depois se aproximaram com rostos aflitos e fizeram as perguntas que se supõe de rigor. Respondi que não havia nada de novo e que Hanna já estava a caminho da Alemanha. Seus rostos e atitudes experimentaram com esta última notícia uma mudança notável. Os gestos se relaxaram e se tornaram mais amistosos; fazia calor; passados uns minutos compreendi que aquele par de porcos não estava disposto a desgrudar de mim: a conversa flui pelos mesmos caminhos, dominada pelos mesmos símbolos que as que costumavam manter com Charly, só que no lugar de Charly estava eu, e no lugar de Hanna, Ingeborg!

Mais tarde perguntei a Ingeborg o que ela tinha querido dizer quando falou que todo mundo punha a mão em Hanna. A resposta apaga, pelo menos em parte, minhas suposições. Tratava-se de uma generalização, Hanna como vítima dos homens, mulher pouco afortunada, em perpétua busca do equilíbrio e da felicidade etc. A possibilidade de uma Hanna violentada pelos espanhóis é impensável; na realidade, Ingeborg nem dá importância a eles: fala deles como se fossem invisíveis. Dois sujeitos quaisquer, não muito trabalhadores a julgar por seus horários, que gostam de se divertir; ela também, afirma, gosta de ir à discoteca de vez em quando fazer alguma loucura. Que tipo de loucura?, me interesso. Não dormir, beber demais da conta, cantar de madrugada pelas ruas. Loucura, a de Ingeborg, meio exígua. Loucura sadia, ela esclarece. Portanto não há beligerâncias nem reservas contra os espanhóis, salvo as naturais. Nesse pé estavam as coisas quando, às dez da noite, o Lobo e o Cordeiro tornam a entrar em cena: a conversa, na realidade um convite para sair que não aceitamos, se desenrola de uma maneira bastante vulgar, nós sentados no terraço do hotel (todas as mesas cheias e uma profusão de taças de sorvete e de bebidas) e eles de pé na calçada, separados pela balaustrada de ferro, fronteira entre o terraço e a multidão de passantes que naquela hora, sufocados pelo calorão, percorre o Passeio Marítimo. De início as palavras de um e outro não vão além do insosso; quem mais fala (e gesticula) é o Cordeiro; suas observações conseguem arrancar algum sorriso de Ingeborg antes mesmo de eu traduzi-las. Já as intervenções do Lobo são comedidas e prudentes, dir-se-ia que sondava o terreno enquanto se expressa num inglês superior à sua educação, mas ajustado a uma certa vontade de ferro, a um desejo de enfiar a cabeça num mundo que apenas intui. Nunca como então, naqueles dias, o Lobo se pareceu mais com seu nome; o rosto de Ingeborg, brilhante, fresco, bronzeado, atraía seu olhar como a lua seduz os lobisomens nos velhos filmes de terror. Ante nossa reticência em sair, insiste e sua voz enrouquece; promete discotecas dignas de frequentar, assegura que nosso cansaço vai se evaporar assim que entrarmos numa dessas espeluncas... Tudo em vão. Nossa negativa é irreversível e expressa dois palmos acima da cabeça deles, pois o nível da calçada é inferior ao do terraço. Os espanhóis não insistem. Imperceptivelmente, como prelúdio da despedida, começam a rememorar a figura de Charly. O amigo com letras maiúsculas. Qualquer um poderia pensar que sentem mesmo saudade dele. Depois nos estendem a mão e saem andando em direção à parte antiga. Suas silhuetas, logo confundidas com a dos transeuntes, me parecem tristíssimas e transmito essa impressão a Ingeborg. Ela me fita por uns segundos e diz que não me entende:

— Um instante atrás você achava que tinham violentado Hanna. Agora te dão pena. Na realidade esses dois cretinos não passam de uns *latin lovers* de araque.

Rimos os dois desenfreados até que Ingeborg sugeriu que pelo menos um dia fôssemos para a cama cedo. Concordei.

Depois de fazer amor pus-me a escrever no quarto, enquanto Ingeborg voltava a mergulhar no livro de Florian Linden. Ainda não descobriu o assassino e por sua maneira de ler dir-se-ia que não se preocupa com isso. Parece cansada; estes últimos dias não foram agradáveis. Não sei por que penso em Hanna, dentro do carro, antes de partir, me dando conselhos com sua voz quebrada...

— Será que Hanna já chegou a Oberhausen?

— Não sei. Amanhã ela telefona — disse Ingeborg.

— E se não telefonar?

— Quer dizer, se ela se esquecer da gente?

Não, claro, de Ingeborg não vai se esquecer. Nem de mim. De repente senti medo. Um misto de medo e exaltação. Mas medo de quê? Lembro-me das palavras de Conrad: "Jogue no seu campo e ganhará sempre". Mas qual é meu campo?, perguntei. Conrad riu de uma maneira incomum nele, sem desviar a vista, os olhos brilhantes e fixos em mim. O lado que seu sangue escolher. Respondi que assim não podia ganhar sempre; por exemplo, se na Destruição do Grupo de Exércitos do Centro eu escolhia os alemães, o máximo que podia tentar era ganhar uma vez em cada três, no melhor dos casos. A não ser que jogasse com um imbecil. Você não me entendeu, disse Conrad. Você deve utilizar a Grande Estratégia. Deve ser mais astuto que um coelho.

Terá sido um sonho? A verdade é que não conheço nenhum jogo que se chame Destruição do Grupo de Exércitos do Centro!

Quanto ao mais, foi um dia chato e improdutivo. Estive um instante na praia recebendo com paciência os raios solares e tentando sem muito sucesso pensar clara e racionalmente. Em minha cabeça só se formavam velhas imagens de uma década atrás: meus pais jogando cartas na sacada do hotel, meu irmão boiando a vinte metros da praia com os braços em cruz, rapazes espanhóis (ciganos?) percorrendo a praia armados de paus, o quarto dos empregados, malcheiroso e cheio de beliches, uma avenida povoada de discotecas, uma atrás da outra, até se confundir com a praia, uma praia de areia negra diante de um mar de águas negras onde a única nota de cor, imprevisivelmente, é a fortaleza de pedalinhos do Queimado... Meu artigo espera. Os livros que me prometi ler esperam. As horas e os dias, em compensação, transcorrem depressa, como se o tempo rolasse morro abaixo. Mas isso é impossível.

2 de setembro

A polícia... Eu disse a Frau Else que íamos embora amanhã. Ao contrário do que esperava, a notícia a surpreendeu; em seu rosto notei um leve sinal de pesar que ela se apressou em ocultar com eficiente jovialidade de empresária. De qualquer maneira, o dia começou mal; eu estava com dor de cabeça e transpirava abundantemente apesar das três aspirinas e uma ducha de água fria. Frau Else me perguntou se o fim era satisfatório. Que fim? Das férias. Dei de ombros e ela me pegou pelo braço e me levou para um pequeno escritório dissimulado atrás da recepção. Queria saber tudo sobre o desaparecimento de Charly. Com voz monocórdia, fiz um resumo do ocorrido. Saiu muito bom. Ordenado cronologicamente.

— Hoje falei com o senhor Pere, gerente do Costa Brava; ele acha que o senhor é um imbecil.

— Eu? E o que eu tenho a ver com essa história?

— Nada, suponho. Mas seria conveniente que se preparasse... A polícia quer interrogá-lo.

Fiquei branco. Eu! A mão de Frau Else deu uns tapinhas no meu joelho.

— Não tem por que se preocupar. Só querem saber por que a moça foi para a Alemanha. É uma reação meio incoerente, não acha?

— Que moça?

— A amiga do morto.

— Acabei de dizer; estava farta de tanta desorganização; tem problemas pessoais; mil coisas.

— Sim, mas era o namorado dela. O mínimo que podia fazer era esperar que terminassem a busca.

— Isso não me diz respeito... Quer dizer que devo ficar aqui até a polícia aparecer?

— Não, faça o que bem entender; em seu lugar, eu iria à praia. Quando eles chegarem mando um empregado do hotel chamá-lo.

— Ingeborg tem de estar presente também?

— Não, um só basta.

Fiz o que Frau Else me aconselhou e ficamos na praia até as seis da tarde, quando um mensageiro veio nos chamar; o mensageiro, um garoto de uns doze anos, vestia-se como um mendigo e você obrigatoriamente se perguntava como era possível que trabalhasse num hotel. Ingeborg insistiu em ir comigo. A praia tinha uma cor dourado-escura e parecia parada no tempo; para dizer a verdade, eu não teria saído de lá. Os policiais estavam fardados e esperavam no balcão do bar conversando com um garçom; apesar de desnecessário, Frau Else nos indicou da recepção o lugar onde nos aguardavam. Lembro que quando nos aproximamos pensei que eles não virariam a cara para nós e que eu me veria obrigado a lhes tocar no ombro como quem bate numa porta. Mas os policiais devem ter nos pressentido, pelo olhar do garçom ou por alguma outra razão que ignoro, e antes de chegarmos junto deles se puseram de pé e nos cumprimentaram levando a mão à pala do quepe, ação que exerceu em meu ânimo um efeito perturbador. Sentamos numa mesa afastada e foram direto ao assunto: Hanna sabia o que estava fazendo quando se foi da Espanha? (não sabíamos se Hanna sabia), que vínculos a uniam com Charly? (a amizade), por que tinha ido embora? (não sabíamos), qual era seu endereço na Alemanha? (desconhecíamos — mentira, Ingeborg o tem anotado —, mas podiam verificá-lo no consulado alemão de Barcelona, onde Hanna deu, supúnhamos, todos os seus dados pessoais), Hanna achava, ou nós achávamos, que Charly tinha se suicidado? (nós não, é claro; Hanna, vá saber), e assim outras tantas perguntas inúteis até dar a entrevista por encerrada. O tempo todo se comportaram com correção e ao irem embora tornaram a nos cumprimentar militarmente. Ingeborg lhes dedicou um sorriso, mas quando ficamos a sós disse que não via a hora de estarmos em Stuttgart, longe deste vilarejo triste e corrompido; quando lhe perguntei o que queria dizer com a palavra *corrompido*, ela se levantou e me deixou sozinho no salão de refeições. Bem quando ela estava indo embora, Frau Else saiu da recepção e veio a nosso encontro; nenhuma das duas parou, mas Frau Else sorriu ao passar junto dela; Ingeborg, tenho certeza, não fez a mesma coisa. De qualquer maneira, Frau Else não deu importância ao fato. Ao chegar a meu lado quis saber como tinha sido o interrogatório. Admiti que Hanna piorou a situação ao ir embora. Segundo Frau Else, a polícia espanhola era encantadora. Não a contradisse. Por um instante nenhum dos dois acrescentou mais nada, mas o silêncio era bastante significativo. Depois Frau Else me pegou pelo braço como havia feito anteriormente e me guiou por uma série de corredores do primeiro andar; enquanto durou o trajeto só abriu a boca para dizer "Não fique deprimido"; creio que assenti. Paramos num aposento junto da cozinha. O lugar parecia ter a função de lavanderia do hotel, por uma janela via-se um pátio interno de cimento cheio de cestos de madeira e coberto por um enorme plástico verde que mal deixava passar a luz da tarde; na cozinha sem ar-condicionado uma moça e um velho ainda lavavam os pratos do meio-dia. Então, sem nenhum aviso, Frau Else me beijou. A verdade é que não me pegou de surpresa. Eu desejava e esperava aquilo. Mas, para ser sincero, não achava provável. Claro, seu beijo foi correspondido com o ardor que a situação merecia. Também não fizemos nada de extraordinário. Da cozinha, os lavadores de pratos poderiam ter nos visto. Ao cabo de cinco minutos nos separamos; ambos estávamos agitados e sem fazer comentários voltamos para o salão de refeições; ali Frau Else se despediu apertando minha mão. Ainda me custa acreditar.

Passei o resto da tarde com o Queimado. Primeiro subi ao quarto e não encontrei Ingeborg. Supus que tinha ido fazer compras. A praia estava semideserta e o Queimado não tinha muito trabalho. Descobri-o sentado junto dos pedalinhos enfileirados, por uma vez, de frente para o mar, com a vista fixa no único pedalinho alugado, que nesse momento parecia estar muito longe da praia. Pus-me ao lado dele como se se tratasse de um velho conhecido e logo depois desenhei o mapa da Batalha das Ardenas (uma das minhas especialidades) ou do Bulge, como a chamam os americanos, e expliquei a ele em detalhes planos de combate, ordem de aparecimento de unidades, estradas a seguir, rios a atravessar, demolição e construção de pontes, ativação ofensiva do 15º Exército, penetração real e penetração simulada do Grupo de Combate Peiper etc. Depois desfiz o mapa com o pé, alisei a areia e desenhei o mapa da zona de Smolensk. Aí, disse, o Grupo Panzer de Guderian travou uma batalha importante no ano de 1941, uma batalha crucial. Eu sempre a vencera. Com os alemães, claro. Apaguei o mapa outra vez, alisei a areia, desenhei um rosto. Só então o Queimado sorriu, sem desviar por muito tempo sua atenção do pedalinho que continuava perdido na distância. Senti um ligeiro calafrio. A carne da sua bochecha, duas ou três crostas mal-ajuntadas, se eriçou e por um segundo temi que mediante esse efeito ótico — não podia ser outra coisa — ele pudesse me hipnotizar e arruinar minha vida para sempre. A própria voz do Queimado veio em minha ajuda. Como se falasse de uma distância intransponível, ele disse: você acha que nos entendemos? Com a cabeça respondi afirmativamente repetidas vezes, feliz por poder me livrar do feitiço que sua bochecha disforme exercia. O rosto que havia desenhado continuava ali, apenas um esboço (mas devo reconhecer que não sou um péssimo desenhista), até que de repente compreendi com horror que era o retrato de Charly. A revelação me deixou sem fala. Era como se alguém houvesse guiado minha mão. Apressei-me em apagá-lo e de imediato desenhei o mapa da Europa, o norte da África e do Oriente Médio e ilustrei com profusão de flechas e círculos minha estratégia decisiva para o Terceiro Reich ganhar. Temo que o Queimado não tenha entendido nada.

Esta noite a novidade foi a chamada de Hanna. Telefonou duas vezes antes, mas nem Ingeborg nem eu estávamos no hotel. Quando cheguei o recepcionista me deu o recado e a notícia na verdade me desalentou. Não queria falar com Hanna e roguei para que Ingeborg aparecesse antes de recebermos a terceira chamada. Com o ânimo alterado, esperei no quarto. Quando Ingeborg voltou decidimos mudar nossos planos, que eram o de comer num restaurante do porto, e ficar no Del Mar aguardando. Fizemos bem, Hanna telefonou no instante em que íamos atacar nosso jantar frugal: sanduíche de presunto e queijo e batata frita. Lembro que um garçom veio nos chamar e que quando nos levantamos da mesa Ingeborg afirmou que não era preciso que fôssemos os dois. Disse a ela que tudo bem, de qualquer maneira a comida não ia esfriar. Na recepção encontramos Frau Else. Usava um vestido diferente do da tarde e parecia recém-saída do chuveiro. Trocamos um sorriso e tentamos conversar enquanto Ingeborg, de costas, o mais distante que pôde se situar, murmurava frases como "por quê", "não posso acreditar", "que nojo", "meu Deus do céu", "porcos malditos", "por que não me disse antes", que não pude evitar de ouvir e que pouco a pouco foram me deixando de cabelo em pé. Também percebi que com cada exclamação as costas de Ingeborg se curvavam até parecer um caracol; fiquei com pena dela; estava assustada. Já Frau Else, com os cotovelos firmemente apoiados no balcão e o rosto reluzente, adquiria por contraste uma postura de estátua clássica: só seus lábios se mexiam ao falar sem rodeios do que acontecera horas antes na lavanderia. (Acho que me pediu que não acalentasse falsas expectativas; não posso garantir.) Enquanto Frau Else falava eu sorria, mas todos os meus sentidos estavam concentrados nas palavras de Ingeborg. O fio do telefone parecia disposto a pular no seu pescoço.

A conversa com Hanna foi interminável. Depois de desligar, Ingeborg disse:

— Ainda bem que vamos embora amanhã.

Voltamos ao salão de refeições mas não tocamos em nossos pratos. Malignamente Ingeborg comentou que Frau Else, sem maquiagem, parecia uma bruxa. Depois disse que Hanna estava louca, que não entendia nada. Evitava meu olhar e batia na mesa com o garfo; pensei que, de longe, um estranho não teria lhe dado mais de dezesseis anos. Uma irresistível ternura por ela foi subindo desde meu estômago. Pôs-se então a ganir: como era possível, como era possível. Desconcertado, temi que fizesse um escândalo diante das pessoas que ainda estavam no salão; mas Ingeborg, como se lesse meu pensamento, sorriu repentinamente e disse que não tornaria a ver Hanna. Perguntei o que ela tinha contado; adiantando-me à sua resposta, disse que era lógico que Hanna estivesse meio fora de si. Ingeborg negou com a cabeça. Eu estava enganado. Hanna era muito mais inteligente do que eu imaginava. Sua voz soou glacial. Terminamos a sobremesa em silêncio e subimos para o quarto.

3 de setembro

Levei Ingeborg à estação; durante meia hora esperamos sentados num banco a chegada do trem para Cerbere. Quase não nos dissemos nada. Pelas plataformas perambula uma multidão de turistas cujas férias acabam e que ainda lutam para se postar nos lugares ensolarados. Só os velhos se sentam nos bancos à sombra. Entre eles, os que se vão, e eu, há um abismo; Ingeborg, pelo contrário, não me pareceu fora de lugar naquele trem entupido de gente. Perdemos até nossos últimos minutos dando indicações: muitos não sabiam onde deviam esperar e os funcionários da estação não contribuíam nem um pouco para orientá-los. As pessoas agem como um rebanho de ovelhas. Bastou assinalarmos para um casal o local exato onde deviam pegar o trem (nada difícil de averiguar por si mesmo: só há quatro vias) para que alemães e ingleses confirmassem conosco suas informações. Da janela do trem, Ingeborg perguntou se me veria logo em Stuttgart. Logo, logo, falei. O gesto de Ingeborg, uma mínima contração dos lábios e da ponta do nariz, dá a entender que não acredita em mim. Pouco importa!

* * *

Até o último momento acreditei que ela ficaria. Não, não é verdade, sempre soube que nada era capaz de detê-la, em primeiro lugar vêm seu trabalho e sua independência, sem contar que depois do telefonema de Hanna ela só pensava em partir. A despedida, portanto, foi lamentável. E surpreendeu várias pessoas, a começar por Frau Else, embora talvez a surpresa tenha sido provocada por minha decisão de ficar. A bem da verdade, a primeira surpresa foi Ingeborg.

Em que momento eu soube que ela ia embora?

Ontem, enquanto falava com Hanna, tudo ficou selado. Tudo claro e definitivo. (Mas não fizemos o menor comentário.)

Esta manhã paguei sua conta, só a sua conta, e desci as malas. Não queria dramatizar nem que parecesse uma fuga. Fui um imbecil. Suponho que a recepcionista foi correndo levar a notícia a Frau Else. Cedo ainda, almocei na ermida. Do mirante via-se a praia deserta. Quero dizer deserta em comparação aos dias anteriores. Novamente, comi ensopado de coelho e tomei uma garrafa de Rioja. Acho que não desejava voltar ao hotel. O restaurante estava quase vazio, com exceção de uns comerciantes que comemoravam alguma coisa numa mesa dupla situada no meio do salão. Eram de Gerona e contavam piadas em catalão que suas mulheres mal se esforçavam em aplaudir. Conrad já dizia: abster-se de levar amigas às reuniões. O ambiente era fúnebre, na realidade todos pareciam estar tão aturdidos quanto eu. Tirei a sesta dentro do carro, numa enseada próxima do vilarejo e de que eu acreditava me lembrar das férias com meus pais. Acordei suando e sem sinal de porre.

De tarde visitei o gerente do Costa Brava, o sr. Pere, e assegurei que estava à sua disposição no Del Mar para o que considerasse conveniente. Trocamos amabilidades e fui embora. Depois estive na Capitania dos Portos, onde ninguém soube me informar sobre Charly. A mulher que me atendeu inicialmente nem sabia do que eu estava falando; por sorte chegou um funcionário que conhecia o caso e tudo foi esclarecido. Não havia novidades. O trabalho prosseguia. Paciência. No pátio foi se juntando uma pequena multidão. Um rapaz da Cruz Vermelha do Mar disse que eram parentes de um novo afogado. Fiquei ali mais um instante, sentado na escada, até que resolvi voltar ao hotel. Estava com uma dor de cabeça gigantesca. No Del Mar procurei Frau Else em vão. Ninguém soube me informar do seu paradeiro. A porta do corredor que leva à lavanderia estava fechada à chave. Sei que é possível ter acesso por outro caminho, mas não consegui achá-lo.

A bagunça no quarto é total: a cama está desfeita e minha roupa esparramada no chão. Vários contadores do Terceiro Reich também caíram. O mais lógico seria fazer as malas e cair fora. No entanto, liguei para a recepção e pedi que limpassem o quarto. Pouco depois apareceu a moça que eu já conhecia, a mesma que tentou em vão instalar a mesa. Bom sinal. Sentei num canto e disse que catasse tudo. Num minuto o quarto estava em ordem e luminoso (este último detalhe foi simples: bastou abrir as cortinas). Quando terminou, dirigiu-me um sorriso angelical. Satisfeito, dei a ela mil pesetas. A moça é inteligente: os contadores caídos estão enfileirados agora junto do tabuleiro. Não falta nenhum.

O resto da tarde, até escurecer, passei na praia, com o Queimado, falando dos meus jogos.

4 de setembro

Comprei os sanduíches num bar chamado Lolita e as cervejas no supermercado. Quando o Queimado chegou, eu disse que sentasse junto da cama e me instalei à direita da mesa, com a mão apoiada na beira do tabuleiro numa atitude relaxada e com um amplo campo de visão: de um lado o Queimado e atrás dele a cama e a mesinha de cabeceira — onde ainda está o livro de Florian Linden! — e do outro lado, à esquerda, a sacada aberta, as cadeiras brancas, o Passeio Marítimo, a praia, a fortaleza de pedalinhos. Pensava em deixá-lo falar primeiro, mas o Queimado não era um tipo fácil, de modo que falei eu. Comecei por lhe comunicar a partida de Ingeborg, de forma sucinta, foi de trem, o trabalho, e ponto-final. Não sei se ficou convencido. Continuei falando da natureza do jogo, não me lembro exatamente quantas besteiras disse, entre elas que a necessidade de jogar não era nada mais que uma espécie de canto e que os jogadores são cantores interpretando uma gama infinita de composições, composições-sonhos, composições-poços, composições-desejos, sobre uma geografia em permanente mudança: como comida que se decompõe, assim eram os mapas e as unidades que viviam dentro deles, as regras, os lances de dados, a vitória ou a derrota final. Comida estragada. Acho que foi então que peguei os sanduíches e as cervejas e enquanto o Queimado começava a comer pulei por cima das suas pernas, rápido, e peguei o livro de Florian Linden como se fosse um tesouro a ponto de se volatilizar. Entre suas páginas não encontrei nenhuma carta, nenhum bilhete, nem o mais leve sinal que me insuflasse esperanças. Só palavras soltas, interrogatórios de policiais e confissões. Lá fora, a noite ia tomando conta bem devagar da praia e criava a ilusão de um falso movimento, de pequenas dunas e rachaduras na areia. Sem sair de onde estava, numa zona cada vez mais escura, o Queimado comia com lentidão de ruminante, a vista cravada no chão ou na ponta dos seus dedos enormes, proferindo a intervalos regulares gemidos quase inaudíveis. Devo confessar que experimentei algo semelhante ao asco; uma sensação de sufoco e calor. Os gemidos do Queimado, cada vez que engolia um bocado de queijo e pão, ou de presunto e pão, dependendo de qual dos dois sanduíches que eu havia comprado para ele estivesse comendo, me comprimiam o peito até a morte. Quase sem forças cheguei junto do interruptor e acendi a luz. De imediato me senti melhor, embora ainda persistisse um zumbido nas têmporas; zumbido que não me impediu de retomar a palavra, sem tornar a me sentar, dando pequenos passeios da mesa à porta do banheiro (cuja luz também acendi) para falar da distribuição dos corpos de exército, dos dilemas que duas ou mais frentes podiam proporcionar ao jogador alemão possuidor de um número limitado de forças, das dificuldades que implicava transferir ingentes massas de infantaria e de blindados do oeste para o leste, do norte da Europa para o norte da África, e da conclusão final a que chegavam os jogadores medianos: a fatal carência de unidades para cobrir tudo. Essa reflexão fez com que o Queimado formulasse uma pergunta com a boca cheia que não me dei ao trabalho de responder; nem sequer a entendi. Suponho que eu estava embalado e que por dentro não me sentia muito bem. Assim, em vez de responder disse a ele que se aproximasse do mapa e o visse com seus próprios olhos. Mansamente o Queimado se aproximou e me deu razão: qualquer um podia ver que as fichas pretas não ganhariam. Alto! Com minha estratégia a situação mudava. Exemplifiquei isso explicando uma partida jogada em Stuttgart não faz muito tempo, embora em meu foro interior, pouco a pouco, tenha me dado conta de que não era isso o que eu queria dizer. O quê, então? Não sei. Mas era importante. Depois: silêncio total. O Queimado voltou a sentar junto da cama com um pedacinho de sanduíche entre os dedos, como um anel de noivado, e eu saí à sacada dando passos como que em câmera lenta e fiquei vendo as estrelas e os turistas que se arrastavam lá embaixo. Teria sido melhor não fazer isso. Sentados no meio-fio do Passeio Marítimo, o Lobo e o Cordeiro vigiavam meu quarto. Ao me ver levantaram as mãos e puseram-se a gritar. De início pensei que me insultavam, mas os gritos eram amistosos. Queriam que descêssemos para tomar alguma coisa com eles (como sabiam que o Queimado estava aqui, para mim é um mistério) e cada vez seus gestos eram mais urgentes; não demorei a ver passeantes levantando o olhar em busca da sacada que suscitava tamanho alvoroço. Eu tinha duas opções: ou retroceder e fechar a sacada sem pronunciar palavra, ou despachá-los com uma promessa que depois não cumpriria; ambas as perspectivas eram desagradáveis; com o rosto avermelhado (matiz que o Lobo e o Cordeiro, da distância que se encontravam, não perceberam) garanti que dali a um instante iria encontrá-los no Rincón de los Andaluces. Não me mexi da sacada até perdê-los de vista. No quarto, o Queimado estudava as fichas postas na frente oriental. Absorto, parecia compreender por que e como estavam distribuí-

das as forças naquelas linhas, embora obviamente não pudesse
sabê-lo. Deixei meu corpo cair numa poltrona e disse que estava
cansado. O Queimado nem sequer pestanejou. Depois perguntei como era possível que aquele par de doidos não me deixasse
em paz. O que queriam? Jogar?, perguntou o Queimado. Notei
em seus lábios uma desajeitada vontade irônica. Não, respondi,
beber, comemorar algo, qualquer coisa que lhes proporcionasse
a certeza de não estarem mumificados.

— Uma vida monótona, não? — grasnou.

— Pior ainda, férias monótonas.

— Bom, *eles* não estão de férias.

— É igual, vivem as férias dos outros, chupam as férias e o
ócio alheio e azedam a vida de alguns turistas. São parasitas dos
viajantes.

O Queimado olhou para mim com incredulidade. Evidentemente o Lobo e o Cordeiro eram seus amigos, apesar da aparente
distância que os separava. De qualquer maneira, não me importei
de ter dito o que disse. Lembrei-me ou, melhor dizendo, vi a cara
de Ingeborg, fresca e rosada, e a total certeza que ela me proporcio-
nava da felicidade. Tudo destroçado. Tamanha injustiça fez com
que meus movimentos se acelerassem: peguei as pinças e com a
prontidão com que um caixa conta dinheiro pus as fichas nos *force
pool*, os marcadores nas casas adequadas e, evitando dar às minhas
palavras um tom dramático, convidei-o a jogar um ou dois turnos,
embora meu desígnio fosse jogar o jogo completo, até a Grande
Destruição. O Queimado encolheu os ombros e sorriu várias vezes,
indeciso ainda. Esses gestos afetavam sua expressão quase até o
limite que eu podia suportar, de modo que enquanto ele pensava
sua resposta olhei para um ponto qualquer do mapa tal como se
costumava fazer nos campeonatos quando se enfrentavam dois
jogadores que nunca tinham se visto, olhar para um ponto do
mapa e evitar a presença física do adversário até que o primeiro

turno começasse. Quando ergui a vista encontrei os olhos do Queimado, inocentes, e soube que ele topava. Aproximamos as cadeiras da mesa e dispusemos nossas forças. Os exércitos da Polônia, da França e da União Soviética ficaram numa situação inicial desfavorável, embora não de todo ruim, levando-se em conta a inexperiência do Queimado. O exército inglês, pelo contrário, ocupava posições razoáveis, com frotas distribuídas equitativamente — apoiadas no Mediterrâneo pela frota francesa — e os poucos corpos de exército cobrindo hexágonos de importância estratégica. O Queimado se revelou um aluno sagaz. A situação global no mapa se parecia de alguma maneira com a situação histórica, coisa que aliás não costuma acontecer quando jogadores veteranos se enfrentam: eles nunca posicionariam o exército polonês ao longo da fronteira, nem o exército francês em *todos* os hexágonos da Linha Maginot, sendo o mais prático, para os poloneses, defender Varsóvia em círculo e, para os franceses, reduzir um hexágono da Linha Maginot. Executei o primeiro turno explicando os passos que dava, dessa maneira o Queimado compreendeu e soube apreciar a elegância com que meus blindados romperam o dispositivo polonês (superioridade aérea e exploração mecanizada), o incremento de forças na fronteira com a França, a Bélgica e a Holanda, a declaração de guerra italiana e o movimento do grosso das tropas acantonadas na Líbia, em direção a Túnis! (os ortodoxos recomendam a entrada da Itália na guerra não antes do inverno de 1939, se possível na primavera de 40, estratégia que obviamente desaprovo), a chegada dos corpos blindados alemães em Gênova, o hexágono trampolim (Essen) onde situei meu corpo de paraquedistas etc., tudo isso com um gasto mínimo de BRPs. A resposta do Queimado não pode deixar de ser hesitante: na Frente Leste, invade os Países Bálticos e a parte correspondente da Polônia, mas esquece de ocupar a Bessarábia; na Frente Oeste opta por um ataque de desgaste e desembarca o Corpo Expedicionário Britânico (dois corpos de infantaria) na França; no Mediterrâneo, reforça Túnis e Bizerta. A iniciativa continua comigo. No turno de inverno de 1939, deflagro a ofensiva total no Oeste; conquisto Holanda, Bélgica, Luxemburgo, Dinamarca, pelo sul da França chego até Marselha e pelo norte até Sedan e ao hexágono N24. Reestruturo meu Grupo de Exércitos do Leste. Desembarco um corpo blindado alemão em Trípoli durante o sr. A Opção no Mediterrâneo é de Desgaste e não obtenho resultados, mas a ameaça agora é tangível: Túnis e Bizerta estão sitiadas e o Primeiro Corpo Móvel italiano penetra na Argélia, totalmente desguarnecida. Na fronteira com o Egito as forças estão equilibradas. O problema para o aliado, precisamente, está em decidir para onde inclinar seu peso. A resposta do Queimado não pode ser tão enérgica quanto a situação requer; na Frente Oeste e no Mediterrâneo ele escolhe Opção de Desgaste e lança ao ataque tudo o que encontra, mas joga em colunas baixas e, para piorar, os dados não o favorecem. No Leste ocupa a Bessarábia e constrói um esboço de linha desde a fronteira com a Romênia até a Prússia Oriental. O turno seguinte será decisivo, mas já é tarde e temos de adiar o jogo. Saímos do hotel. No Rincón de los Andaluces encontramos o Lobo e o Cordeiro em companhia de três moças holandesas. Elas parecem encantadas em me conhecer e se maravilham com minha condição de alemão. A princípio pensei que me gozavam; na realidade estavam surpresas pelo fato de que um alemão tivesse relação com aqueles seres esdrúxulos. Às três da manhã regressei ao Del Mar sentindo-me satisfeito pela primeira vez em muitos dias. Será porque sabia, enfim, que não havia sido inútil ficar? Pode ser que sim. Em algum momento da noite, do fundo da sua derrota (falávamos da minha Ofensiva no Oeste?), o Queimado perguntou até quando eu permaneceria na Espanha. Em seu tom percebi medo.

— Até o cadáver de Charly aparecer — respondi.

5 de setembro

Depois do café da manhã me dirigi ao Costa Brava. Encontrei o gerente na recepção; ao me ver terminou de despachar uns assuntos e fez sinal para que eu o seguisse até seu escritório. Não sei como estava sabendo da partida de Ingeborg, com alguns gestos meio inadequados deu a entender que compreendia minha situação. Em seguida, sem me dar tempo para replicar, passou a fazer um resumo do estado atual da busca: nenhum progresso, muitos haviam desistido, as operações, se assim se podia chamar o trabalho de uma ou duas Zodiac da polícia, pareciam fadadas a uma lenta progressão burocrática. Disse a ele que pensava ir me informar pessoalmente na Capitania dos Portos e, se necessário, estava disposto a distribuir patadas a torto e a direito. O sr. Pere negou com a cabeça, paternalmente; não era preciso; não havia por que se esquentar. No que diz respeito ao papelório relativo ao desaparecimento, o consulado alemão tinha se encarregado de tudo. Na verdade, o senhor poderia partir no momento que considerasse conveniente; claro, eles compreendiam que Charly foi meu amigo, é bem sabido, os vínculos de amizade, mas... A própria polícia espanhola, usualmente desconfiada, estava a ponto de dar o assunto por encerrado. Só falta aparecer o corpo. O sr. Pere parecia muito mais relaxado do que em nosso encontro anterior. Agora, de alguma maneira, encara o caso como se ele e eu fôssemos os únicos e resignados parentes de uma vítima de morte inexplicável mas natural. (A morte, então, sempre é natural? Sempre é uma parte essencial da ordem? Inclusive numa prancha de windsurfe?) Seu amigo, sem dúvida, sofreu um acidente, afirmou, como ocorrem tantos durante o verão. Insinuei a possibilidade de suicídio, mas o sr. Pere nega com a cabeça e sorri; a vida toda foi hoteleiro e crê conhecer a *alma* dos turistas; Charly, pobre desgraçado, não se enquadrava na tipologia dos suicidas. De qualquer forma, pensando bem, sempre era amargo e paradoxal morrer nas férias; o sr. Pere já tivera oportunidade de presenciar casos semelhantes em sua longa carreira: idosos que têm um ataque cardíaco em agosto, crianças afogadas na piscina à vista de todo mundo, famílias destroçadas na estrada, no meio das férias!... A vida é assim, conclui, com certeza seu amigo nunca pensou que morreria longe da pátria. A Morte e a Pátria, sussurra, que tragédias. Às onze da manhã o sr. Pere tinha algo de crepuscular. Está aí um homem satisfeito, disse comigo mesmo. Era agradável estar ali, falando com ele, enquanto na recepção os turistas discutiam com a recepcionista, e suas vozes, alheias ao que de fato importava, penetravam no escritório, inofensivas; e enquanto conversávamos me vi comodamente sentado dentro do hotel, e vi o sr. Pere, e as pessoas nos corredores e salas, rostos que se atraíam ou simulavam se atrair em meio a diálogos vazios ou tensos, casais que tomavam sol de mãos dadas, homens sozinhos que trabalhavam sozinhos e homens afáveis que trabalhavam em companhia de outros, todos felizes ou, se não, pelo menos em paz consigo mesmos. Insatisfeitos! Mas sabendo-se no centro do universo.

Que importava se Charly estava vivo ou não, se eu estava vivo ou não. Tudo seguiria ladeira abaixo, em direção a cada morte particular. Todos no centro do universo! Bando de cretinos! Nada ficava fora do domínio deles! Até dormindo controlavam tudo! Com sua indiferença! Pensei então no Queimado. Ele estava fora. Vi-o como se estivesse debaixo d'água: o inimigo.

Tentei passar o resto do dia fazendo algo produtivo, mas foi impossível. Era incapaz de pôr a roupa de banho e ir à praia, de modo que me instalei no bar do hotel para escrever uns postais; pensava mandar um a meus pais, mas afinal só escrevi a Conrad. Por um longo momento fiquei sentado ali sem fazer outra coisa além de olhar os turistas e os garçons que circulavam entre as mesas com bandejas carregadas de bebidas. Não sei por que pensei que aquele era um dos últimos dias quentes. Pouco importava. Para fazer alguma coisa, comi uma salada e bebi um suco de tomate. Acho que caiu mal, pois comecei a suar e a sentir náuseas, de modo que subi ao quarto e tomei uma chuveirada de água fria; depois tornei a sair, sem pegar o carro, até a Capitania dos Portos, mas ao chegar lá decidi que não valia a pena suportar outro rosário de desculpas e passei ao largo.

O vilarejo estava submerso numa espécie de bola de vidro; todos pareciam dormir (dormir transcendentalmente!), embora andassem ou estivessem sentados nos terraços. Por volta das cinco da tarde o céu se nublou e às seis começou a chover. As ruas logo se esvaziaram; pensei que era como se o outono introduzisse sua unha e arranhasse: tudo vinha abaixo. Os turistas correndo pelas calçadas em busca de refúgio; os comerciantes cobrindo com lonas suas mercadorias expostas na rua; as cada vez mais numerosas janelas fechadas até o próximo verão. Não sei se aquilo me inspirava pena ou desprezo. Desprendido de qualquer condicionamento externo, só podia ver e sentir com clareza a mim mesmo. Tudo o mais tinha sido bombardeado por algo obscuro; cenários de sets cinematográficos cujo destino de pó e esquecimento me parecia irreversível.

A pergunta, então, era o que eu fazia em meio a essa miséria.

Passei o resto da tarde deitado na cama esperando a hora em que o Queimado chegaria ao hotel.

Antes de subir para o quarto, perguntei se havia algum telefonema da Alemanha para mim. A resposta foi negativa; não há nenhum recado para mim.

Da sacada vi quando o Queimado deixava a praia para trás e atravessava o Passeio Marítimo em direção ao hotel. Apressei-me a descer, de tal modo que quando ele chegasse à porta eu estivesse lá, à sua espera; suponho que temia que não o deixassem entrar se não viesse comigo. Ao passar pela recepção, a voz de Frau Else me deteve de estalo. Foi pouco mais que um sussurro mas, distraído como eu ia, repercutiu na minha cabeça com a força de uma corneta.

— Udo, o senhor está aqui — disse como se não soubesse.

Fiquei imóvel no corredor principal, numa postura no mínimo embaraçosa. No outro extremo, detrás das portas de vidro, o Queimado esperava. Por um momento eu o vi como se fosse parte de um filme projetado na porta: o Queimado e o horizonte azul-escuro onde se destacavam um carro estacionado na calçada em frente, as cabeças dos transeuntes e as imagens incompletas das mesas do terraço. Completamente real só Frau Else, bela e solitária detrás do balcão.

— Claro, naturalmente... Você devia saber. — Quando a tratei por você, Frau Else corou. Creio que só uma vez eu a tinha visto assim, com as defesas abertas. Não sei se isso me agradava ou não.

— Eu não tinha... te visto. Só isso. Não controlo cada passo que você dá — ela me disse em meia-voz.

— Vou ficar aqui até aparecer o cadáver do meu *amigo*. Espero que você não tenha nada contra.

Com uma expressão de desgosto, desviou o olhar. Temi que visse o Queimado e que o usasse como pretexto para mudar de assunto.

— Meu marido está doente e precisa de mim. Estes dias estive ao lado dele, sem poder fazer nada. Isso *você* não entende, não é?

— Sinto muito.

— Bom, já disse o que tinha para dizer. Não tinha a intenção de te incomodar. Até logo.

Mas nem eu nem ela nos movemos.

O Queimado me observava do outro lado. Devo imaginar que também olhavam para ele os clientes do hotel sentados no terraço ou as pessoas que passavam pela calçada. Pensei que de um momento para o outro alguém se aproximaria e pediria que fosse embora; então o Queimado estrangularia essa pessoa apenas com seu braço direito e poria tudo a perder.

— Seu marido está melhor? Espero sinceramente que sim. Acho que me comportei como um boboca. Desculpe.

Frau Else inclinou a cabeça e disse:

— Está... Obrigada...

— Gostaria de falar com você esta noite... Te ver a sós... Mas não quero te forçar a fazer uma coisa que depois possa te prejudicar...

Os lábios de Frau Else demoraram uma eternidade para formar um sorriso. Eu, não sei por quê, estava tremendo.

— Agora não pode ser, estão te esperando, não é?

Sim, um companheiro de armas, pensei, mas não disse nada e assenti com um gesto que expressava a inevitabilidade do encontro. Um companheiro de armas? Um inimigo de armas!

— Lembre-se de que, embora você seja amigo da dona do hotel, não deve abusar muito do regulamento.

— Que regulamento?

— O que entre muitas outras coisas proíbe certas visitas nos quartos dos hóspedes. — O tom voltou a ser o de sempre, entre irônico e autoritário. Sem dúvida aquele era o reino de Frau Else. Quis protestar, mas sua mão se ergueu e impôs silêncio.

— Não estou sugerindo nem dizendo nada. Não estou fazendo uma acusação. Esse pobre rapaz — referia-se ao Queimado — também me dá pena. Mas devo zelar pelo Del Mar e por seus clientes. Também devo zelar por você. Não quero que aconteça nada de ruim com você.

— Que diabos poderia acontecer? Só jogamos.

— O quê?

— Você sabe.

— Ah, o jogo em que você é campeão. — Ao sorrir, seus dentes brilharam perigosamente. — Um esporte de inverno; nesta época é mais conveniente nadar ou jogar tênis.

— Se quiser rir de mim, pode rir. Tenho feito por merecer.

— Está bem, nos vemos esta noite, à uma, na praça da igreja. Sabe como chegar?

— Sei.

O sorriso de Frau Else se dissipou. Tentei me aproximar dela, mas compreendi que não era o momento adequado. Despedimo-nos e saí. No terraço tudo era normal; dois degraus abaixo do Queimado duas moças falavam do tempo enquanto esperavam seus acompanhantes. As pessoas, como todas as noites, riam e faziam planos.

Troquei as palavras de rigor com o Queimado e voltamos a entrar.

Ao passar pela recepção não vi ninguém atrás do balcão, mas pensei que Frau Else podia estar escondida abaixo dele. Com esforço reprimi o impulso de me aproximar e espiar.

Acho que não fiz isso porque teria tido de explicar tudo ao Queimado.

Quanto ao mais, nossa partida seguiu os caminhos previstos: na primavera de 1940 montei uma Opção Ofensiva no Mediterrâneo e conquistei Túnis e Argélia; na Frente Oeste gastei vinte e cinco BRPs que me levaram à conquista da França; durante o SR posicionei quatro corpos blindados com apoio de infantaria e aviação — na fronteira com a Espanha! Na Frente Leste consolidei minhas forças.

A resposta do Queimado foi puramente defensiva. Ele moveu o pouco que podia mover; fortaleceu algumas defesas; sobretudo fez várias perguntas. Seus movimentos deixam transparecer sua condição de novato. Não sabe empilhar as fichas, joga com desordem, sua estratégia global não existe ou é concebida com esquemas rígidos demais, confia na sorte, calcula mal os BRPs, confunde as fases de Criação de Unidades com o SR.

Não obstante se esforça e eu poderia afirmar que começa a penetrar no espírito do jogo. Sinais que induzem a pensar esta última coisa são seus olhos que ele não levanta do tabuleiro e suas lâminas de carne queimada que se contorcem no empenho depositado em calcular retiradas e custos.

O conjunto me inspira simpatia e pena. Uma pena, devo anotar, densa, pobre de cores, quadriculada.

A praça da igreja estava solitária e mal-iluminada. Estacionei o carro numa rua lateral e me dispus a esperar sentado num banco de pedra; eu me sentia bem, mas quando Frau Else apareceu — literalmente se materializou de uma massa informe de sombra junto da única árvore da praça — não pude evitar um sobressalto de surpresa e alarme.

Propus sairmos da cidade, talvez parar o carro num bosque ou de frente para o mar, mas ela não aceitou.

Falou; falou sem pressa e sem descanso, como se houvesse permanecido em silêncio dias a fio. O fecho de ouro foi uma explicação vaga e cheia de símbolos da doença do marido. Só depois me permitiu que a beijasse. No entanto nossas mãos, já desde o início, de uma forma natural, tinham se entrelaçado.

Assim, de mãos dadas, permanecemos ali até as duas e meia da manhã. Quando nos cansávamos de ficar sentados caminhávamos em círculo pela praça; depois voltávamos ao banco e continuávamos falando.

Suponho que eu também tenha dito muitas coisas.

O silêncio da praça só foi interrompido por uma breve sucessão de gritos distantes (de alegria ou desespero?) e, depois, de ronco de motos.

Acho que nos beijamos cinco vezes.

Ao voltar, sugeri estacionar o carro longe do hotel; pensava na sua reputação. Rindo, ela se negou; não tem medo do que dirão. (A verdade é que não tem medo de *nada*.)

A praça da igreja é meio triste; pequena, escura e silenciosa. No centro se ergue um chafariz de pedra de origem medieval com dois repuxos d'água. Antes de ir embora, bebemos nela.

— Quando você morrer, Udo, será capaz de dizer "volto ao lugar de onde provenho: o Nada".

— Quando a gente está morrendo é capaz de dizer qualquer coisa — respondi.

O rosto de Frau Else brilhava, depois de ouvir sua própria pergunta e minha resposta, como se eu acabasse de beijá-la. Foi exatamente isso que fiz em seguida; beijei-a. Mas quando tentava enfiar minha língua entre seus lábios ela retirou a cabeça.

6 de setembro

Não sei se o Lobo perdeu seu emprego ou se o Cordeiro ou se os dois. Protestam e resmungam, porém mal os escuto. Isto sim: capto o medo e a raiva minúscula que aquilo produz neles. O dono do Rincón de los Andaluces debocha dos dois e da desgraça deles com uma total falta de tato. Chama-os de "pobres coitados", "pestilentos", "aidéticos", "bichas de praia", "vadios"; depois me chama à parte e me conta, rindo, uma história de estupro que não consigo decifrar mas na qual eles de uma maneira ou de outra estão implicados. Sem mostrar a mínima curiosidade — mas a verdade é que o dono do bar fala suficientemente alto para que todos ouçam —, o Lobo e o Cordeiro concentram sua atenção num programa desportivo da tevê. Eles é que iam botar para quebrar! Esse bando de zumbis é que ia engrandecer a Espanha, puta que pariu!, o dono da casa termina sua alocução. A mim não resta mais que assentir e voltar à mesa dos espanhóis e pedir outra cerveja. Mais tarde, pela porta entreaberta do toalete, vejo o Cordeiro arriar as calças.

Depois de comer me dirigi ao Costa Brava. Fui recebido pelo sr. Pere como se nosso último encontro datasse de anos. A conversa, irrelevante, transcorreu desta vez no balcão do hotel, onde tive a oportunidade de conhecer alguns membros do círculo de amizades do gerente. Todos tinham um ar entre distinto e entediado e, claro, passavam dos quarenta; ao ser apresentado a eles, exibiram diante de mim uma delicadeza unânime. Dir-se-ia que estavam diante de uma celebridade ou, melhor ainda, diante de uma *promessa*. Evidentemente o sr. Pere e eu estávamos encantados.

Mais tarde, na Capitania dos Portos (minhas visitas ao Costa Brava desembocavam imperdoavelmente lá) me informaram que não havia novidades em relação a Charly. Sem ânimo de polemizar, decidi fazer algumas suposições. Não era estranho que seu corpo ainda não houvesse aparecido? Não cabia a possibilidade de que estivesse vivo, vagando amnésico por algum vilarejo da costa? Acho que até as duas entediadas secretárias me olharam com pena.

Voltei ao Del Mar dando um passeio e pude constatar o que já intuía: o vilarejo começava a se esvaziar; os turistas são cada vez em menor número; a fisionomia dos nativos expressa um cansaço cíclico. O ar, no entanto, e o céu e o mar luzem transparentes e puros. Dá gosto respirar. O passeante, além do mais, pode se dedicar a observar qualquer capricho visual sem risco de ser empurrado ou tomado por bêbado.

Quando o dono do Rincón de los Andaluces desapareceu no fundo do bar, toquei no tema do estupro.

O Lobo e o Cordeiro emitiram um par de risadinhas e disseram que eram maluquices do velho. Adivinhei que riam de mim.

Ao sair, paguei apenas minha despesa. Uma máscara de pedra se instalou então no rosto dos espanhóis. Nossas palavras de adeus, significativamente, foram referentes à data da minha partida. (Parecia que todo mundo ansiava para que eu fosse embora.) Conciliatórios, no último momento se ofereceram a me acompanhar à Capitania dos Portos, mas não aceitei.

* * *

Verão de 1940. A partida se animou; contra todo prognóstico, o Queimado é capaz de transportar para o Mediterrâneo tropas suficientes para amortecer meus golpes; mais importante ainda: adivinhou que a ameaça não pairava na direção de Alexandria, mas sobre Malta, e em consequência reforçou a ilha com infantaria, aviação e marinha de guerra. Na Frente Oeste a situação permanece estabilizada (depois da conquista da França é necessário um turno para que os exércitos ocidentais se reorganizem e recebam substitutos e reforços); ali minhas tropas apontam para a Inglaterra — cuja invasão exigiria um esforço logístico considerável, mas o Queimado não sabe disso — e para a Espanha, presa prescindível, mas que libera o caminho de Gibraltar, sem cuja posse o controle inglês sobre o Mediterrâneo é quase nulo. (A jogada, recomendada por Terry Butcher em *The General*, consiste em trazer a frota italiana para o Atlântico.) Em todo caso, o Queimado não espera um ataque terrestre contra Gibraltar; pelo contrário, meus movimentos no Leste e nos Bálcãs (depois da jogada clássica: arrasar a Iugoslávia e a Grécia) o fazem temer uma pronta invasão à União Soviética — acho que meu amigo simpatiza com os vermelhos — e descuidar de outras frentes. Minha posição, sem dúvida, é invejável. A Operação Barba-Ruiva, talvez com uma variante estratégica turca, promete ser emocionante. O ânimo do Queimado não decai; não é um jogador brilhante nem tampouco impulsivo: seus movimentos são serenos e metódicos. As horas transcorreram em silêncio; falamos apenas o estritamente necessário, perguntas acerca das regras que obtiveram respostas claras e honestas, dentro de uma harmonia invejável. Escrevo isso enquanto o Queimado joga. É curioso: a partida consegue relaxá-lo, percebo isso nos músculos dos seus braços e do seu peito, como se por fim ele pudesse se olhar e não ver *nada*. Ou ver unicamente o martirizado tabuleiro da Europa e as grandes manobras e contramanobras.

A partida transcorreu como entre brumas. Quando saímos do quarto, no corredor, encontramos uma camareira que ao nos ver sufocou um grito e saiu correndo. Olhei para o Queimado, incapaz de dizer o que quer que fosse; uma sensação de vergonha alheia me abrasou até pegarmos o elevador. Pensei então que talvez o susto da camareira não tivesse sido provocado pelo rosto do Queimado. A suspeita de estar pisando em falso se fez mais aguda.

Despedimo-nos no terraço do hotel. Um aperto de mãos, um sorriso e finalmente o Queimado desapareceu bamboleando pelo Passeio Marítimo.

O terraço estava vazio. No restaurante, mais concorrido, vi Frau Else. Instalada numa mesa perto do balcão, faziam companhia a ela dois homens de paletó e gravata. Não sei por quê, pensei que um deles era seu marido, embora a imagem que conservasse dele em nada se parecesse com aquele. Sem dúvida se tratava de uma reunião de negócios e não quis importunar. Também não desejava me mostrar tímido, e com esse propósito me aproximei do balcão e pedi uma cerveja. O garçom demorou mais de cinco minutos para servi-la. Sua morosidade não obedecia ao excesso de trabalho, que era pouco; simplesmente preferiu zanzar por ali até esgotar o limite da minha paciência; só então trouxe a cerveja e pude ver a má vontade, o propósito de desafio que seu gesto encerrava, como se aguardasse o mais ínfimo protesto de minha parte para iniciar uma briga. Mas isso era impensável com Frau Else por perto, de modo que joguei umas tantas moedas no balcão e esperei. Não houve nenhuma reação da sua parte. O pobre coitado se colou contra as prateleiras das garrafas e olhou fixamente para o chão. Parecia ressentido com todo mundo, a começar por si mesmo.

Tomei a cerveja em paz. Frau Else, lamentavelmente, continuava absorta na conversa com seus acompanhantes e preferiu fingir que não me via. Supus que teria um bom motivo para isso e decidi subir.

No quarto, o cheiro de fumo e de clausura me surpreendeu. O abajur tinha ficado aceso e por um instante pensei que Ingeborg havia voltado. Mas o cheiro, de uma maneira quase tangível, excluía a possibilidade de uma mulher. (Estranho: nunca tinha me detido em considerar cheiros.) Acho que aquilo tudo me deprimiu e resolvi sair e dar uma volta de carro.

Rodei devagar pelas ruas vazias do vilarejo. Um ventinho morno varria as calçadas, arrastando embalagens de papel e folhetos de propaganda.

Só de vez em quando surgiam das sombras figuras de turistas bêbados peregrinando às cegas rumo a seus hotéis.

Não sei o que me impulsionou a parar no Passeio Marítimo. O caso é que assim fiz e de forma natural avancei pela praia, no meio do escuro, em direção à moradia do Queimado.

O que esperava encontrar ali?

As vozes me detiveram quando já adivinhava a fortaleza dos pedalinhos que emergia da areia.

O Queimado tinha visitas.

Com extrema cautela, quase rastejando, eu me aproximei; quem quer que estivesse ali preferiu conversar do lado de fora. Logo pude distinguir duas manchas: o Queimado e seu convidado estavam de costas para mim, sentados na areia, olhando para o mar.

Quem conduzia a conversa era o outro: rápidas séries de grunhidos dos quais só pude captar palavras soltas como "necessidade" e "coragem".

180

Não me atrevi a me aproximar mais.

Então, depois de um longo silêncio, o vento cessou e caiu sobre a praia uma espécie de lápide morna.

Alguém, não sei qual dos dois, de modo ambíguo e despreo-cupado falou de uma "aposta", um "caso esquecido". Depois riu... Depois se levantou e caminhou até a beira do mar... Depois se virou e disse algo ininteligível.

Por um instante — um instante de loucura que me eriçou os pelos — pensei que era Charly; seu perfil, sua maneira de deixar cair a cabeça como se tivesse o pescoço quebrado, seus emudeci-mentos repentinos; o bonzinho do Charly saído das águas sujas do Mediterrâneo para... aconselhar sibilinamente o Queimado. Uma espécie de rigidez se estendeu dos meus braços ao resto do corpo enquanto minha razão lutava para recobrar o controle. O que mais desejava nesse momento era sumir dali. Ouvi então, como se a loucura se fundamentasse com a continuação do diá-logo, o tipo de conselhos que a visita do Queimado dava. "Como frear a investida?" "Não se preocupe com a investida: preocupe-se com as bolsas." "Como evitar as bolsas?" "Mantenha uma linha dupla; anule as penetrações dos blindados; guarde sempre uma reserva operacional."

Conselhos para me derrotar no Terceiro Reich!

Mais concretamente, o Queimado estava recebendo instru-ções para impedir o que ele considerava iminente: a invasão da Rússia!

Fechei os olhos e tentei rezar. Não consegui. Pensei que a loucura jamais sairia da minha cabeça. Estava suando e a areia aderia a meu rosto com facilidade. Meu corpo todo pinicava e eu temia, se posso dizer assim, ver aparecer de repente, acima de mim, o rosto brilhante de Charly. O maldito traidor. Esse pensa-mento, como um raio, fez com que eu abrisse os olhos; junto do barracão de pedalinhos não havia ninguém. Imaginei que ambos estavam dentro. Eu me enganava: as sombras, de pé, permaneciam na beira do mar com as ondas lambendo suas canelas. Estavam de costas para mim. No céu as nuvens por um momento se afastaram e a lua brilhou fracamente. O Queimado e sua visita falavam agora, como se o tema fosse muito ameno, de um estupro. Não sem esforço fiquei de joelhos e recuperei um pouco da minha serenidade. Não era Charly, disse comigo mesmo um par de vezes. Elementar: o Queimado e sua visita travavam o diálogo em espanhol e Charly não era capaz nem de pedir uma cerveja nesse idioma.

Com uma sensação de alívio, mas ainda entorpecido e trêmulo, terminei de me levantar e me afastei da praia.

No Del Mar, Frau Else estava sentada numa poltrona de vime no fim do corredor que levava ao elevador. As luzes do restaurante estavam apagadas menos uma, indireta, que só iluminava as prateleiras de garrafas e um setor do bar em que um garçom ainda se atarefava com algo indecifrável. Ao passar pela recepção eu tinha visto o vigia noturno aplicado à leitura de um jornal esportivo. Nem todo o hotel dormia.

Sentei-me junto de Frau Else.

Esta disse alguma coisa sobre o meu semblante. Acabado!

— Na certa está dormindo pouco e mal. Não é uma boa publicidade para o hotel. Sua saúde me preocupa.

Assenti. Ela também assentiu. Perguntei quem ela estava esperando. Frau Else deu de ombros; sorriu; disse: você. Claro que mentia. Perguntei as horas. Quatro da manhã.

— Você devia voltar para a Alemanha, Udo — disse.

Convidei-a a subir ao meu quarto. Não aceitou. Disse: não, não *posso*. Disse isso olhando-me nos olhos. Como era bonita!

Permanecemos um longo instante em silêncio. Eu gostaria de ter dito: não se preocupe comigo, não se preocupe mesmo. Mas era ridículo, claro. No final do corredor vi a cabeça do vigia noturno que assomava e desaparecia. Concluí que os empregados de Frau Else a adoravam.

Fingi cansaço e me levantei. Não queria estar ali quando aparecesse a pessoa que Frau Else esperava.

Sem se mexer da poltrona, ela me estendeu a mão e nos demos boa-noite.

Caminhei até o elevador; por sorte estava parado no primeiro andar e não precisei esperar. Já dentro, virei para me despedir. Frau Else disse até logo sem emitir som algum, apenas movendo os lábios. Ela sustentou meu olhar e meu sorriso até que as portas se fecharam com um estertor pneumático e comecei a subir.

Sentia algo pesado rodando dentro da cabeça.

Depois de tomar um banho quente me enfiei na cama. Estava com os cabelos molhados e de qualquer maneira o sono não aparecia.

Não sei por quê, talvez porque fosse o que estava mais à mão, peguei o livro de Florian Linden e o abri ao acaso:

"O assassino é o dono do hotel."

"Tem certeza?"

Fechei o livro.

7 de setembro

Sonhei que uma chamada telefônica me acordava. Era o sr. Pere que desejava que eu fosse — ele se dispunha a me acompanhar — ao quartel da Guarda Civil; havia lá um cadáver e esperavam que eu pudesse reconhecê-lo. Então, tomei banho e saí sem o café da manhã. Os corredores do hotel apresentavam uma desolação que oprimia o peito; devia estar amanhecendo; o carro do sr. Pere aguardava na porta principal. Durante o trajeto até o quartel, situado nos arredores do vilarejo, numa bifurcação de estradas infestada de placas de sinalização que apontavam para múltiplas fronteiras, o sr. Pere desabafou falando das mutações que se produziam entre os nativos quando o verão, melhor dizendo, a temporada de verão, acabava. Depressão geral! No fundo não podemos viver sem turistas! A gente se acostumou a eles! Um guarda civil jovem e pálido nos conduziu até uma garagem onde havia várias mesas dispostas horizontalmente e, apinhados nas paredes, vários acessórios de automóveis. Em cima de uma pedra negra com veios brancos, ao lado da porta metálica onde já esperava o furgão que transportaria o cadáver, jazia um corpo inanimado num estado que me pareceu próximo da putre-fação. O sr. Pere, atrás de mim, levou a mão ao nariz. Não era Charly. Devia ter a mesma idade e talvez fosse alemão, mas não era Charly. Disse que não o conhecia e fomos embora. Quando passamos pelo guarda civil, ele se perfilou. Voltamos ao vilarejo rindo e fazendo planos para a próxima temporada. O Del Mar apresentava o mesmo aspecto de coisa dormida, mas desta vez, através dos vidros, vi que Frau Else estava na recepção. Perguntei ao sr. Pere quanto tempo fazia que não via o marido de Frau Else.

— Faz muito que não tenho esse prazer — disse o sr. Pere.

— Parece que está doente.

— É o que parece — disse o sr. Pere, escurecendo o sem-blante com uma expressão que podia significar qualquer coisa.

A partir desse momento o sonho avançou (ou assim o lem-bro) aos saltos. Tomei o café da manhã no terraço: ovos fritos e suco de tomate. Subi escadas: umas crianças inglesas vinham em direção contrária e quase nos chocamos. Da sacada observei o Queimado, diante dos seus pedalinhos, ruminando sua pobreza e o fim do verão. Escrevi cartas com premeditada e estudada len-tidão. Finalmente deitei na cama e dormi. Outro telefonema, desta vez real, me tirou do sono. Consultei meu relógio: duas da tarde. Era Conrad e sua voz repetia meu nome como se acredi-tasse que eu nunca ia atender.

Ao contrário do que teria imaginado, talvez devido à timi-dez de Conrad e ao fato de que eu ainda estava meio adorme-cido, a conversa correu com uma frieza que agora me horroriza. As perguntas, as respostas, as inflexões da voz, o desejo maldis-farçado de esgotar a comunicação e poupar umas moedas, as costumeiras expressões de ironia, tudo parecia revestido de uma suprema falta de interesse. Nada de confidências, salvo uma, boba, no fim das contas, e sim imagens fixas do vilarejo, do hotel, do meu quarto, que se sobrepunham tenazmente ao panorama pintado por meu amigo como se quisessem me avisar da nova ordem em que eu estava imerso e dentro da qual tinham escasso valor as coordenadas que me transmitiam pelo fio telefônico. O que você está fazendo? Por que não volta? O que te retém aí? No seu trabalho estão surpresos, o senhor X pergunta todo dia por você e é inútil lhe garantir que logo você estará conosco, uma sombra se instalou no coração dele e prediz desgraças. Que tipo de desgraças? Eu pouco me importava. Seguido por informações sobre o clube, o trabalho, os jogos, as revistas, tudo contado sem pausas e implacavelmente.

— Você viu Ingeborg? — perguntei.

— Não, não, claro que não.

Permanecemos em silêncio um curto instante que precedeu uma nova avalanche de perguntas e pedidos: no meu trabalho estavam *um pouco mais* do que inquietos, no grupo se interrogavam se eu iria a Paris receber Rex Douglas em dezembro. Iriam me despedir? Tinha problemas com a polícia? Todos queriam saber o que era a coisa tão misteriosa e obscura que me retinha na Espanha. Uma mulher? Fidelidade a um morto? Que morto? E, entre parênteses, como ia meu artigo? Aquele que ia assentar as bases de uma nova estratégia. Era como se Conrad estivesse me gozando. Por um segundo eu o imaginei gravando a conversa, os lábios curvados num sorriso malévolo. O campeão desterrado! Fora de circulação!

— Escute, Conrad, vou te dar o endereço de Ingeborg. Quero que você vá vê-la e depois ligue para mim.

— Está bem, o que você mandar.

— Perfeito. Vá hoje. E depois me telefone.

— Está bem, está bem, mas não estou entendendo nada e gostaria de ser útil na medida das minhas possibilidades. Não sei se me explico, Udo, está ouvindo?

— Estou. Diga que fará o que te disse.

— Claro que sim.

— Bom. Recebeu alguma carta minha? Acho que te expliquei tudo nessa carta. Provavelmente ainda não chegou.

— Só recebi dois postais, Udo. Um onde se vê a linha de hotéis junto da praia e outro com uma montanha.

— Uma montanha?

— É.

— Uma montanha junto do mar?

— Não sei! Só aparece a montanha e uma espécie de mosteiro em ruínas.

— Enfim, vai chegar. O correio funciona muito mal neste país.

De repente me ocorreu que eu não havia escrito nenhuma carta a Conrad. Não me importei muito.

— Pelo menos faz tempo bom? Aqui está chovendo.

Em vez de responder à pergunta dele, como que reproduzindo um ditado, falei:

— Estou jogando...

Talvez me parecesse importante que Conrad soubesse. No futuro podia me ser útil. Do outro lado ouvi uma espécie de suspiro amplificado.

— O Terceiro Reich?

— É...

— Verdade? Conte como vai. Você é fantástico, Udo, só a você podia ocorrer jogar *agora*.

— É, eu te entendo, com Ingeborg longe e tudo por um fio — bocejei.

— Não queria dizer isso. Estava me referindo aos riscos. Ao impulso tão peculiar que você tem. Você é único, rapaz, o rei do fandom!

— Não exagere, não grite, assim você vai me deixar surdo.

— E quem é seu adversário? Um alemão? Eu conheço?

187

Pobre Conrad, dava por certo que num pequeno vilarejo da Costa Brava pudessem se encontrar dois jogadores de guerra que ainda por cima fossem alemães. Era evidente que nunca tirava férias e que só Deus sabia qual era seu conceito de um verão no Mediterrâneo ou onde quer que fosse.

— Bom, meu oponente é um pouco estranho — falei, e ato contínuo, em linhas gerais, descrevi o Queimado.

Depois de um silêncio, Conrad disse:

— Não me cheira bem. Não é uma história clara. Em que idioma vocês se entendem?

— Espanhol.

— E como ele pôde ler as regras?

— Não leu. Eu as expliquei. Numa tarde. Você se espantaria se visse como ele é inteligente. Não precisa dizer uma coisa duas vezes.

— E jogando também é bom?

— Sua defesa da Inglaterra é aceitável. Não pude evitar a queda da França, mas quem pode? Não é ruim. Você é melhor, claro, e Franz, mas como sparring não posso me queixar.

— A descrição dele... deixa de cabelo em pé. Eu nunca jogaria com alguém assim, capaz de me dar um susto se aparecesse de repente... Numa partida múltipla, sim, mas sozinhos... E você disse que ele mora na praia?

— Pois é.

— Não será o Demônio?

— Está falando sério?

— Estou. O Demônio, Satanás, o Diabo, Luzbel, Belzebu, Lúcifer, o Coisa-Ruim...

— O Coisa-Ruim... Não, parece mais um boi... Forte e pensativo, o típico ruminante. Melancólico. Ah, e não é espanhol.

— Como você sabe?

— Os rapazes espanhóis me disseram. No começo, naturalmente, pensei que fosse espanhol, mas não é.

— De onde é?

— Não sei.

De Stuttgart, Conrad se lamentou fracamente.

— Deveria saber; é primordial; para sua própria segurança...

Achei que ele exagerava mas garanti que perguntaria. Logo em seguida desligamos e depois de tomar banho fui caminhar um pouco, antes de voltar ao hotel para comer. Eu me sentia bem, em meu ânimo não percebia o passar das horas e meu corpo se entregava sem reservas ao acaso de estar onde estava, sem mais.

Outono de 1940. Joguei a Opção Ofensiva na Frente Leste. Meus corpos blindados rompem os flancos do setor central russo, penetram em profundidade e fecham uma bolsa gigantesca, um hexágono a oeste de Smolensk. Atrás, entre Brest Litovsk e Riga ficam envolvidos mais de dez exércitos russos. Minhas perdas são mínimas. Na Frente Mediterrânea gastei BRPs para outra Opção Ofensiva e invadi a Espanha. A surpresa do Queimado é total, arqueia as sobrancelhas, levanta-se, suas cicatrizes vibram, dir-se-ia que está ouvindo a passagem das minhas divisões blinda-das pelo Passeio Marítimo, e seu desconcerto não o ajuda a distri-buir uma boa defesa (escolhe, inconscientemente claro, uma variante da Border Defense de David Hablanian, sem dúvida a pior contra um ataque proveniente dos Pireneus). Assim, com somente dois corpos blindados e quatro corpos de infantaria mais apoio aéreo conquisto Madri, e a Espanha se rende. Durante a Redistribuição Estratégica situo três corpos de infantaria em Sevilha, Cádiz e Granada, e um corpo blindado em Córdoba. Em Madri estaciono duas frotas aéreas alemãs e uma italiana. O Queimado, agora, sabe das minhas intenções... e sorri. Ele me felicita! Diz: "Nunca teria me ocorrido essa". Diante de tão bom perdedor é difícil compreender os preconceitos e as apreensões de Conrad. Debruçado sobre o mapa, durante seu segmento de jogo, o Queimado fala e tenta reparar o irreparável. Na União Soviética, transfere tropas para o sul, onde quase não houve choques, para o norte e para o centro, mas sua capacidade de movimento é exígua. No Mediterrâneo mantém o Egito e reforça Gibraltar, mas não muito convincentemente, como se não acreditasse no seu esforço. Musculoso e calcinado, seu torso sobrevoa a Europa como um pesadelo. E fala, sem olhar para mim, do seu trabalho, da escassez de turistas, do tempo caprichoso, dos aposentados que chegam em massa a certos hotéis. Escarafunchando, aparentemente sem mostrar interesse, na verdade escrevo enquanto faço as perguntas, consigo saber que ele conhece Frau Else, que o bairro chama de "a alemã". Forçado a dar sua opinião, concede que é bonita. Indago então pelo marido dela. O Queimado responde: está doente.

— Como você sabe? — perguntei, deixando de lado as anotações.

— Todo mundo sabe. É uma doença longa, ele a tem faz muitos anos. Padece do mal mas não morre.

— Alimenta-o! — sorri.

— Isso não — diz o Queimado, voltando às vicissitudes do jogo, com toda a sua rede logística desbaratada.

No final, nossa despedida segue o ritual de sempre: bebemos as últimas latas de cerveja que comprei para a ocasião e que guardo na pia cheia de água, comentamos a partida (o Queimado se desmancha em elogios, mas ainda não reconhece sua derrota), descemos juntos pelo elevador, damo-nos boa-noite na porta do hotel...

Justo então, quando o Queimado desaparece pelo Passeio Marítimo, uma voz, a meu lado, me faz dar um pinote alarmado.

É Frau Else, sentada na penumbra, num canto do terraço vazio que as luzes de dentro do hotel e da rua mal alcançam.

Admito que avancei para ela irritado (comigo mesmo, principalmente) com o susto que acabava de levar. Ao sentar diante dela percebi que estava chorando. Seu rosto, geralmente cheio de cores e vida, exibia uma palidez espectral agravada pelo fato de se encontrar parcialmente coberto pela gigantesca sombra de um guarda-sol que a brisa noturna movia compassadamente. Sem hesitar peguei suas mãos e perguntei o que a afligia. Como por encanto, no rosto de Frau Else se desenhou um sorriso. O senhor, sempre tão atento, disse, esquecendo devido à emoção o tratamento familiar que já imperava entre nós. Insisti. Era surpreendente a rapidez com que Frau Else passava de um estado de espírito a outro: em menos de um minuto mudou de sofredora fantasma para preocupada irmã mais velha. Queria saber o que eu fazia, "mas de verdade, sem artifícios", no meu quarto com o Queimado. Queria que eu prometesse que voltaria logo para a Alemanha ou que, se não, me comunicasse por telefone com meus superiores no trabalho e com Ingeborg. Queria que eu não varasse tanto a noite e aproveitasse as manhãs para tomar sol, "o pouquinho que nos resta", na praia. Você está branquelo, acho que faz meses que não se olha num espelho, sussurrou. Enfim, queria que eu nadasse e comesse bem, exortação, esta última, um tanto contrária a seus interesses, pois comia no seu hotel. Chegando a esse ponto tornou a chorar, mas muito menos, como se todos os conselhos dados fossem um banho que a limpasse da sua própria dor, e pouco a pouco fosse se aplacando e serenando.

A situação era ideal, eu não podia querer mais, e o tempo passou sem que eu me desse conta. Creio que teríamos continuado assim a noite inteira, sentados frente a frente, apenas adivinhando nossos olhares, e com sua mão entre as minhas, mas tudo tem fim e este chegou na figura do vigia noturno que, depois de me procurar por todo o hotel, apareceu no terraço avisando que havia um telefonema de longa distância para mim.

Frau Else se levantou com um gesto de cansaço e me seguiu pelo corredor vazio até a recepção; ali mandou que o vigia fosse pôr na rua os últimos sacos de lixo da cozinha e ficamos a sós. A sensação imediata foi a de estar numa ilha, unicamente ela e eu, e o telefone fora do gancho, como um apêndice canceroso que de bom grado eu teria arrancado e entregado ao vigia como mais um objeto para o lixo.

Era Conrad. Ao ouvir sua voz senti uma grande desilusão, mas logo me lembrei que tinha pedido que me telefonasse.

Frau Else sentou do outro lado do balcão e tentou ler a revista que o vigia, suponho, tinha esquecido ali. Não conseguiu. Também não havia grande coisa a ler, pois eram quase tudo fotos. Com um movimento mecânico deixou-a na ponta da escrivaninha, num equilíbrio mais que precário, e cravou seu olhar em mim. Seus olhos azuis tinham a tonalidade de um lápis de criança, um Faber barato e querido.

Tive vontade de desligar e fazer amor com ela ali mesmo. Imaginei-me, ou talvez imagine agora, o que é pior, arrastando-a para seu escritório particular, pondo-a em cima da mesa, rasgando sua roupa e beijando-a, subindo na mesa e beijando-a, apagando todas as luzes outra vez e beijando-a...

— Ingeborg está bem. Está trabalhando. Não tem intenção de te telefonar, mas diz que quando você voltar quer falar com você. Mandou lembranças — disse Conrad.

— Bom. Obrigado. Era o que eu queria saber.

Com as pernas cruzadas, Frau Else observava agora a ponta dos sapatos e parecia submersa em pensamentos laboriosos e complicados.

— Escute, não chegou nenhuma carta sua, foi Ingeborg, esta tarde, que me explicou tudo. Pelo que eu entendo, você não tem a menor obrigação de ficar aí.

— Está bem, Conrad, minha carta já vai chegar e então você compreenderá, agora não posso te explicar nada.

— Como vai a partida?

— Estou ferrando com ele — falei, se bem que a expressão talvez tenha sido "ele está tendo de chupar meu leite todinho", ou "estou botando na bunda dele", ou "estou fodendo com ele e com toda a família dele", juro que não me lembro.

Talvez tenha dito: estou queimando ele.

Frau Else ergueu os olhos com uma suavidade que eu nunca tinha visto em nenhuma mulher e sorriu para mim.

Senti uma espécie de calafrio.

— Não apostaram nada?

Ouvi vozes, talvez em alemão, não posso garantir, diálogos ininteligíveis e sons de computadores, longe, muito longe.

— Nada.

— Ainda bem. Passei a tarde toda com medo de que você tivesse apostado alguma coisa. Lembra da nossa última conversa?

— Sim, você sugeria que ele era o Demônio. Ainda não perdi a memória.

— Não se exalte. Só penso no seu bem, você sabe.

— Claro.

— Ainda bem que não apostou nada.

— O que você imaginava que estava em jogo? Minha alma?

Ri. Frau Else manteve no ar um braço bronzeado e perfeito, rematado por uma mão de dedos finos e compridos que se fecharam sobre a revista do vigia noturno. Só então percebi que era uma revista pornográfica. Abriu uma gaveta e guardou-a.

— O Fausto dos Jogos de Guerra — riu Conrad como um eco da minha risada refletida lá em Stuttgart.

Senti uma cólera fria que subiu pelos calcanhares, por trás do corpo, até a nuca e dali disparou para todos os cantos da recepção.

— Não tem graça nenhuma — falei, mas Conrad não me ouviu. Eu mal pude emitir um fiozinho de voz.

— O quê? O quê?

Frau Else se levantou e se aproximou de onde eu estava. Tão perto que pensei que sem querer ela ouvia os cacarejos de Conrad. Pôs a mão na minha cabeça e de imediato sentiu a raiva que fervia ali dentro. Pobre Udo, sussurrou; depois, com um gesto aveludado, como em câmera lenta, apontou para o relógio indicando que tinha de ir. Mas não foi. Talvez o desespero que viu em meu rosto a tenha detido.

— Conrad, não quero saber de piadas, não aguento, é tarde, você devia estar na cama e não se preocupar comigo.

— Você é meu amigo.

— Escute, logo o mar vomitará de uma vez por todas o que sobrar de Charly. Então farei a mala e voltarei. Para me distrair, enquanto espero, só para me distrair e tirar exemplos para meu artigo, jogo um Terceiro Reich; você faria a mesma coisa, não é? Em todo caso, só estou pondo em risco meu trabalho no escritório e você sabe que é uma porcaria. Eu poderia encontrar algo melhor em menos de um mês. É verdade ou não é? Eu poderia me dedicar exclusivamente a escrever ensaios. Pode ser que saísse ganhando. Pode ser que estivesse aí meu destino. Bom, talvez o melhor fosse que me despedissem.

— Mas eles não querem. Além do mais, sei que o escritório é importante para você, sim, ou pelo menos seus colegas de trabalho; quando passei lá me mostraram um postal que você mandou para eles.

— Você se engana, eles não têm a menor importância para mim.

Conrad sufocou um gemido ou assim acreditei escutar.

— Não é verdade — contra-atacou, seguro de si.

— Que diabos você quer? Para dizer a verdade, Conrad, às vezes não há quem te ature.

— Quero que você recupere a razão.

Frau Else roçou seus lábios no meu rosto e disse: é tarde, tenho de ir. Senti seu hálito quente nas orelhas e no pescoço; um abraço de aranha, mínimo e inquietante. Com o rabo do olho vi o vigia noturno no fim do corredor, dócil, aguardando.

— Tenho de desligar — falei.

— Te ligo amanhã?

— Não, não quero que gaste dinheiro à toa.

— Meu marido me espera — disse Frau Else.

— Não tem importância.

— Tem sim.

— Ele não consegue dormir antes de eu chegar — disse Frau Else.

— Como vai a partida? Você disse que já está no outono de 1940? Invadiu a União Soviética?

— Sim! Guerra-relâmpago em todas as frentes! Não é rival para mim! Merda, por algum motivo sou campeão, não?

— Correto, correto... E eu desejo de todo o meu coração que você ganhe... Como estão os ingleses?

— Largue minha mão — disse Frau Else.

— Tenho de desligar, Conrad, os ingleses em apuros, como sempre.

— E seu artigo? Suponho que bem. Lembre-se de que o ideal é publicá-lo antes de Rex Douglas chegar.

— Pelo menos estará escrito. Rex vai adorar.

Dando um puxão, Frau Else tentou libertar sua mão.

— Não seja infantil, Udo, e se meu marido aparecesse agora?

Cobri o telefone para que Conrad não escutasse e disse:

— Seu marido está na cama. Desconfio que é o lugar favorito dele. E se não está na cama deve estar na praia. É outro de seus lugares favoritos, sobretudo quando anoitece. Sem mencionar os quartos dos hóspedes. Na realidade seu marido dá um jeito de estar em toda parte; não me espantaria se agora mesmo ele estivesse nos espiando ali, escondido atrás do vigia. O vigia não tem ombros largos, mas creio que seu marido é magro.

O olhar de Frau Else instantaneamente se dirigiu para o fim do corredor. O vigia esperava, com o ombro encostado na parede. Nos olhos de Frau Else percebi um brilho de esperança.

— Você está louco — disse quando verificou que não havia ninguém, antes que eu a puxasse para mim e a beijasse.

Primeiro com violência e depois com lassidão, não sei quanto tempo ficamos nos beijando. Sei que teríamos podido continuar, mas me lembrei que Conrad estava no telefone e que o tempo corria contra seu bolso. Ao levar o fone ao ouvido, ouvi o formigar de mil linhas cruzadas e depois o vazio. Conrad tinha desligado.

— Desligou — falei, e tentei arrastar Frau Else comigo para o elevador.

— Não, Udo, boa noite — ela me repeliu com um sorriso forçado.

Insisti em que me acompanhasse, na verdade sem muita convicção. Com um gesto que na hora não compreendi, um gesto seco e autoritário, Frau Else fez com que o vigia se interpusesse entre nós. Então, com voz baixa, tornou a me dar boa-noite e desapareceu... em direção à cozinha!

— Que mulher — disse ao vigia.

Este se meteu atrás do balcão e procurou sua revista pornô nas gavetas da escrivaninha. Observei-o em silêncio até que a teve nas mãos e sentou na poltrona de couro da recepção. Suspirei, com os cotovelos no balcão, e perguntei a ele se ainda havia muitos turistas no Del Mar. Muitos, respondeu sem olhar para mim. Em cima da prateleira das chaves havia um espelho de grandes dimensões, comprido, com uma moldura dourada e grossa que parecia saída de uma loja de antiguidades. Brilhavam nele as luzes do corredor e em sua parte inferior se refletia a nuca do vigia. Senti uma espécie de mal-estar no estômago ao verificar que, pelo contrário, minha imagem não aparecia. Lentamente, com um pouco de medo, me movi para a esquerda, sem me afastar do balcão. O vigia olhou para mim e depois de hesitar perguntou por que eu dizia "aquelas coisas" a Frau Else.

— Não te diz respeito — falei.

— É verdade — sorriu —, mas não gosto de vê-la sofrer, ela é muito boa com a gente.

— O que te faz pensar que ela sofre? — perguntei, sem parar de deslizar para a esquerda. Estava com as mãos cobertas de suor.

— Não sei... A forma como o senhor a trata...

— Eu tenho muito carinho e respeito por ela — garanti, enquanto minha imagem ia paulatinamente aparecendo no espelho e, embora o que eu visse fosse um tanto desagradável (roupa amarrotada, bochechas rubras, cabelos despenteados), nem por isso deixava de ser eu, vivo e tangível. Um medo idiota, reconheço.

O vigia deu de ombros e fez um gesto de voltar a se concentrar na revista. Senti alívio e um profundo cansaço.

— Este espelho... tem algum truque?

— Como?

— O espelho; há um momento eu estava na frente dele e não me via. Só agora, de lado, posso me refletir. Em compensação, você, que está embaixo, pode ser visto.

O vigia virou a cabeça, sem se levantar da poltrona, e se mirou no espelho. Uma careta de macaco: ele se via e não gostava da sua imagem e isso lhe parecia engraçado.

— Está um pouco inclinado, mas não é um espelho falso; olhe, aqui tem parede, está vendo? — Sorrindo, levantou o espelho e tocou a parede como se passasse a mão num corpo.

Por um instante fiquei pensando no assunto em silêncio. E aí, depois de titubear, falei:

— Vamos ver. Fique aqui — assinalando o lugar exato onde antes eu não me refletia.

O vigia saiu e se postou onde mandei.

— Não estou me vendo — reconheceu —, mas é porque estou em frente.

— Claro que está em frente, porra — falei, instalando-me atrás dele e encarando-o pelo espelho.

Por cima do seu ombro tive uma visão que me acelerou o pulso: ouvia nossas vozes mas não via os corpos. Os objetos do corredor, uma poltrona, um vaso, as luzes indiretas que surgiam dos cantos do teto e das paredes, refletidos no espelho brilhavam com intensidade superior à do corredor real que havia às minhas costas. O vigia soltou uma risadinha compulsiva.

— Me solte, me solte, vou mostrar.

Sem querer eu o havia imobilizado com uma espécie de chave de luta livre. Ele parecia fraco e assustado. Soltei-o. De um salto o vigia se pôs atrás do balcão e me indicou a parede do espelho.

— Está torta. Tor-ta. Não é reta, venha ver, ande, comprove.

Quando me introduzi pela passagem do balcão, minha equanimidade e minha prudência giravam como as pás de um moinho enlouquecido; creio que eu ia disposto a torcer o pescoço do pobre coitado; então, como se de repente eu acordasse para outra realidade, o aroma de Frau Else me envolveu. Tudo era diferente, eu me atreveria a dizer que fora das leis físicas, e ali recendia a ela apesar de o retângulo da recepção não estar isolado do largo e, de dia, movimentado corredor. A marca do passo sereno de Frau Else se conservava e isso bastava para me acalmar.

Depois de um estudo sumário, soube que o vigia tinha razão. A parede em que o espelho estava não era paralela ao balcão.

Suspirei e deixei-me cair na poltrona de couro.

— Que branco — disse o vigia, certamente se referindo à minha palidez, e começou a me abanar preguiçosamente com a revista pornográfica.

— Obrigado — falei.

Ao fim de intermináveis minutos, levantei-me e subi para meu quarto.

Estava com frio, portanto pus um suéter e depois abri as janelas. Da sacada podia contemplar as luzes do porto. Um espetáculo tranquilizante. Ambos, o porto e eu, trememos em uníssono. Não há estrelas. A praia parece uma grota escura. Estou cansado e não sei quando conseguirei adormecer.

8 de setembro

Inverno de 1940. A regra "Primeiro Inverno Russo" deve ser jogada quando o exército alemão penetrou em profundidade na União Soviética de tal maneira que sua posição, somada ao clima adverso, favoreça o contra-ataque decisivo, capaz de romper o equilíbrio da frente e propiciar pinças e bolsas; numa palavra: o contra-ataque que obriga o exército alemão a retroceder. Para isso, no entanto, é imprescindível que o exército soviético conte com reservas suficientes (não necessariamente reservas blindadas) para levar a cabo dito contra-ataque. Isto é, no que diz respeito ao exército soviético, jogar a regra "Primeiro Inverno Russo" com probabilidades de êxito significa ter mantido no segmento de Criação de Unidades do Outono uma reserva de pelo menos doze fatores de força disponíveis ao longo da frente. No que diz respeito ao exército alemão, jogar a regra "Primeiro Inverno Russo" com uma porcentagem elevada de segurança implica algo decisivo na guerra no leste, que anula qualquer precaução russa: a destruição, em todos e cada um dos turnos anteriores, do maior número possível de fatores de força soviéticos, dessa maneira a regra "Primeiro Inverno Russo" se transforma em algo inócuo que no pior dos casos, para o exército alemão, constitui um descenso na progressão para o interior da Rússia, e no soviético representa uma mudança instantânea na ordem de prioridades: não procurará enfrentar mas retrocederá, deixando amplos espaços ao exército inimigo num desesperado intento de refazer sua frente.

De resto, o Queimado não sabe jogar a regra (certamente não por falta de explicação) e dos seus movimentos o mínimo que se pode dizer é que são confusos: no norte contra-ataca (mal causa danos às minhas unidades) e no sul retrocede. No fim do turno posso estabelecer a frente na linha mais vantajosa possível, nos hexágonos E42, E41, H42, Vitebsk, Smolensk, K43, Briansk, Orel, Kursk, M45, N45, O45, P44, Q44, Rostov e nos acessos da Crimeia.

Na Frente Mediterrânea o desastre inglês é absoluto. Com a queda de Gibraltar (sem muitas perdas próprias), o exército inglês do Egito é pego numa ratoeira. Nem é preciso atacá-lo: a falta de abastecimento, melhor dizendo, a extensão da linha de abastecimento, que deverá seguir a rota Porto Inglês—África do Sul— Golfo de Suez, garante sua ineficácia. De fato, o Mediterrâneo, exceto o exército do Egito e um corpo de infantaria que guarnece Malta, já é meu. Agora a frota italiana tem passagem livre para o Atlântico, onde se unirá à frota de guerra alemã. Com ela e com os poucos corpos de infantaria estacionados na França já posso começar a pensar no desembarque na Grã-Bretanha.

Fervilham os planos no alto Estado-maior: invadir a Turquia, penetrar no Cáucaso pelo sul (se ainda não tiver sido conquistado então) e atacar os russos pela retaguarda, além de assegurar Maikop e Grozny. Planos de curto alcance: transferir para o Redeslocamento Estratégico o maior número possível de fatores das frotas aéreas destacadas na Rússia para apoiar o desembarque na Grã-Bretanha. E planos de longo alcance, como por exemplo calcular a linha que o exército alemão ocupará na Rússia para a primavera de 1942.

É a aniquilação, a vitória das minhas armas. Eu mal havia falado até então. O próximo turno pode ser demolidor, digo.

— Pode ser — responde o Queimado.

Seu sorriso indica que ele acredita no contrário. Seus movimentos ao redor da mesa, entrando e saindo do lado iluminado do quarto, se assemelham aos de um gorila. Sereno, confiante, quem espera que o salve da derrota? Os americanos? Quando estes entrarem na guerra provavelmente a totalidade da Europa estará controlada pela Alemanha. Talvez, na Frente Leste, o que sobrar do Exército Vermelho ainda lute nos Urais, nada importante, em todo caso.

O Queimado pensa em jogar até o fim? Temo que sim. É o que chamamos de jogador mula. Uma vez enfrentei um espécime desse gênero. O jogo era Nato — The Next War in Europe e meu adversário conduzia as tropas do Pacto de Varsóvia. Começou ganhando mas eu o freei pouco antes que chegasse à bacia do Ruhr. A partir desse momento, minha aviação e o exército federal o massacraram e viu-se claramente que não poderia ganhar o jogo. Apesar de seus amigos reunidos ao redor lhe pedirem que abandonasse, ele continuou. A partida carecia de qualquer emoção. No final, já vencedor, perguntei por que não havia abandonado se até para ele (um imbecil) era óbvia sua derrota. Com frieza confessou que esperava que eu, cansado com sua teimosia, o liquidasse com um Ataque Nuclear, e assim teria cinquenta por cento de probabilidade de que o iniciador do holocausto atômico perdesse o jogo.

Esperança absurda. Não por nada sou o Campeão. Sei esperar e me armar de paciência.

Será isso que o Queimado aguarda antes de se render? Não há armas atômicas no Terceiro Reich. O que ele espera então? Qual sua arma secreta?

9 de setembro

Com Frau Else no salão de refeições:

— O que você fez ontem?

— Nada.

— Como nada? Eu te procurei como uma louca e não te vi o dia todo. Onde andou metido?

— No meu quarto.

— Também te procurei lá.

— Que horas?

— Não me lembro, às cinco da tarde e depois às oito ou nove da noite.

— Estranho. Acho que já tinha chegado!

— Não minta.

— Bom, cheguei um pouco depois. Fui dar um passeio de carro; comi no vilarejo vizinho, numa casa de campo. Precisava estar só e pensar. Vocês têm bons restaurantes na região.

— E depois?

— Peguei o carro e voltei. Dirigindo lentamente.

— Mais nada?

— O que você quer dizer?

— É uma pergunta. Quer dizer se você fez mais alguma coisa além de passear e comer fora.

— Não. Cheguei ao hotel e me tranquei no quarto.

— A recepcionista disse que não te viu chegar. Estou preocupada com você. Acho que me sinto responsável. Tenho medo de que aconteça algo de ruim com você.

— Sei cuidar de mim. Além do mais, o que poderia acontecer comigo?

— Algo de ruim... Às vezes tenho pressentimentos... Um pesadelo.

— Está se referindo a terminar como Charly? Primeiro eu precisaria praticar windsurfe. Cá entre nós, parece-me um esporte de doidos. Coitado do Charly, no fundo sou grato a ele, se não tivesse morrido de uma forma tão imbecil eu não estaria mais aqui.

— No seu lugar eu voltaria para Stuttgart e faria as pazes com... a garota, sua namorada. Agora mesmo! Imediatamente!

— Mas você quer que eu fique; estou vendo.

— Você me assusta. Age como um menino irresponsável. Não sei se você é capaz de enxergar direito ou se está cego. Não me leve a sério, estou nervosa, É fim do verão. De modo geral sou uma mulher bastante equilibrada.

— Eu sei. E muito bonita.

— Não diga isso.

— Ontem eu teria preferido ficar com você, mas também não te encontrei. O hotel me sufocava, transbordando de aposentados, e eu precisava pensar.

— E depois esteve com o Queimado.

— Ontem. Sim.

— Ele subiu ao seu quarto. Vi o jogo. Estava preparado.

— Subiu comigo. Sempre o espero na porta do hotel. Por segurança.

— Só isso? Subiu com você e não tornou a sair até depois da meia-noite?

— Mais ou menos. Um pouco mais tarde, talvez.

— O que você fez esse tempo todo? Não vá me dizer que jogou.

— Sim.

— Difícil de acreditar.

— Se você esteve mesmo no meu quarto deve ter visto o tabuleiro. O jogo está aberto.

— Eu vi. Um mapa estranho. Não gosto. Fede.

— O mapa ou o quarto?

— O mapa. E as fichas. Na realidade tudo fede no seu quarto. Será que ninguém se atreve a entrar e fazer a faxina? Não. Talvez o responsável seja seu amigo. Pode ser que as queimaduras desprendam essa fetidez.

— Não seja ridícula. O mau cheiro vem da rua. O esgoto de vocês não foi feito para suportar a temporada de verão. Ingeborg já dizia isso, a partir das sete da noite as ruas fedem. O odor provém dos esgotos sobrecarregados!

— Da rede de esgoto. Sim, pode ser. De qualquer maneira, não gosto que você suba com o Queimado para o quarto. Sabe o que diriam no meu hotel se algum turista visse você escapulir pelos corredores com essa massa chamuscada? Não me importa que os empregados murmurem. Mas os hóspedes é outra coisa, preciso levá-los em conta. Não posso jogar com a reputação do hotel só porque você se entedia.

— Não me entedio, pelo contrário. Se preferir, posso descer o tabuleiro e me instalar no restaurante. Claro que ali todos veriam o Queimado e isso não seria uma boa publicidade. Além do mais, acho que perderia um pouco da concentração. Não gosto de jogar diante de muita gente.

— Acha que o tomariam por louco?

— Bom, eles passam as tardes jogando baralho. Claro, meu jogo é mais complicado. Exige cabeça fria, especulativa e arrojada. É difícil conseguir dominá-lo, cada poucos meses acrescentam novas regras e variantes. Escreve-se sobre ele. Você não entenderia. Quero dizer que não entenderia a *dedicação*.

— O Queimado reúne essas qualidades?

— Parece que sim. É frio e arrojado. Especulativo, nem tanto.

— Eu desconfiava. Suponho que por dentro deve ser bastante parecido com você.

— Não creio. Sou mais alegre.

— Não vejo o que tem de alegre se trancar num quarto horas a fio quando poderia estar numa discoteca ou lendo no terraço ou vendo tevê. A ideia de que você e o Queimado vagabundeiam pelo meu hotel me deixa de cabelo em pé. Não consigo imaginar vocês parados no quarto. Vocês sempre se mexem!

— Mexemos as fichas. E fazemos cálculos matemáticos...

— Enquanto isso a reputação familiar do meu hotel apodrece como o corpo do seu amigo.

— Apodrece como o corpo de que amigo?

— O afogado, Charly.

— Ah, Charly. O que seu marido diz de tudo isso?

— Meu marido está doente e se ficasse sabendo te botaria do hotel para fora a pontapés.

— Acho que ele já sabe. Tenho certeza, aliás; uma peça, esse seu marido.

— Meu marido morreria.

— O que ele tem exatamente? É muito mais velho que você, não? E é magro e alto. E tem pouco cabelo, não?

— Não gosto que você fale dessa maneira.

— É que acho que vi seu marido.

— Eu me lembro que seus pais gostavam muito dele.

— Não, estou falando desta temporada. Faz pouco tempo. Quando se supunha que estava deitado, com calores e coisas assim.

— De noite?

— É.

— De pijama?

— Eu diria que usava um robe.

— Não pode ser. Um robe de que cor?

— Preto. Ou vermelho-escuro.

— Às vezes se levanta para dar uma volta pelo hotel. Pela parte das cozinhas e da área de serviços. Está sempre preocupado com a qualidade e com que tudo esteja limpo.

— Não o vi no hotel.

— Então não foi meu marido que você viu.

— Ele sabe que você e eu...?

— Claro, sempre nos contamos tudo... Nossa história é só um jogo, Udo, e acho que está chegando a hora de terminá-lo. Pode se tornar tão obsessivo quanto o que você joga com o Queimado. A propósito, como se chama?

— O Queimado?

— Não, o jogo.

— Terceiro Reich.

— Que nome mais horrível.

— Depende...

— E quem está ganhando? Você?

— A Alemanha.

— Com que país você joga? Com a Alemanha, claro.

— Com a Alemanha, claro, sua boba.

Primavera de 1941. O nome do Queimado eu não sei. Nem me importa. Como tampouco me importa sua nacionalidade. De onde quer que seja, dá na mesma. Conhece o marido de Frau

Else e isso sim é importante; dota o Queimado de uma capacidade de movimento insuspeita; não só convive com o Lobo e o Cordeiro, mas também se inclina para a conversa mais elaborada (é de se supor) do marido de Frau Else. No entanto, por que conversam na praia, em plena noite, como dois conspiradores, em vez de fazê-lo no hotel? O cenário é mais próprio para um complô do que para uma conversa descontraída. E de que falam? O tema dos seus encontros, não há a menor dúvida, sou eu. Assim, o marido de Frau Else sabe de mim por dois canais: o Queimado conta a partida e sua mulher conta nosso flerte. Minha situação diante dele é desvantajosa, não sei nada, salvo que está doente. Mas intuo algumas coisas. Ele deseja que eu vá embora; deseja que eu perca a partida; deseja que não vá para a cama com sua mulher. A ofensiva do Leste prossegue. A cunha blindada (quatro corpos) entra em choque e rompe a frente russa em Smolensk, para depois atenazar Moscou, que cai num Combate de Exploração. No sul conquisto Sebastopol depois de uma batalha sangrenta e de Rostov—Kharkov avanço até a linha Elista—Don. O exército vermelho contra-ataca ao longo da linha Kalinin—Moscou—Tula, mas consigo rechaçá-lo. A perda de Moscou acarreta o ganho de dez BRPs pela parte alemã — isso com a variante Beyma; com a antiga regra eu teria ganhado quinze e posto o Queimado não à beira do colapso, mas no próprio colapso. De qualquer maneira as perdas russas são volumosas: aos BRPs da Opção Ofensiva para tentar recuperar Moscou é preciso acrescentar os exércitos que caem nesse empenho e para os quais mal há BRPs disponíveis que garantam uma rápida substituição. No total, somente no setor central da frente, o Queimado perdeu mais de cinquenta BRPs. O quadro na direção de Leningrado não experimenta mudanças; a linha fica estabelecida em Tallin e nos hexágonos G42, G43 e G44. (Perguntas que não faço ao Queimado mas que gostaria de fazer: o marido de Frau Else visita-o todas as noites? O que ele sabe de jogos de guerra? O marido de Frau Else usou a chave mestra do hotel para vir xeretar meu quarto? Ficar de olho: espalhar um pouco de talco — não tenho — na entrada; qualquer objeto que delate intrusões. O marido de Frau Else, por acaso, é um aficionado? E de que diabos está doente? Aids?) Na Frente Oeste a Operação Leão-Marinho é levada a cabo com êxito. A segunda fase, invasão e conquista da ilha, se realizará no verão. Por ora o mais difícil já está feito: uma cabeça de praia na Inglaterra, protegida por uma poderosa força aérea estacionada na Normandia. Como era previsível, a frota inglesa conseguiu me interceptar no canal; depois de um longo combate no qual empenhei toda a frota alemã, parte da italiana e mais da metade da minha aviação, consegui desembarcar no hexágono L21. Reservei, talvez com excessiva prudência, meu corpo de paraquedistas, e por isso a cabeça de praia não é tão fluida quanto eu gostaria (impossível fazer SR em direção a ela), mesmo assim a posição é favorável. No fim do turno os hexágonos ocupados pelo exército britânico são os seguintes: o quinto e o décimo segundo corpo de infantaria em Londres; o décimo terceiro corpo blindado em Southampton—Portsmouth; o segundo corpo de infantaria em Birmingham; cinco fatores aéreos em Manchester—Sheffield; e unidades de reserva em Rosyth, J25, L23 e Plymouth. As pobres tropas inglesas avistam minhas unidades (o quarto e o décimo corpos de infantaria) das suas dunas-hexágonos, suas trincheiras-hexágonos, e não se movimentam. O tão esperado aconteceu. Uma ponte de paralisia se estende ao longo das fichas até terminar entre os dedos do Queimado; o sétimo exército desembarcando na Inglaterra! Tentei conter o riso mas não consegui. O Queimado não levou a mal. Muito bem planejado!, reconhece, mas em seu tom percebo um resquício de zombaria. A bem da verdade, devo dizer que é um adversário que não perde a calma; joga, absorto, como se a tristeza de uma verdadeira guerra tivesse se apossado dele. Finalmente, uma coisa curiosa a levar em conta: antes do Queimado ir embora fui à sacada para respirar ar puro, e quem vejo no Passeio Marítimo falando com o Lobo e o Cordeiro, isso sim, escoltada pelo vigia do hotel? Frau Else.

10 de setembro

Hoje, às dez da manhã, um telefonema me acordou e eu soube da notícia. Haviam encontrado o corpo de Charly e desejavam que eu me apresentasse nas dependências da polícia para identificá-lo. Pouco depois, enquanto tomava o café, apareceu o gerente do Costa Brava, radiante e excitado.

— Finalmente! Temos de ir em horário hábil; o corpo parte hoje mesmo para a Alemanha. Acabo de falar com o consulado do seu país. Devo reconhecer que é gente eficiente.

Ao meio-dia chegamos a um edifício nos arredores do vilarejo em nada semelhante ao do sonho de dias antes, onde nos esperavam um jovem da Cruz Vermelha e o delegado da Capitania dos Portos, que eu já conhecia. Dentro, numa sala suja e malcheirosa, o funcionário alemão lia a imprensa espanhola.

— Udo Berger, amigo do falecido — o gerente do Costa Brava fez a apresentação.

O funcionário se levantou, estendeu-me a mão e perguntou se podíamos proceder à identificação.

— Precisamos esperar a polícia — explicou o sr. Pere.

— Mas não estamos no quartel da polícia? — perguntou o funcionário.

O sr. Pere fez um gesto afirmativo e encolheu os ombros. O funcionário tornou a sentar. Em pouco tempo todos os outros — que conversávamos em voz baixa numa rodinha — o imitamos.

Meia hora depois apareceram os policiais. Eram três e pareciam não ter ideia do motivo da nossa espera. Outra vez o gerente do Costa Brava foi quem se dedicou a alinhavar uma explicação, depois da qual nos fizeram segui-los através de corredores e escadas até chegar a uma sala branca e retangular, subterrânea, ou assim me pareceu, onde encontramos o cadáver de Charly.

— É ele?

— Sim, é ele — disse eu, o sr. Pere, todos.

Com Frau Else no terraço superior:

— É este seu refúgio? A vista é bonita. Você pode se sentir a rainha do vilarejo.

— Não me sinto nada.

— Na realidade é melhor agora que em agosto. Menos cru. Se o lugar fosse meu acho que traria para cá vasos com plantas; um toque de verde. Assim ficaria mais acolhedor.

— Não quero me sentir acolhida. Gosto do jeito que está. Além do mais não é meu refúgio.

— Eu sei, é o único lugar onde você pode ficar a sós.

— Nem isso.

— Bom, eu te segui porque precisava conversar com você.

— Eu não, Udo. Agora não. Mais tarde, se você quiser, eu desço até seu quarto.

— E faremos amor?

— Isso nunca se sabe.

— Mas é que você e eu nunca fizemos. Nós nos beijamos e nos beijamos e ainda não nos decidimos a ir para a cama. Nosso comportamento é infantil!

— Você não devia se preocupar com isso. Vai acontecer quando houver condições.

— E que condições são essas?

— Atração, amizade, desejo de deixar algo que não se esqueça. Tudo espontaneamente.

— Eu iria para a cama já. O tempo voa, não se deu conta?

— Agora quero ficar sozinha, Udo. Além do mais tenho um pouco de medo de depender emocionalmente de uma pessoa como você. Às vezes acho que você é um irresponsável, outras vezes acredito exatamente o contrário. Vejo você como um ser trágico. No fundo, você deve ser bastante desequilibrado.

— Você acha que ainda sou uma criança...

— Idiota, nem me lembro de você criança, você foi algum dia?

— Não se lembra mesmo?

— Claro que não. Tenho uma vaga ideia dos seus pais, mais nada. A lembrança que a gente guarda dos turistas é diferente da lembrança das pessoas normais. São como pedaços de filmes, não, filmes não, fotos, retratos, milhares de retratos, e todos vazios.

— Não sei se a cafonice que você disse me alivia ou me aterroriza... Ontem à noite, enquanto jogava com o Queimado, eu te vi. Estava com o Lobo e o Cordeiro. Para você eles são gente normal que te deixará uma lembrança normal e não vazio?

— Perguntavam por você. Disse que fossem embora.

— Fez bem. Por que demorou tanto?

— Falamos de outras coisas.

— De que coisas? De mim? Do que eu estava fazendo?

— Falamos de coisas que não te interessam. Não de você.

— Não sei se devo acreditar, mas obrigado de qualquer maneira. Não gostaria que tivessem subido para me incomodar.

— O que você é? Só um jogador de *wargames*?

— Claro que não. Sou uma pessoa jovem que procura se divertir... de uma forma saudável. Sou um alemão.

— E o que é ser um alemão?

— Não sei exatamente. É, sem dúvida, uma coisa difícil. Uma coisa de que fomos nos esquecendo paulatinamente.

— Eu também?

— Todos. Mas você talvez um pouco menos.

— Isso deveria me lisonjear, suponho.

De tarde estive no Rincón de los Andaluces. Com a partida dos turistas o bar recupera pouco a pouco seu verdadeiro caráter sinistro. O chão está sujo, pegajoso, cheio de guimbas e guardanapos, e no balcão se amontoam pratos, taças, garrafas, restos de sanduíche, tudo envolto numa peculiar atmosfera de desolação e paz. Os rapazes espanhóis continuam grudados ao vídeo, e sentado numa mesa perto deles o dono lê um jornal esportivo; claro, todos sabem que o corpo de Charly foi encontrado e, embora nos primeiros minutos guardassem uma certa distância respeitosa, o dono logo vem sem mais preâmbulos me dar suas condolências: "A vida é curta", diz enquanto me serve o café com leite e se instala ao meu lado. Surpreso, respondo vagamente. "Agora você vai para casa e tudo começará de novo." Assenti com a cabeça; os outros começaram a fingir que viam o vídeo, mas na realidade estavam atentos às palavras que eu diria. Apoiada atrás do balcão, com a mão na testa, uma mulher mais velha não tirava os olhos de cima de mim. "Sua namorada deve estar te esperando. A vida continua e é preciso vivê-la da melhor maneira possível." Perguntei quem era a mulher. O dono do bar sorriu. "É minha mãe. A coitada não entende mais nada do que acontece. Não gosta que acabe o verão." Assinalei sua juventude. "É, ela me teve com quinze anos. Sou o mais velho de dez irmãos. A coitada está muito estropiada." Eu disse que estava muito bem conservada. "Trabalha na cozinha. Todo dia faz sanduíches, *judías con butifarra*, paellas, batatas fritas com ovos fritos, pizzas." Terei de vir provar a paella, falei. O dono do bar pestanejou, tinha os olhos chorosos. No próximo verão, acrescentei. "Já não é o que era", disse lugubremente. "Tão saborosas quanto antes, nem sonhar." Como antes de quê? "Do passar dos anos." Ah, falei, é normal, talvez o senhor esteja acostumado demais e já não sinta o gosto. "Pode ser." A mulher, na mesma postura, fez um biquinho que tanto podia ser dirigido a mim como ser um comentário sobre o tempo e a vida. Por trás da sua enrugada e triste figura acreditei adivinhar uma espécie de entusiasmo feroz. O dono do bar pareceu meditar um instante e depois, com evidente esforço, se levantou e me ofereceu uma bebida, "convite da casa", que recusei pois ainda não havia terminado o café com leite. Quando passei pelo balcão, o dono do bar se virou e ao mesmo tempo que olhava para mim beijou a mãe na testa. Regressou com um copo de conhaque na mão e visivelmente mais animado. Perguntei que fim tinham levado o Lobo e o Cordeiro. Andam procurando trabalho. De quê, não sabia, qualquer coisa, na construção ou onde quer que fosse. O tema não era do seu agrado. Espero que encontrem algo de que gostem, falei. Ele não acreditava. Havia empregado o Lobo um par de temporadas atrás e não se lembrava de garçom pior. Só durou um mês. "De qualquer maneira é melhor procurar trabalho, mesmo que ninguém tenha a intenção de dá-lo, do que se chatear como um porco." Concordei, era preferível. Pelo menos era uma atitude mais positiva. "Agora que você vai embora, quem vai se chatear como um cachorro é o Queimado." (Por que *cachorro* e não *porco*? O dono do bar sabia marcar as diferenças.) Somos bons amigos, falei, apesar de não acreditar que fosse a tal ponto. "Não estou me referindo a isso", os olhos do dono cintilaram, "mas ao jogo." Observei-o sem dizer nada, o infeliz estava com as mãos debaixo da mesa e se mexia como se estivesse se masturbando. Fosse o que fosse, a situação o divertia. "Seu jogo; o Queimado está entusiasmado com ele. Nunca o tinha visto tão interessado numa coisa." Limpei a garganta e disse que sim. A verdade é que estava surpreso com que o Queimado andasse por aí contando nossa partida. Os rapazes do vídeo espiavam com o canto dos olhos, com uma dissimulação decrescente, em direção à minha mesa. Tive a sensação de que esperavam, ameaçadores, que acontecesse alguma coisa. "O Queimado é um rapaz inteligente apesar de comprometido; pelas queimaduras, claro", a voz do dono do bar se transformou num murmúrio quase inaudível. No outro extremo, sua mãe ou o que fosse voltou a me obsequiar com um sorriso feroz. É natural, falei. "Seu jogo é uma espécie de xadrez, um esporte, não?" Uma coisa assim. "De guerra, da Segunda Guerra Mundial, não?" Sim, isso mesmo. "E o Queimado está perdendo ou pelo menos é o que você acha, não?, porque é tudo confuso." De fato. "Bom, a partida ficará inacabada; melhor assim." Perguntei por que achava melhor a partida não terminar. "Por humanidade!" O dono do bar estremeceu e ato contínuo sorriu tranquilizadoramente. "Eu, em seu lugar, não me meteria com ele." Preferi optar pelo silêncio expectante. "Acho que não gosta de alemães." Charly gostava do Queimado, recordei, e garantia que a simpatia era mútua. Ou talvez Hanna é que tenha dito isso. De repente me senti deprimido e com vontade de voltar ao Del Mar, fazer as malas e partir imediatamente. "As queimaduras, sabe?, foram feitas de propósito, não foi nenhum acidente." Alemães? Por isso não gostava de alemães? O dono do bar, encolhido sobre si mesmo, com o queixo quase roçando a superfície de plástico vermelho da mesa, disse "o lado alemão", e compreendi que se referia ao jogo, ao Terceiro Reich. O Queimado deve estar louco, exclamei. Como resposta senti fisicamente os olhares de ódio de todos os que estavam perto do vídeo. Era só um jogo, nada mais, e o homem falava como se existissem fichas da Gestapo (haha) dispostas a pular na cara do jogador aliado. "Não gosto de vê-lo sofrer." Não sofre, falei, se diverte. E pensa! "Isso é o pior, esse rapaz pensa demais." A mulher do balcão moveu a cabeça de um lado para o outro, depois enfiou um dedo no ouvido. Pensei em Ingeborg. Estivemos bebendo e falando do nosso amor naquele lugar sujo e fedorento? Não é de estranhar que se cansasse de mim. Minha pobre e distante Ingeborg. A desgraça, o irremediável, impregnava cada canto do bar. O dono fez uma careta com o lado esquerdo do rosto: a bochecha se eriçou e subiu até lhe tapar o olho. Não elogiei sua destreza. O dono do bar não pareceu se ofender, no fundo estava com um humor excelente. "Os nazistas", disse. "Os verdadeiros soldados nazistas que andam soltos pelo mundo." Ah, fiz. Acendi um cigarro, tudo aquilo ia pouco a pouco adquirindo um ar decididamente sobrenatural. Quer dizer que corria a história de que os nazistas é que o tinham queimado? E onde havia acontecido isso, quando e por quê? O dono do bar olhou para mim com ar de superioridade antes de responder que o Queimado, num tempo remoto e impreciso, exerceu o ofício de soldado, "uma espécie de soldado lutando desesperadamente". Infantaria, esclareci. Ato contínuo, com um sorriso nos lábios, perguntei se o Queimado era judeu ou russo, mas o dono não percebe essas sutilezas. Diz: "Com ele ninguém se mete, a alma deles se encolhe só de pensar nisso (deve se referir aos encrenqueiros do Rincón de los Andaluces), você, por exemplo, já tocou alguma vez nos braços dele?". Não, eu não. "Eu sim", diz o dono do bar com voz sepulcral. E depois acrescenta: "No verão passado trabalhou aqui, na cozinha, por inicia-

217

tiva própria, para não fazer com que eu perdesse clientes, você sabe que os turistas não gostam de uma cara assim, ainda mais quando estão bebendo". Eu disse que sobre isso havia muito que falar; tem gosto para tudo, é bem sabido. O dono do bar negou com a cabeça. Seus olhos brilhavam com uma luz maligna. Nunca mais volto a pisar neste antro, pensei. "Gostaria que tivesse continuado a trabalhar comigo, eu o aprecio de verdade, por isso fico contente com que o jogo termine empatado, não queria vê-lo metido em problemas." A que tipo de problemas se referia, perguntei. O dono do bar, como se admirasse a paisagem, contemplou demoradamente sua mãe, seu balcão, suas prateleiras cheias de garrafas empoeiradas, seus cartazes de clubes de futebol. "O pior problema é quando a gente é incapaz de cumprir uma promessa", disse pensativo. Que tipo de promessa? A luz que havia nos olhos do dono do bar se apagou de repente. Admito que por um instante temi que se pusesse a chorar. Estava enganado, o patife ria e esperava, como um gato velho, gordo e perverso. Tem alguma coisa a ver com meu amigo morto?, sugeri com prudência. Com a mulher do meu amigo morto? O dono do bar levou a mão à barriga e exclamou: "Ah, não sei, não sei mesmo, mas estou rebentando". Não entendi o significado do que pretendeu dizer e me calei. Logo devia me encontrar com o Queimado na porta do hotel e isso, pela primeira vez, me causava certa inquietude. No balcão, tenuemente iluminado por umas lâmpadas amarelas penduradas no teto, já não se via a mulher. O senhor conhece o Queimado, diga-me como ele é. "Impossível, impossível", murmurou o dono do bar. Pelas janelas semicerradas a noite e a umidade começaram a penetrar. Lá fora, no terraço, só restavam sombras atravessadas de quando em quando pelos faróis dos carros que saíam do Passeio para o interior do vilarejo. Com melancolia, imaginei a mim mesmo procurando a estrada bem dissimulada que levava à França, longe do vilarejo e das férias.

"Impossível, impossível", murmurou com tristeza e encolhido sobre si mesmo, como se de repente sentisse muito frio. Pelo menos me diga de onde diabos ele é. Um dos rapazes do vídeo espichou o pescoço em direção à nossa mesa e disse é um fantasma. O dono do bar olhou para ele com dó. "Agora vai se sentir vazio, mas em paz." De onde?, repeti. O rapaz do vídeo olhou para mim com um sorriso obsceno. Do vilarejo.

Verão de 1941. Situação do exército alemão na Inglaterra: satisfatória. Corpos de exército: o Quarto de Infantaria em Portsmouth, reforçado em SR com o Quadragésimo Oitavo Blindado. Na Cabeça de Praia continua o Décimo, reforçado com o Vigésimo e o Vigésimo Nono de Infantaria. Os ingleses concentram forças em Londres e atrasam duas unidades aéreas em previsão de ataques ar-ar. (Deveria ter marchado diretamente sobre Londres? Não creio.) Situação do exército alemão na Rússia: ótima. Cerco de Leningrado; as unidades finlandesas e alemãs se unem no hexágono C46; de Iaroslavl começo a pressionar em direção a Vologda; de Moscou, em direção a Górki; nos hexágonos compreendidos entre I49 e L48 a frente permanece estável; no sul, avanço até Stalingrado; o Queimado se consolida agora do outro lado do Volga e entre Astrakhan e Maikop. Unidades comprometidas na zona norte da Rússia: cinco corpos de infantaria, dois corpos blindados, quatro corpos de infantaria finlandeses. Unidades comprometidas na zona central: sete corpos de infantaria, quatro corpos blindados. Unidades comprometidas na zona sul: seis corpos de infantaria, três corpos blindados, um corpo de infantaria italiano, quatro corpos de infantaria romenos e três corpos de infantaria húngaros. Situação dos exércitos do Eixo no Mediterrâneo: sem novidades; Opções de Desgaste.

11 de setembro

Surpresa: quando me levantei, não devia ser ainda meio-dia, a primeira coisa que vi da sacada foi o Queimado; andava pela praia, com as mãos nas costas, o olhar baixo como se procurasse alguma coisa na areia, a pele, a escurecida pelo sol e a queimada pelo fogo, brilhante, quase deixando uma esteira na praia cor de ouro.

Hoje é feriado. A última reserva de aposentados e surinameses foi embora depois de comer, e por isso o hotel ficou com apenas um quarto da sua capacidade. Por outro lado, a metade dos empregados tirou folga. Os corredores ecoavam apagados e tristes quando desci para o café da manhã. (Os ruídos de uma tubulação quebrada ou algo assim ressoavam na escada, mas ninguém parecia perceber.)

No céu uma avioneta Cesna desenhava letras que o forte vento apagava antes que desse para decifrar palavras completas. Uma melancolia gigantesca comprimiu então meu ventre, a coluna vertebral, as últimas costelas, até meu corpo ficar dobrado debaixo do guarda-sol!

Compreendi de uma forma vaga, como se sonhasse, que a manhã de 11 de setembro transcorria acima do hotel, na altura dos ailerons do Cesna, e que os que estávamos embaixo daquela manhã, os aposentados que abandonavam o hotel, os garçons sentados no terraço vendo as voltas da avioneta, Frau Else atarefada e o Queimado vadiando na praia, estávamos de certo modo condenados a andar no escuro.

Ingeborg também, protegida pela ordem de uma cidade razoável e de um trabalho razoável? Meus chefes e colegas de trabalho também, que compreendiam, desconfiavam e esperavam? Conrad também, que era leal e transparente e o melhor amigo que alguém podia desejar? Todos embaixo?

Enquanto tomava o café um sol enorme movia seus tentáculos por todo o Passeio Marítimo e por todos os terraços sem chegar a esquentar nada de verdade. Nem as cadeiras de plástico. Vi fugazmente Frau Else na recepção e, apesar de não termos nos falado, acreditei perceber em seu olhar um rastro de carinho. Ao garçom que me servia perguntei que diabos o avião tentava escrever lá em cima. Está comemorando o 11 de setembro, respondeu. E o que tem para comemorar? Hoje é o dia da Catalunha, disse ele. O Queimado, na praia, continuava andando de um lado para o outro. Cumprimentei-o erguendo um braço; não me viu.

O que não é muito evidente na zona dos hotéis e dos campings, na parte velha do vilarejo é ostensivo. As ruas estão engalanadas e nas janelas e sacadas há bandeiras penduradas. A maioria dos comércios permanece fechada e nos bares repletos de gente se percebe a data comemorada. Na frente do cinema uns adolescentes instalaram um par de mesas onde vendem livros, folhetos e bandeirolas. Ao perguntar que tipo de literatura é aquela, um rapaz magricela, de não mais de quinze anos, responde que se trata de "livros patrióticos". O que ele queria dizer com isso? Um dos seus companheiros, rindo, gritou algo que não entendi. São livros catalães!, disse o magricela. Comprei um e me afastei. Na praça da igreja — só um par de anciãs cochichavam num banco — dei uma olhada no livro e joguei-o depois no primeiro cesto de lixo.

Voltei ao hotel fazendo um rodeio.

De tarde telefonei para Ingeborg. Antes, preparei o quarto: os papéis em cima da mesa de cabeceira, a roupa suja debaixo da cama, todas as janelas abertas para poder ver o céu e o mar, e a sacada aberta para poder ver a praia até o porto. A conversa foi mais fria do que eu esperava. Na praia havia gente tomando banho de mar e no céu não restava nem sinal da avioneta. Disse que Charly tinha aparecido. Depois de um silêncio embaraçoso Ingeborg respondeu que mais cedo ou mais tarde isso devia acontecer. Telefone a Hanna avisando, falei. Não era preciso, segundo Ingeborg. O consulado alemão daria a notícia aos pais de Charly e assim Hanna ficaria sabendo por eles. Ao fim de algum tempo me dei conta de que não tínhamos nada a nos dizer. De qualquer maneira, não fui eu que desligou. Contei como estava o tempo, como estavam o hotel e a praia, contei como estavam as discotecas, embora desde sua partida eu não tenha voltado a pisar em nenhuma. Isso eu não disse, é claro. Finalmente, como se temêssemos acordar alguém que dormia bem perto, desligamos. Depois telefonei para Conrad e repeti mais ou menos a mesma coisa. Depois decidi não dar mais nenhum telefonema.

Recapitulação do dia 31 de agosto. Ingeborg diz o que pensa e pensa que fui embora. Claro que fui suficientemente burro para não lhe perguntar para onde supunha que eu podia ir. Para Stuttgart? Será que ela tinha algum motivo para pensar que eu podia ter ido embora para Stuttgart? Tem mais: quando acordei, nós nos olhamos e não nos reconhecemos. Eu me dei conta e ela *também* se deu conta e virou de costas. Não queria que eu a fitasse! Que eu, que acabava de acordar, não a reconhecesse é até normal; o inaceitável é que a estranheza fosse mútua. É nesse momento que se desfaz nosso amor? É possível. Em todo caso, nesse momento *algo* se desfaz. Não sei o quê, mas intuo sua importância. Ela me disse: estou com medo, o Del Mar me mete medo, o vilarejo me mete medo. Será que ela percebia justamente aquilo, a única coisa, que me passava batida?

Sete da noite. No terraço com Frau Else.

— Onde está seu marido?

— No quarto dele.

— E onde fica esse quarto?

— No primeiro andar, acima da cozinha. Um cantinho onde os clientes nunca vão. Proibição total.

— Ele se sente bem hoje?

— Não, não muito. Quer lhe fazer uma visita? Não, claro, não quer.

— Gostaria de conhecê-lo.

— Bom, você não tem mais tempo. Eu também gostaria de que vocês se conhecessem, mas não como ele está agora. Você entende, não? Em igualdade de condições, os dois de pé.

— Por que acha que não tenho mais tempo? Porque vou para Stuttgart?

— Sim, porque volta para casa.

— Pois está enganada, ainda não decidi ir embora, de modo que, se seu marido melhorar e você puder levá-lo ao salão de refeições, por exemplo depois do jantar, terei o prazer de conhecê-lo e conversar com ele. Principalmente conversar. Em igualdade de condições...

— Você não vai...

— Por quê? Não diga que pensava que fiquei no seu hotel apenas à espera do cadáver de Charly. Em péssimo estado, aliás. Estou falando do cadáver. Não teria te agradado nada ir lá e vê-lo.

— Fica por minha causa? Porque não fomos para a cama?

— Estava com a cara desfigurada. Das orelhas até a mandíbula, todo comido pelos peixes. Não tinha mais olhos, e a pele, a pele da cara e do pescoço, tinha se tornado cinza-leitoso. Às vezes penso que aquele infeliz não era o Charly. Pode ser que fosse, pode ser que não. Disseram-me que o corpo de um inglês que se afogou mais ou menos na mesma data não apareceu. Quem sabe. Não quis comentar nada disso no consulado para que não me tomassem por louco. Mas é o que penso. Como vocês podem dormir em cima da cozinha?

— É o maior quarto do hotel. É muito bonito. O quarto que toda mulher deseja. Além do mais, é o lugar onde a tradição indica que devem dormir os donos do hotel. Antes de nós, os pais do meu marido. E, aliás, uma tradição curtinha, meus sogros é que construíram o hotel. Sabe que todo mundo vai se decepcionar com sua falsa partida?

— Quem é todo mundo?

— Bom, querido, três ou quatro pessoas, não se altere, por favor.

— Seu marido?

— Não, ele especificamente não.

— Quem?

— O gerente do Costa Brava, meu vigia noturno, que ultimamente está muito suscetível, Clarita, minha camareira...

— Qual camareira? Uma bem mocinha e magricela?

— Ela mesma.

— Tem pavor de mim. Imagino que acha que vou estuprá-la a qualquer momento.

— Não sei, não sei. Você não conhece as mulheres.

— Quem mais deseja que eu vá embora?

— Mais ninguém.

— Que interesse pode ter o senhor Pere em que eu me vá?

— Não sei, talvez para ele seja como encerrar o caso.

— O caso Charly?

— Sim.

— Que imbecil. E seu vigia? Que interesse ele tem?

— Está farto de você. Farto de te ver à noite como um sonâmbulo. Acho que você o deixa nervoso.

— Como um sonâmbulo?

— Foram as palavras dele.

— Mas se só falei com ele um par de vezes!

— Isso não conta. Fala com todo tipo de gente, em especial bêbados. Ele gosta de uma conversa. Em compensação, você, ele observa pelas noites, quando você chega e quando sai... com o Queimado. E sabe que a última luz acesa que se vê da rua é a da sua janela.

— Pensei que fosse com minha cara.

— Nosso vigia não vai com a cara de nenhum hóspede. Ainda mais se o viu aos beijos com a chefe.

— Um indivíduo muito peculiar. Onde ele está agora?

— Eu te proíbo que fale com ele, não quero que isso se complique mais, está claro? Agora ele deve estar dormindo.

— Quando eu te digo todas essas coisas que te digo, você acredita em mim?

— Humm, sim.

— Quando te digo que vi seu marido, de noite, na praia, com o Queimado, você acredita em mim?

— Acho muito injusto que o envolvamos, muito desleal de minha parte.

— Mas ele se envolveu sozinho!

— ...

— Quando te digo que o cadáver que a polícia me mostrou pode não ser o de Charly, você acredita em mim?

— Sim.

— Não digo que eles saibam, digo que estamos todos enganados.

— Sim. Não seria a primeira vez.

— Acredita em mim, então?

— Sim.

— E se te digo que sinto algo impalpável, estranho, girando ao meu redor, ameaçador, você acredita? Uma força superior que me observa. Descarto, claro, seu vigia, embora ele *também* tenha se dado conta, inconscientemente, por isso me repele. Trabalhar de noite alerta alguns sentidos.

— Nesse ponto não posso acreditar em você, não me peça para acompanhá-lo em seus desvarios.

— É uma pena porque você é a única pessoa que me ajuda, a única em quem posso confiar.

— Você deveria ir embora para a Alemanha.

— Com o rabo entre as pernas.

— Não, com o espírito sereno, disposto a refletir sobre o que sentiu.

— Passar despercebido, como o Queimado deseja para si.

— Pobre rapaz. Vive numa prisão permanente.

— Esquecer que num determinado momento, tudo, musicalmente, soou infernal para mim.

— O que você tanto teme?

— Eu não temo nada. Você vai ter tempo de ver com seus próprios olhos.

Subimos lentamente até o ponto mais alto do morro. No mirante, umas cem pessoas, adultos e crianças, contemplavam o vilarejo iluminado contendo a respiração e assinalando um ponto no horizonte, entre o céu e o mar, como se esperassem que se produzisse um milagre e o sol aparecesse ali fora de hora. É a festa da Catalunha, sussurraram em meu ouvido. Eu sei, disse eu. O que vai acontecer agora? Frau Else sorriu e seu indicador, quase transparente de tão comprido, apontou para onde todos olhavam. De repente, de um, dois ou mais barcos de pesca que ninguém via ou que pelo menos eu não via saíram, precedidas por um barulho parecido com o do giz rasgando um quadro-negro, variadas guirlandas de fogos de artifício que formaram, segundo Frau Else afirmou, a bandeira da Catalunha. Pouco depois só restavam os tentáculos de fumaça e as pessoas voltaram aos carros e começaram a descer para o vilarejo, onde a noite tardia do fim do verão esperava a todos.

Outono de 1941. Combates na Inglaterra. Nem o exército alemão toma Londres nem o exército britânico consegue me empurrar para o mar. Baixas numerosas. Cresce a capacidade de recuperação britânica. Na União Soviética, Opção de Desgaste. O Queimado espera o ano de 1942. Enquanto isso, resiste.

Meus generais:

• Na Grã-Bretanha: Reichenau, Salmuth e Hoth.

• Na União Soviética: Guderian, Kleist, Busch, Kluge, Von Weichs, Küchler, Manstein, Model, Rommel, Heinrici e Geyr.

• Na África: Reinhardt e Hoeppner.

Meus BRPs: baixos, logo é impossível escolher Opções Ofensivas no Leste, Oeste ou Mediterrâneo. Suficientes para reconstruir unidades. (O Queimado não se deu conta? O que está esperando?)

12 de setembro

O dia está encapotado. Chove desde as quatro da manhã e a previsão do tempo fala que vai piorar. Mas não faz frio e da sacada é possível contemplar as crianças de roupa de banho, mas não por muito tempo, pulando ondas na praia. A atmosfera do salão de refeições, tomado por hóspedes que jogam carta e olham melancólicos para as janelas embaçadas, está carregada de eletricidade e desconfiança. Ao me sentar e pedir um café da manhã, sou observado por rostos desaprovadores que não conseguem entender que existam pessoas que se levantam depois do meio-dia. Um ônibus, na porta do hotel, espera há horas (o chofer já não está lá) um grupo de turistas para levá-los a Barcelona. O ônibus é cinza-pérola, igual ao horizonte em que aparecem tenuemente recortados (mas isso deve ser uma ilusão de ótica) turbilhões leitosos, como explosões ou como frestas de luz sob o teto da tormenta. Depois de tomar o café saio ao terraço: as gotas frias batem na minha cara de imediato e retrocedo. Que tempo horroroso, diz um velho alemão trajando shorts, sentado na sala de tevê fumando charuto. O ônibus espera por ele, entre outros, mas não parece ter pressa. Da minha sacada pude verificar que os únicos pedalinhos que restavam na praia, desamparados, mais com jeito de barracão do que nunca, eram os do Queimado; para os outros, a temporada de verão estava morta. Fechei a sacada e saí; na recepção me disseram que Frau Else havia deixado o hotel de manhã cedinho e não voltaria até de noite. Perguntei se tinha saído sozinha. Não. Com seu marido. Percorri a distância que há entre o Costa Brava e o Del Mar de carro. Quando desci, estava suando. No Costa Brava encontrei o sr. Pere lendo jornal. "Amigo Udo, bons olhos o vejam!" Achei que estava feliz mesmo, o que fez com que eu me sentisse confiante. Por um instante trocamos banalidades sobre o tempo. Depois o sr. Pere disse que punha seu médico à minha disposição. Alarmado, recusei. "Tome uns comprimidos, pelo menos!" Pedi um conhaque que bebi de um só gole. Depois outro. Quando quis pagar, o sr. Pere disse que era cortesia do hotel. "Agora o senhor está pagando a ansiedade da espera e isso já é o bastante!" Agradeci e pouco depois me levantei. O sr. Pere me acompanhou até a porta. Antes de nos despedirmos, disse a ele que estava escrevendo um diário. Um diário? Um diário das minhas férias, da minha vida, como se costumava dizer. Ah, entendo, disse o sr. Pere. Em meus tempos isso era um costume das meninas... e dos poetas. Percebi a gozação: suave, cansada, profundamente maliciosa. Diante de nós o mar parecia disposto a pular sobre o Passeio Marítimo a qualquer momento. Não sou poeta, sorri. Eu me interesso pelas coisas cotidianas, inclusive as coisas desagradáveis, por exemplo gostaria de registrar em meu diário algo relativo ao estupro. O sr. Pere ficou branco. Que estupro? O que ocorreu pouco antes do meu amigo se afogar. (Nesse momento, talvez por me referir a Charly como amigo, tive um acesso de náusea que conseguiu me deixar arrepiado.) O senhor está enganado, balbuciou o sr. Pere. Aqui não houve nenhum estupro, mas, é claro, no passado não pudemos escapar de tão vergonhoso acontecimento, protagonizado geralmente por elementos estranhos à nossa coletividade, o senhor sabe, hoje em dia o principal problema é a baixa da qualidade do turismo que nos visita etc. Então devo estar enganado, admiti. Sem dúvida, sem dúvida. Trocamos um aperto de mãos e, correndo para evitar a chuvarada, cheguei ao carro.

Inverno de 1941. Desejava falar com Frau Else, ou vê-la um instante, mas o Queimado surge antes dela. Por um momento, da sacada, considero a possibilidade de não recebê-lo. A única coisa que tenho de fazer é não aparecer na porta principal do hotel, pois o Queimado, se eu não for buscá-lo, não a atravessará. Mas ele deve ter me visto da praia, quando eu estava na sacada, e agora me pergunto se não me situei naquele lugar precisamente para que o Queimado me visse ou para demonstrar a mim mesmo que não temia ser visto. Um alvo fácil: mostro-me detrás dos vidros molhados para que o Queimado, o Lobo e o Cordeiro me vejam.

Continua chovendo; por toda a tarde, progressivamente, o hotel foi se esvaziando dos turistas que os ônibus holandeses vinham buscar. O que Frau Else estaria fazendo? Agora que seu hotel está se esvaziando será que ela espera no consultório de um médico? Será que passeia, de braço dado com o marido, pelas ruas do centro de Barcelona? Será se dirigem a um cinema pequeno e quase escondido pelas árvores? Contrariamente ao esperado, o Queimado lança uma ofensiva na Inglaterra. Fracassa. Minha carência de BRPs faz com que minha resposta seja limitada. No resto das frentes não há mudanças, mas a linha soviética se consolida. A verdade é que me desinteresso pelo jogo (não o Queimado, que passa a noite dando voltas ao redor da mesa e fazendo cálculos num caderninho que estreia hoje!), a chuva, a forte lembrança de Frau Else, uma nostalgia vaga e lânguida me induziram a permanecer recostado na cama, fumando e folheando as fotocópias que trouxe comigo de Stuttgart e que desconfio ficarão aqui, em algum cesto de lixo. Quantos desses articulistas pensam de verdade o que escrevem? Quantos sentem? Eu *poderia* trabalhar na *The General*; até dormindo — sonâmbulo, como diz o vigia de Frau Else — posso refutá-los. Quantos olharam para o abismo? Só Rex Douglas sabe alguma coisa a esse respeito! (Beyma, talvez, é historicamente rigoroso, e Michael Anchors, original e pletórico de entusiasmo, uma espécie de Conrad americano.) O resto: chatíssimos e inconsistentes. Quando comento com o Queimado que os papéis que leio são planos para ganhar dele, todos os movimentos e contramovimentos previstos, todos os gastos previstos, todas as estratégias indefectivelmente anotadas, um sorriso atroz atravessa seu rosto (suponho que contra sua vontade) e aí acaba sua resposta. Como epílogo uns passinhos, as costas que se curvam, pinças na mão e movimento de tropas. Não o vigio. Sei que não fará malandragens. Seus BRPs também baixam até alcançar níveis mínimos, o necessário para que seus exércitos continuem respirando. A chuva estragou seu negócio? Surpreendentemente o Queimado diz que não. Que o sol logo sairá de novo. E enquanto isso? Vai continuar vivendo dos pedalinhos? De costas, movimentando fichas, mecanicamente responde que isso não é um problema para ele. Não é um problema dormir na areia molhada? O Queimado assobia uma canção.

Primavera de 1942

O Queimado chega hoje mais cedo que de costume. E sobe sozinho, sem esperar que eu vá buscá-lo. Aparece, quando abro a porta, como uma figura apagada com borracha. (Aparece como o namorado que em vez de flores levasse, apertadas contra o peito, fotocópias.) Compreendo logo o porquê dessa mudança. A iniciativa agora é dele. A ofensiva montada pelo exército soviético se desenvolve na zona compreendida entre o lago Onega e Iaroslavl; seus blindados rompem minha frente no hexágono E48 e exploram o êxito rumo ao norte, em direção à Carélia, deixando embolsados quatro corpos de infantaria e um corpo blindado alemão nas portas de Vologda. Com essa ação, o flanco esquerdo dos exércitos que pressionam em direção a Kuibyshev e Kazan fica totalmente exposto. A única solução imediata é levar para lá, na fase de SR, unidades do Grupo de Exércitos do Sul desdobradas nas linhas do Volga e do Cáucaso, debilitando em contrapartida a pressão na direção de Batum e Astrakhan. O Queimado sabe e se aproveita disso. Embora seu rosto permaneça o mesmo de sempre, submerso em Deus sabe que infernos, posso perceber — nas estrias das suas bochechas! — o deleite com que realiza movimentos cada vez mais elásticos. A ofensiva, calculada em detalhes, foi *disposta* com um turno de antecipação. (Por exemplo, na zona da ofensiva só podia utilizar como aeródromo a cidade de Vologda; Kirov, a mais próxima, ficava longe demais; para remediar isso, e posto que era necessária uma grande concentração de apoio aéreo, no turno do inverno de 41 levou uma ficha de Base Aérea para o hexágono C51...) Não improvisa; em absoluto. No Oeste a única mudança substancial é a entrada em guerra dos Estados Unidos; uma entrada branda devido às limitações de ID, pelo que o exército britânico permanece na expectativa até alcançar as condições próprias de uma guerra material (os gastos de BRPs dos aliados ocidentais se canalizam em sua maior parte em apoio à União Soviética). A situação final do exército americano transportado para a Grã-Bretanha é a seguinte: o Quinto e o Décimo corpos de infantaria de Rosyth, cinco fatores aéreos em Liverpool e nove navais em Belfast. A Opção que escolhe para o Oeste é de Desgaste e ele não tem sorte com os dados. Minha Opção também é de Desgaste e consigo ocupar um hexágono no sudoeste da Inglaterra, vital para meus projetos no próximo turno. No verão de 1942 tomarei Londres, renderei os britânicos e os americanos terão sua Dunquerque. Enquanto isso me divirto com as fotocópias do Queimado. Fotocópias que só passado um instante ele reconhece que são para mim. Um presente. A leitura é surpreendente. Mas não tenho vontade de me melindrar, de modo que opto por ver o lado cômico delas e perguntar onde as arranjou. As respostas do Queimado — e minhas perguntas paulatinamente vão se acoplando a esse ritmo — são lentas, ouriçadas, como se somente há pouco tivessem começado a se levantar e andar. São para você, disse. Tirou-as de um livro. Um livro dele, um livro que guarda debaixo dos pedalinhos? Não. Um livro emprestado pela Biblioteca da Caixa de Pensões da Catalunha. Mostra sua carteirinha de sócio. Era o que faltava. Fuçou na biblioteca de um *banco* e tirou esta merda para esfregá-la na minha cara, nem mais nem menos. O Queimado agora olha para mim de esguelha esperando que o medo aflore no quarto; sua sombra se projeta contra a parede da porta, indefinível e percorrida por tremores. Não vou dar a ele esse gostinho. Com indiferença, mas também com cuidado, ponho as fotocópias em cima da mesa de cabeceira. Mais tarde, ao acompanhá-lo à porta do hotel, peço a ele que nos detenhamos um momento na recepção. O vigia está lendo uma revista. Nossa irrupção em seus domínios o irrita, mas acima de tudo prevalece o temor. Quero tachinhas. Tachinhas? Seu olhar, receoso, salta do Queimado a mim como se esperasse uma brincadeira pesada e não quisesse que esta o pegasse desprevenido. Sim, imbecil, procure nas gavetas e me dê um tanto, grito. (Descobri que o vigia é um indivíduo covarde e submisso que tem de ser tratado com dureza.) Nas gavetas da escrivaninha, enquanto as revira, consigo ver um par de revistas pornográficas. Finalmente, entre vitorioso e indeciso, levanta um potinho de plástico transparente cheio de tachinhas. Quer todas?, sussurra como se pusesse fim a um pesadelo. Com um encolher de ombros pergunto ao Queimado quantas fotocópias são. Quatro, diz, incomodado e olhando para o chão. Não lhe agradam minhas lições de força. Quatro tachinhas, repito, e estendo a palma da mão onde o vigia, cuidadoso, deposita duas com cabeças verdes e duas com cabeças vermelhas. Depois, sem olhar para trás, acompanho o Queimado até a porta e nos despedimos. O Passeio Marítimo está deserto e mal-iluminado (quebraram a luz de um poste), mas eu permaneço detrás dos vidros até me certificar de que o Queimado pula na praia e se perde em direção aos pedalinhos; só então volto ao meu quarto. Lá, escolho com calma uma parede (a da cabeceira da minha cama) e prendo as fotocópias. O passo seguinte é lavar as mãos e revisar com cuidado o jogo. Apesar de o Queimado aprender com rapidez, o próximo turno será meu.

14 de setembro

Levantei às duas da tarde. Estava com o corpo todo moído e uma voz interior me dizia que eu devia tentar ficar o mínimo de tempo possível no hotel. Saí sem nem mesmo tomar uma chuveirada. Depois de tomar um café com leite num bar próximo e dar uma lida nos jornais alemães, voltei ao Del Mar e perguntei por Frau Else. Não voltou de Barcelona. Seu marido, obviamente, também não. A atmosfera na recepção é de hostilidade. Idem no bar. Olhares turvos de garçons e coisas assim, nada sério. O sol brilhava, embora no horizonte ainda pairassem nuvens negras carregadas de chuva, de modo que pus a roupa de banho e fui fazer companhia ao Queimado. Os pedalinhos estavam espalhados mas não se via o Queimado em lugar nenhum. Decidi esperá-lo e me estendi na areia. Não havia levado nenhum livro, por isso a única coisa que podia fazer era olhar o céu, de um azul profundo, e recordar coisas bonitas para que o tempo passasse depressa. Em algum momento, naturalmente, adormeci; a praia se prestava a isso, quentinha e com poucos banhistas, já para trás o alvoroço de agosto. Sonhei então com Florian Linden. Ingeborg e eu estávamos no hotel, num quarto parecido com o nosso, e alguém batia na porta. Ingeborg não queria que eu abrisse. Não abra, dizia, se você me ama não abra. Ao falar seus lábios tremiam. Pode ser algo urgente, dizia eu categoricamente, mas quando tentava ir para a porta Ingeborg se agarrava a mim com as duas mãos, impedindo qualquer tipo de movimento. Me larga, gritava eu, me larga, enquanto as batidas se tornavam cada vez mais fortes, tanto que eu pensava que talvez Ingeborg tivesse razão e fosse mais conveniente ficar quieto. Em seu empenho Ingeborg caía no chão. Eu a olhava de cima, estava como que desmaiada e com as pernas muito abertas. Qualquer um poderia te violentar agora, eu lhe dizia, e então ela abria um olho, só um, o esquerdo, creio, enorme e superazul, e não o tirava de cima de mim, para onde quer que eu me movesse ele me seguia; tinha uma expressão, não sei, não de olho vigilante ou acusador, mas de olho atento, atento a uma novidade, e aterrorizado. Então eu não aguentava mais e colava o ouvido na porta. Não estavam batendo, estavam *raspando* a porta do lado de fora! Quem é?, eu perguntava. Florian Linden, detetive particular, respondia com um fiapo de voz. Quer entrar?, eu perguntava. Não, não abra a porta por nada deste mundo!, insistia a voz de Florian Linden com mais energia, embora não muita, percebia-se que estava ferido. Por um instante ambos permanecíamos em silêncio, tentando escutar, mas a verdade é que não se ouvia nada. O hotel parecia submerso no fundo do mar. Até a temperatura era diferente, agora fazia frio e como vestíamos roupas de verão sentíamos mais frio ainda. Logo ficou insuportável e tive de me levantar e tirar do armário cobertores nos quais Ingeborg e eu pudéssemos nos enrolar. De qualquer maneira aquilo não adiantou nada. Ingeborg desatou a soluçar: dizia que não sentia mais as pernas e que íamos morrer congelados. Você só morrerá se dormir, eu assegurava, evitando fitá-la. Do outro lado da porta por fim se ouvia algo. Passos: alguém se aproximava, como que na ponta dos pés, depois se afastava. A mesma operação umas três vezes. Continua aí, Florian? Sim, continuo aqui, mas agora tenho de ir embora, respondia Florian Linden. O que aconteceu? Umas coisas tenebrosas, não tenho tempo para explicar, por ora vocês estão a salvo, mas se forem inteligentes e práticos amanhã de manhã voltarão para casa. Para casa? A voz do detetive estava cheia de chiados e rangidos. Está sendo desintegrado!, pensava. Depois eu tentava abrir a porta, mas não conseguia me levantar. Estava com as pernas e as mãos insensíveis. Estava gelado. Em meio ao terror adivinhava que não poderíamos ir embora e que morreríamos no hotel. Ingeborg não se mexia mais; largada a meus pés, o cobertor só deixava descoberta sua comprida cabeleira loura sobre o chão de cerâmica negra. Desejaria tê-la abraçado e chorado de tão desamparado me sentia, mas justo nesse momento, sem que eu interviesse, a porta se abriu. No lugar onde devia estar Florian Linden não havia ninguém, só uma sombra, enorme, no fundo do corredor. Então abri os olhos, tremendo, e vi a nuvem, gigantesca, escura, cobrindo o vilarejo e se movendo como um pesado porta-aviões rumo às colinas. Estava com frio; as pessoas tinham ido embora da praia e o Queimado não ia vir. Não sei quanto tempo permaneci imóvel, estendido, olhando para o céu. Não tinha pressa alguma. Teria podido ficar ali horas e horas. Quando finalmente decidi me levantar não me dirigi para o hotel, mas para o mar. A água estava morna e suja. Nadei um pouco. A nuvem escura continuava se movendo por cima de mim. Então parei de dar braçadas e mergulhei até chegar ao fundo. Não sei se consegui; acho que ao mergulhar eu mantinha os olhos bem abertos, mas não vi nada. O mar estava me arrastando para dentro. Ao sair, observei que tinha me afastado da praia menos do que pensava. Voltei para junto dos pedalinhos, peguei a toalha e comecei a me enxugar com cuidado. Era a primeira vez que o Queimado não vinha trabalhar. De repente uns calafrios percorreram meu corpo. Fiz alguns exercícios físicos: flexões, abdominais, corri um pouco. Quando fiquei seco, amarrei a toalha na cintura e encaminhei meus passos para o Rincón de los Andaluces. Lá pedi um copo de conhaque e avisei ao dono que passaria para pagar mais tarde. Depois perguntei pelo Queimado. Ninguém o tinha visto.

A tarde se fez longa. Nem Frau Else apareceu pelo hotel nem o Queimado se deixou ver na praia, mas por volta das seis saiu o sol e lá na ponta dos campings consegui avistar um pedalinho, guarda-sóis abertos e gente brincando com as ondas. Em meu setor de praia a animação era menor. Os hóspedes do hotel tinham saído em grupo numa excursão, creio recordar que a umas adegas de vinho ou a um mosteiro famoso, e no terraço só restavam uns poucos velhos e os garçons. Quando começou a escurecer eu já tinha as ideias bastante claras e pouco depois pedi à recepção que me pusessem em comunicação com a Alemanha. Havia antes feito o balanço das minhas finanças e em síntese só tinha dinheiro para pagar a conta, dormir no Del Mar mais uma noite e pôr um pouco de gasolina no carro. Na quinta ou sexta tentativa consegui estabelecer contato com Conrad. Sua voz chegava a mim como se ele estivesse dormindo. E se ouviam outras vozes. Fui direto ao assunto. Disse que precisava de dinheiro. Disse que pensava em ficar mais uns dias.

— Quantos dias?

— Não sei, depende.

— Qual é o motivo?

— Isso é problema meu. Devolvo o dinheiro assim que voltar.

— É que pela sua atitude até parece que você pensa em nunca mais voltar.

— Que ideia absurda. O que eu poderia fazer aqui o resto da vida?

— Nada, isso eu sei, mas você sabe?

— Bem, nada não; poderia trabalhar como guia turístico; montar meu próprio negócio. Isto aqui é cheio de turistas e uma pessoa que domina mais de três idiomas sempre é bem-vinda.

— Seu lugar é aqui. Sua carreira é aqui.

— A que carreira você se refere? Ao escritório?

— À escrita, Udo, aos artigos para Rex Douglas, aos romances, sim, permita dizer, os romances que você poderia escrever se não fosse tão pirado. Aos planos que fizemos juntos... As catedrais... Lembra?

— Obrigado, Conrad; sim, acho que poderia...

— Volte então o quanto antes. Amanhã mesmo mando o dinheiro. O cadáver do seu amigo já deve estar na Alemanha. Fim da história. O que mais você quer fazer aí?

— Quem te disse que encontraram Charly?... Ingeborg?

— Claro. Ela está preocupada com você. A gente se vê quase todos os dias. E conversamos. Conto a ela coisas de você. De antes de vocês se conhecerem. Anteontem eu a levei ao seu apartamento, ela queria vê-lo.

— À minha casa? Merda! E entrou?

— Evidentemente. Ela estava com a chave, mas não queria ir sozinha. Fizemos juntos uma faxina. Estava precisando. Também pegou umas coisas dela, um suéter, uns discos... Não acho que vá gostar de saber que você pediu dinheiro para ficar mais um tempo. É uma boa menina, mas sua paciência tem um limite.

— Que mais ela fez lá em casa?

— Nada. Já disse: varreu, jogou fora coisas estragadas da geladeira...

— Não mexeu nos meus papéis?

— Claro que não.

— E você, fez o quê?

— Pelo amor de Deus, Udo, a mesma coisa que ela.

— Bom... Obrigado... Quer dizer que vocês se veem com frequência?

— Todo dia. Creio que é porque ela não tem ninguém com quem falar de você. Queria ligar para seus pais, mas consegui dissuadi-la. Acho que não é uma boa ideia preocupá-los.

— Meus pais não se preocupariam. Conhecem o vilarejo... e o hotel.

— Não sei. Mal conheço seus pais, não sei como reagiriam.

— Também mal conhece Ingeborg.

— É verdade. Você é o vínculo. Mas parece que entre nós nasceu uma espécie de amizade. Estes últimos dias eu a conheci melhor e a acho muito simpática; é inteligente e prática, além de bonita.

— Eu sei. Sempre acontece. Ela te...

— Seduziu?

— Não, seduzir não; ela é como gelo. Relaxa. Você e qualquer um. É como estar sozinho, dedicado exclusivamente às nossas próprias coisas, tranquilo.

— Não fale assim. Ingeborg gosta de você. Amanhã sem falta te mando o dinheiro. Você vai voltar?

— Ainda não.

— Não entendo o que é que te impede de partir. Você me contou tudo direitinho? Sou seu melhor amigo...

— Quero ficar mais uns dias, só isso. Não há mistério. Quero pensar, e escrever, e aproveitar o lugar agora que tem pouca gente.

— E mais nada? Nada relacionado com Ingeborg?

— Que bobagem, claro que não.

— Fico feliz em ouvir isso. Como vai sua partida?

— Verão de 1942. Estou ganhando.

— Já imaginava. Lembra daquela partida com Mathias Müller? A que jogamos faz um ano no clube de xadrez?

— Que partida?

— Um Terceiro Reich. Franz, você e eu contra o grupo da *Marchas Forzadas*.

— Sim, o que aconteceu?

— Não lembra? Ganhamos e Mathias, de tão irritado que estava, não sabe perder, é um fato, deu uma cadeirada no pequeno Bernd Rahn. Chegou a quebrá-la.

— A cadeira?

— Naturalmente. Os sócios do clube de xadrez o puseram para fora a tapas e ele nunca mais apareceu por lá. Você se lembra de como rimos naquela noite?

— Sim, claro, minha memória continua boa. O que acontece é que há coisas que não me parecem tão engraçadas. Mas me lembro de tudo.

— Eu sei, eu sei...

— Faça uma pergunta, a que você quiser, e vai ver...

— Acredito, acredito...

— Faça. Pergunte se me lembro das Divisões de Paraquedistas em Anzio.

— Garanto que sim...

— Pergunte...

— Bem, quais eram...

— A Primeira Divisão, composta pelo primeiro, o terceiro e o quarto regimentos, a Segunda Divisão, composta pelo segundo, o quinto e o sexto regimentos, e a Quarta Divisão, composta pelo décimo, o décimo primeiro e o décimo segundo regimentos.

— Muito bem...

— Agora me pergunte pelas Divisões Panzer ss em Fortress Europa.

— Está bem, diga quais eram.

— A Primeira Lieberstandarte Adolf Hitler, a Segunda Das Reich, a Nona Hohenstaufen, a Décima Frundsberg e a Décima Segunda Hitlerjugend.

— Perfeito. Sua memória funciona perfeitamente.

— E a sua? Lembra quem comandava a 352ª, a Divisão de Infantaria de Heimito Gerhardt?

— Bem, chega.

— Diga, você se lembra ou não?

— Não...

— É muito simples, pode consultar esta noite em Omaha Beachhead ou em qualquer livro de história militar. O general Dietrich Kraiss era o comandante da Divisão e o coronel Meyer era o chefe do regimento de Heimito, o 915º.

— Está bem, vou dar uma olhada. Só isso?

— Estava pensando em Heimito, ele sim sabe dessas coisas. É capaz de recitar de cor a formação completa do The Longest Day até o nível de batalhão.

— Claro, afinal o fizeram prisioneiro lá.

— Não deboche, Heimito é um caso à parte. Como estará agora?

— Bem, por que ia estar mal?

— Ora, porque é velho e tudo dá voltas, porque começa a ficar sozinho, Conrad, parece mentira que você não se dê conta.

— É um velho duro e feliz. E não está sozinho. Em julho foi de férias à Espanha, com a mulher. Ele me mandou um postal de Sevilha.

— É, para mim também. Para dizer a verdade não entendi a letra dele. Eu devia ter pedido férias em julho.

— Para viajar com Heimito?

— Talvez.

— Ainda podemos fazer isso em dezembro. Para o Congresso de Paris. Faz pouco recebi o programa, vai ser um acontecimento e tanto.

— Não é a mesma coisa. Não me referia a isso...

— Vamos ter oportunidade de ler nossa comunicação. Você poderá conhecer *pessoalmente* Rex Douglas. Jogaremos um World in Flames com nativos. Você devia se animar um pouco, vai ser fantástico...

— Que história é essa de um World in Flames com nativos?

— É que uma equipe de alemães vai jogar com a Alemanha, uma de britânicos com a Grã-Bretanha, uma de franceses com a França, cada grupo com seu próprio batalhão.

— Não estava sabendo. Quem vai conduzir a União Soviética?

— Suponho que nesse caso vai haver um problema. Creio que os franceses, mas nunca se sabe, pode haver surpresas.

— E o Japão? Vão vir japoneses?

— Não sei, pode ser. Se Rex Douglas vem, por que não os japoneses... Mas talvez nós tenhamos de conduzi-la ou a delegação belga. A organização francesa com certeza já resolveu isso.

— Como japoneses, os belgas cairão no ridículo.

— Prefiro não adiantar acontecimentos.

— Isso tudo recende a farsa, não me parece sério. Quer dizer que o jogo estrela do congresso vai ser World in Flames? Quem teve essa ideia?

— Não precisamente o jogo estrela; está no programa e as pessoas gostaram.

— Eu achava que iam dar um espaço preferencial ao Terceiro Reich.

— E vão, Udo, nas comunicações.

— Naturalmente, enquanto eu estiver perorando acerca das múltiplas estratégias, todo mundo vai estar vendo a partida de World in Flames.

— Você se engana. Nossa comunicação é dia 21 à tarde e a partida começa no dia 20 e termina no dia 23, sempre depois das comunicações. E o jogo foi escolhido porque podiam participar várias equipes, só por isso.

— Perdi a vontade de ir... Claro, os franceses querem conduzir a União Soviética porque sabem que na primeira tarde nós os pomos fora de combate... Por que não conduzem o Japão?... Por fidelidade aos antigos blocos, é natural... Certamente se apoderarão de Rex Douglas assim que ele aterrissar...

— Você não devia fazer esse tipo de conjecturas, são estéreis.

— E os de Colônia, claro, não faltarão ao encontro...

— É.

— Bem. Ponto-final. Lembranças para Ingeborg.

— Volte logo.

— Sim, volto logo.

— Não se deprima.

— Não me deprimo. Estou bem aqui. Feliz.

— Telefone para mim. Lembre-se de que Conrad é seu melhor amigo.

— Eu sei. Conrad é meu melhor amigo. Até logo...

Verão de 1942. O Queimado aparece às onze da noite. Ouço seus gritos quando estou estirado na cama lendo o romance de Florian Linden. Udo, Udo Berger, ressoa sua voz no Passeio Marítimo vazio. Meu primeiro impulso foi ficar quieto e deixar o tempo passar. O grito do Queimado é rouco e rasgado como se o fogo também houvesse danificado o interior do seu pescoço. Ao abrir a sacada eu o vejo na calçada oposta sentado na mureta do Passeio Marítimo me esperando como se tivesse todo o tempo do mundo, com uma grande sacola de plástico a seus pés. Nosso cumprimento, a maneira de nos reconhecer tem um ar familiar de terror emoldurado essencialmente na forma silenciosa e absoluta com que levantamos as mãos. Entre nós dois se estabelece um conhecimento mudo e forte que nos galvaniza. Mas essa impressão é breve e dura até que o Queimado, já no quarto, mostre o interior da sacola e nela há abundância de cerveja e sanduíches. Cornucópia miserável mas sincera! (Antes, ao passar pela recepção, tornei a perguntar por Frau Else. Ainda não voltou, disse o vigia sem me olhar nos olhos. Junto dele, sentado numa poltrona branca e enorme, um velho com um jornal alemão no colo me observa com um sorriso mal dissimulado nos lábios descarnados. Por seu aspecto, não se daria a ele mais de um ano de vida. Não obstante, sob aquela extrema magreza, que sobretudo ressalta os pômulos e as têmporas, o velho me fita com inusitada força, como se me conhecesse. Como vai a guerra?, pergunta o vigia, e então o sorriso do velho se acentua. Se eu pudesse estender o braço por cima do balcão, agarrava a camisa do vigia e lhe dava uma sacudida, mas ele, intuindo algo, se afasta um pouco mais. Sou um admirador de Rommel, explica. O velho cabeceia, assentindo. Não, você é um pobre-diabo, refuto. O velho faz um "o" minúsculo com os lábios e torna a assentir. Pode ser, diz o vigia. Os olhares de ódio que nos dirigimos são manifestos e constituem todo um desafio. Além do mais você é um piolhento, acrescento, desejando acabar com sua paciência ou pelo menos conseguir que se aproxime mais uns centímetros do balcão. Bem, já está tudo resolvido, murmura o velho em alemão, e se levanta. É muito alto e seus braços, como os de um cavernícola, pendem até quase tocar os joelhos. Na realidade é uma falsa impressão produzida pelo fato de que o velho tem as costas arqueadas. De qualquer maneira sua altura é notável: de pé deve medir ou ter medido mais de dois metros. Mas é na voz, uma voz de agônico cabeçudo, que reside sua autoridade. Quase de imediato, como se só houvesse pretendido que eu o visse em toda a sua grandeza, volta a deixar-se cair na poltrona e pergunta: mais algum problema? Não, claro que não, se apressa o vigia. Não, nenhum, digo eu. Perfeito, diz o velho impregnando a palavra de malícia e virulência: per-fei-to, e fecha os olhos.)

O Queimado e eu comemos sentados na cama, olhando para a parede onde preguei as fotocópias. Sem necessidade de dizê-lo compreende quanto de desafio há na minha atitude. Quanto de aceitação. Em todo caso comemos imersos num silêncio interrompido unicamente por observações banais que na realidade são silêncios que acrescentamos ao grande silêncio que há uma hora ou algo assim envolve o hotel e o vilarejo.

Finalmente lavamos as mãos para não manchar de gordura as fichas e começamos a jogar.

Logo tomarei Londres e ele estará de imediato perdido. Contra-atacarei no Leste e terei de retroceder.

Anzio. Fortress Europa.
Omaha Beachhead. Verão de 1942

Percorri a praia, quando tudo era Escuro, recitando os nomes esquecidos, enterrados nos arquivos, até que o sol voltou a sair. Mas são nomes esquecidos ou somente nomes que esperam? Lembrei-me do jogador que Alguém vê de cima, só cabeça, ombros e dorso das mãos, e o tabuleiro e as fichas como um cenário onde se desenrolam milhares de inícios e fins, eternamente, um teatro caleidoscópico, única ponte entre o jogador e sua memória, sua memória que é desejo e é olhar. Quantas foram as Divisões de Infantaria, as minguadas, inexperientes, que sustentaram a Frente Ocidental? Quais as que, apesar da traição, frearam o avanço na Itália? Que Divisões Blindadas perfuraram as defesas francesas em 1940 e as russas em 1941 e 42? E com quais, as decisivas, o marechal Manstein reconquistou Kharkov e exorcizou o desastre? Que Divisões de Infantaria lutaram para abrir caminho para os carros em 1944, nas Ardenas? E quantos, incontáveis, Grupos de Combate se imolaram para retardar o inimigo em todas as frentes? Ninguém chega a um acordo. Só a memória que joga sabe. Vagando pela praia ou encolhido no meu quarto, invoco os nomes e estes chegam aos borbotões e me tranquilizam. Minhas fichas prediletas: a Primeira de Paraquedistas em Anzio, a Panzer Lehr e a Primeira ss lah em Fortress Europa, as onze fichas da Terceira de Paraquedistas em Omaha Beachhead, a Sétima Divisão Blindada em France 40, a Terceira Divisão Blindada em Panzerkrieg, o Primeiro Corpo Blindado ss em Russian Campaign, o Quadragésimo Corpo Blindado em Russian Front, a Primeira ss lah em Battle of the Bulge, a Panzer Lehr e a Primeira ss lah em Cobra, o Corpo Blindado Gross Deutschland no Terceiro Reich, a Vigésima Primeira Divisão Blindada em The Longest Day, o 104º Regimento de Infantaria em Panzer Armee Afrika... Nem ler aos gritos Sven Hassel poderia ser mais revigorante... (Ai, quem era mesmo que só lia Sven Hassel? Todos diriam que M. M., soa a ele, combina com seu caráter, mas era outro, um que parecia sua própria sombra e de quem Conrad e eu ríamos com gosto. Esse rapaz organizou umas jornadas de rpg em Stuttgart, em 1985. Com toda a cidade como cenário montou um macrojogo, com as regras retocadas de Judge Dredd, sobre os últimos dias de Berlim. Contando isso agora posso notar o interesse que desperta no Queimado, interesse que bem pode ser fingido para que eu não me concentre na partida, estratagema legítimo mas vão, pois sou capaz de movimentar meus corpos de olhos fechados. Em que consistia o jogo — chamado Berlin Bunker —, quais eram seus objetivos, como se conseguia a vitória — e quem a conseguia — é algo que nunca ficou totalmente claro. Eram doze jogadores que interpretavam o anel de soldados ao redor de Berlim. Seis jogadores interpretavam o Povo e o Partido e só podiam jogar dentro do anel protetor. Três jogadores interpretavam a Direção e deviam ser capazes de inter-relacionar os dezoito restantes para que não ficassem fora do perímetro quando este se contraía, o que era costumeiro, e sobretudo para que o perímetro não se rompesse, o que era inevitável. Havia um último jogador cuja função era obscura e subterrânea; ele podia e devia se movimentar pela cidade cercada mas era o único que nunca sabia onde acabava o anel protetor, podia e devia percorrer a cidade mas era o único que não conhecia nenhum dos demais jogadores, tinha licença para destituir alguém da Direção e promover alguém do Povo, por exemplo, mas fazia isso às cegas, deixando ordens escritas e recebendo relatórios num lugar combinado. Seu poder era tão grande quanto sua cegueira — inocência, segundo Sven Hassel —, sua liberdade era tão grande quanto sua constante exposição ao perigo. Sobre ele se exercia uma espécie de tutela invisível e cuidadosa, pois a sorte final de todos dependia da sua sorte. O jogo, como era previsível, acabou de maneira desastrosa, com jogadores perdidos pelos subúrbios, ciladas, maquinações, protestos, setores do anel abandonados ao cair da noite, jogadores que durante toda a partida só viram o árbitro etc. Claro que nem Conrad nem eu participamos, embora Conrad tenha se dado ao trabalho de acompanhar os acontecimentos no ginásio da Escola Técnica Industrial que acolhia as jornadas e soube me explicar mais tarde o desconcerto, primeiro, e depois a derrocada moral de Sven Hassel ante a consumação do fracasso. Poucos meses depois o sujeito sumiu de Stuttgart e agora, segundo Conrad, que sabe tudo, mora em Paris e se dedica à pintura. Não me estranharia tornar a vê-lo no congresso...)

Logo depois da meia-noite, as fotocópias pregadas na parede adquirem um ar fúnebre, portinhas dando para o vazio.

— Começa a refrescar — digo.

O Queimado usa uma jaqueta de veludo, pequena demais, sem dúvida presente de alguma alma caridosa. A jaqueta é velha mas de boa qualidade; quando vai para junto do tabuleiro, depois de comer, ele a tira e a deposita, dobrando-a com cuidado, em cima da cama. Sua disposição, absorta e correta, é comovente. Não abandona nunca o caderninho onde anota as mudanças estratégicas e econômicas da sua aliança (ou será um diário, como o meu?)... É como se o Terceiro Reich houvesse encontrado uma forma de comunicação satisfatória. Aqui, junto do mapa e dos *force pool*, não é um monstro sem cabeça que pensa, que se articula em centenas de fichas... É um ditador e um criador... Além do mais, ele se diverte... Se não fosse pelas fotocópias, eu diria que lhe fiz um favor. Mas elas são uma advertência, o primeiro aviso de que devo tomar cuidado.

— Queimado — digo a ele —, você gosta do jogo?

— Sim, gosto.

— E acredita que por ter me freado vai ganhar?

— Não sei, ainda é cedo.

Ao abrir as portas da sacada de par em par para que a noite limpe meu quarto da fumaça, o Queimado, como um cachorro, a cara de lado, meneia as fuças com dificuldade e diz:

— Diga quais são suas outras fichas favoritas. Que Divisões você acha mais bonitas (sim, literalmente!) e as batalhas mais difíceis. Conte coisas dos jogos...

Com o Lobo e o Cordeiro

O Lobo e o Cordeiro aparecem no meu quarto. A ausência de Frau Else abrandou as normas aparentemente estritas do hotel e agora entra e sai quem quer. A anarquia vai suavemente se instalando em todas as camadas do serviço em progressão contrária ao fim dos dias de calor. É como se as pessoas só soubessem trabalhar quando se veem envoltas, ou nos veem envoltos, nós turistas, em suor. Poderia ser uma boa ocasião para ir embora sem pagar, ação ignóbil que eu só realizaria na hipótese de que um duende me garantisse que depois eu ia poder ver a cara de Frau Else, sua surpresa, seu espanto. Talvez, com o fim do verão e do conseguinte término do contrato de muitos trabalhadores temporários, a disciplina decaia e ocorra o inevitável; furtos, serviço ruim, sujeira. Hoje, por exemplo, ninguém subiu para fazer a cama. Tive de fazê-la por conta própria. Também preciso de lençóis limpos. Ninguém, quando telefono para a recepção, pode me dar uma explicação convincente. A visita do Lobo e do Cordeiro se produz enquanto espero, precisamente, que alguém suba com lençóis limpos da lavanderia.

— Só temos um instante livre e aproveitamos para vir te ver. Não queríamos que fosse embora sem nos despedirmos.

Tranquilizo-os. Ainda não decidi que dia eu vou.

— Então devíamos comemorar isso tomando umas por aí.

— Fique você também morando aqui — diz o Cordeiro.

— Você também encontrou uma coisa importante pela qual vale a pena ficar — replica o Lobo, piscando o olho para o outro. Estará se referindo a Frau Else ou a outra coisa?

— O que foi que o Queimado encontrou?

— Trabalho — respondem ambos, como se fosse a coisa mais natural.

Os dois estão trabalhando de peão e vestem as roupas apropriadas, de brim, manchadas de tinta e cimento.

— Acabou-se a boa vida — diz o Cordeiro.

Enquanto isso os movimentos nervosos do Lobo o levam para o outro extremo do quarto, onde observa com curiosidade o tabuleiro e os *force pool*, a esta altura da guerra um caos de fichas difíceis de compreender para um neófito.

— Este é o famoso jogo?

Movo a cabeça em sinal de assentimento. Gostaria de saber *quem* o tornou famoso. Provavelmente a culpa era só minha.

— E é muito difícil?

— O Queimado aprendeu — respondo.

— Mas o Queimado é um caso à parte — diz o Cordeiro sem bisbilhotar em torno do jogo; a verdade é que nem sequer olha para ele de relance, como se temesse deixar suas impressões digitais no corpo de delito. Florian Linden?

— Se o Queimado aprendeu, eu também poderia — diz o Lobo.

— Você fala inglês? Seria capaz de ler as regras em inglês? — o Cordeiro se dirige ao Lobo mas olha para mim com um sorriso cúmplice e compassivo.

— Alguma coisa, um pouco, de quando eu era garçom, não para ler, mas...

— Mas coisa nenhuma, se você nem era capaz de ler o *Mundo Deportivo* em espanhol, como vai ser capaz de dar conta de um regulamento em inglês, não diga besteira.

Pela primeira vez o pequeno Cordeiro, ao menos na minha frente, adquiriu um ar de superioridade em relação ao Lobo. Este, ainda enfeitiçado pelo jogo, indica os hexágonos onde se desenrola a batalha da Inglaterra (mas sem tocar no mapa nem nas pilhas de fichas em momento algum!) e diz que no seu entender, "por exemplo", ali, refere-se ao sudoeste de Londres, "se produziu ou vai se produzir um enfrentamento". Quando lhe dou razão, o Lobo faz um gesto com a mão para o Cordeiro, que suponho obsceno mas que eu nunca tinha visto, e diz está vendo que não é tão difícil.

— Não seja palhaço, cara — responde o Cordeiro, obstinando-se a não olhar para a mesa.

— Está bem, adivinhei por sorte, ficou satisfeito?

A atenção do Lobo se desloca agora, cautelosamente, do mapa para as fotocópias. Com as mãos na cintura ele as examina, pulando de uma a outra sem tempo possível para ler. Dir-se-ia que as observa como pinturas.

Parte do regulamento? Não, claro que não.

— Nota da reunião do Conselho de Ministros de 12 de novembro de 1938 — lê o Lobo. — É o começo da guerra, caralho!

— Não, a guerra começa mais tarde. No outono do ano seguinte. As fotocópias simplesmente nos ajudam... em nossa encenação. Este tipo de jogo gera um impulso documental bastante curioso. É como se quiséssemos saber tudo o que se fez para transformar o que se fez malfeito.

— Entendi — diz o Lobo, sem entender nada, é claro.

— É que se vocês repetissem tudo não teria graça. Deixaria de ser um jogo — murmura o Cordeiro, deixando-se cair no carpete e barrando a passagem para o banheiro.

— Alguma coisa assim... Se bem que depende do motivo... do ponto de vista...

— Quantos livros é necessário ler para jogar bem?

— Todos e nenhum. Para jogar uma partida sem maiores pretensões basta conhecer as regras.

— As regras, as regras, onde estão as regras? — O Lobo, sentado na minha cama, levanta do chão a caixa do Terceiro Reich e tira as regras em inglês. Pesa-as na mão e meneia admirativamente a cabeça. — Não posso entender...

— O quê?

— Como o Queimado pôde ler este catatau, com a quantidade de trabalho que tinha.

— Não exagere, os pedalinhos já não dão grana — disse o Cordeiro.

— Grana não, mas trabalho sim, e muito. Estive com ele, ajudando, debaixo do sol, e sei o que é.

— Você estava vendo se podia paquerar uma estrangeira, não me venha com conversa...

— Cara, também...

A superioridade, a ascendência do Cordeiro sobre o Lobo era inegável. Supus que algo de extraordinário tinha acontecido com este último que alterava, ainda que momentaneamente, a hierarquia entre ambos.

— O Queimado não leu nada. Eu expliquei as regras a ele, pouco a pouco, e com muita paciência! — esclareci.

— Mas depois leu. Fotocopiou as regras e de noite, no bar, ele as repassava sublinhando as partes que mais lhe interessavam. Achei que estava estudando para tirar carteira de motorista; ele me disse que não, que eram as regras do seu jogo.

— Fotocopiadas? — O Lobo e o Cordeiro assentiram.

Fiquei surpreso, pois sabia não ter emprestado as regras a ninguém. Havia duas possibilidades: que estivessem enganados, que houvessem interpretado mal o Queimado ou que este, para se livrar deles, tivesse lhes contado a primeira coisa que lhe passou pela cabeça, ou então que tivessem razão e o Queimado, sem meu consentimento, houvesse surrupiado o original para fotocopiá-lo, pondo-o de volta no lugar no dia seguinte. Enquanto o Lobo e o Cordeiro se estendiam em outras considerações (a qualidade e o conforto do quarto, o preço, as *coisas* que eles fariam num lugar como este em vez de perder tempo com um "puzzle" etc.), refleti sobre as possibilidades reais que o Queimado teve para pegar o regulamento e no dia seguinte, já fotocopiado, pô-lo de volta na caixa. Nenhuma. Salvo na última noite, vestia sempre uma camiseta, quase sempre esgarçada, e shorts ou calças que não deixavam o espaço requerido para ocultar nem mesmo a metade do volume do Terceiro Reich; de resto, entrava e saía regularmente escoltado por mim, e se era normalmente difícil imaginar segundas intenções no Queimado, mais difícil ainda me era admitir que eu houvesse deixado passar despercebida uma mudança, uma protuberância delatora!, por mínima que fosse, entre a figura do Queimado ao chegar e ao ir embora. A conclusão lógica o isentava de toda culpa; era materialmente impossível. Neste preciso ponto fazia sua entrada uma terceira explicação, ao mesmo tempo simples e inquietante; outra pessoa, uma pessoa do hotel, utilizando a chave mestra, havia estado no meu quarto. Só me ocorria uma: o marido de Frau Else.

(O simples fato de imaginá-lo, na ponta dos pés, em meio às minhas coisas, me revolvia o estômago. Conjecturava-o alto, esquelético e sem rosto ou com o rosto envolto numa espécie de nuvem escura e mutável; revirando meus papéis e minhas roupas, atento aos passos no corredor, ao barulho do elevador, o filho da puta, como se houvesse estado dez anos me esperando, só me esperando e aguentando, para chegado o momento atiçar sobre mim seu cão queimado e me destroçar...)

Um barulho que a princípio me pareceu estrambótico e que mais tarde me pareceria premonitório conseguiu me trazer de volta à realidade.

Batiam na porta.

Abri. Era a camareira com os lençóis limpos. Com certa brusquidão, pois sua chegada não podia ser mais inoportuna, mandei-a entrar. Nesse momento só desejava que terminasse rapidamente seu trabalho, para que eu pudesse lhe dar uma gorjeta e ficar mais um instante com os espanhóis, os quais submeteria a uma série de perguntas que me pareciam inadiáveis.

— Ponha os lençóis agora — falei. — Os outros eu entreguei hoje de manhã.

— E aí, Clarita, tudo bem? — O Lobo deixou-se cair na cama para ressaltar sua condição de convidado e cumprimentou-a com um gesto preguiçoso e familiar.

A camareira, a mesma que segundo Frau Else desejava que eu fosse embora do hotel, hesitou uns segundos como se tivesse se enganado de quarto, instante que seus olhos enganosamente apagados aproveitaram para descobrir o Cordeiro, ainda no carpete cumprimentando-a, e ato contínuo a timidez ou a desconfiança (ou o terror!) que aflorava nela mal cruzava o umbral do meu quarto desapareceu. Respondeu aos cumprimentos com um sorriso e se postou, quer dizer tomou posse de um lugar estratégico junto da cama para pôr os lençóis limpos.

— Saia daí — ordenou ao Lobo. Este se encostou na parede e começou a fazer trejeitos e palhaçadas. Observei-o com curiosidade. Suas caretas, a princípio apenas imbecis, iam adquirindo uma *cor*, iam escurecendo, cada vez mais, até entretecer no rosto do Lobo uma máscara negra mal suavizada por algumas estrias vermelhas e amarelas.

Clarita estendeu os lençóis com um gesto brusco. Embora não aparentasse, dei-me conta de que estava nervosa.

— Cuidado, não vá fazer as fichas voarem — avisei.

— Que fichas?

— As da mesa, as do jogo — disse o Cordeiro. — Você pode provocar um terremoto, Clarita.

Indecisa entre continuar sua tarefa e ir embora, optou por permanecer imóvel. Custava crer que essa moça fosse a mesma camareira que tão má opinião tinha de mim, a que em mais de uma ocasião havia recebido em silêncio minhas gorjetas, a que nunca abria a boca na minha presença. Agora estava rindo, por fim comemorando as brincadeiras, e dizendo coisas tais como "vocês nunca vão aprender", "olhem como deixam isto", "como são bagunceiros", como se o quarto estivesse alugado pelo Lobo e o Cordeiro, e não por mim.

— Eu nunca viveria num quarto como este — disse Clarita.

— Eu não vivo aqui, só estou de passagem — esclareci.

— Dá na mesma — disse Clarita. — Isto aqui é um poço sem fundo.

Mais tarde compreendi que ela se referia ao trabalho, ao fato de que a limpeza de um quarto de hotel é infinita; mas então pensei que era uma apreciação pessoal e me entristeceu que até uma adolescente se sentisse com o direito de emitir um juízo crítico acerca da minha situação.

— Preciso falar com você, é importante. — O Lobo rodeou a cama e, sem fazer caretas, pegou a camareira pelo braço. Esta estremeceu como se acabasse de receber a mordida de uma víbora.

— Mais tarde — falou, olhando para mim e não para ele, um sorriso crispado se insinuando em seus lábios, buscando minha aprovação, mas aprovação do quê?

— Agora, Clarita, temos de conversar agora.

— Isso, agora. — O Cordeiro se levantou do chão e observou com aprovação os dedos que agarravam os braços da camareira.

257

Pequeno sádico, pensei, não se atrevia a sacudi-la mas gostava de observar e jogar mais lenha na fogueira. Depois o olhar de Clarita voltou a atrair toda a minha atenção, um olhar que já havia despertado meu interesse no desafortunado incidente da mesa, mas naquela ocasião, talvez por confrontá-lo com outro olhar, o de Frau Else, o dela ficou em segundo plano, no limbo dos olhares, para ressurgir agora, denso e quieto como uma paisagem — mediterrânea? africana?

— Ei, Clarita, a ofendida parece você, que divertido.

— Você nos deve uma explicação, pelo menos.

— O Javi está um bagaço e você tão tranquila.

— Não querem mais saber de você.

— Nem um pouquinho.

Com um movimento brusco a camareira se livrou do Lobo, deixe eu trabalhar!, e arrumou os lençóis, enfiou-os debaixo do colchão, mudou a fronha do travesseiro, estendeu e alisou o leve cobertor creme; terminado tudo, em vez de ir embora, pois a atividade realizada havia deixado o Lobo e o Cordeiro sem argumentos nem vontade de prosseguir, cruzou os braços do outro lado do quarto, separada de nós pela cama imaculada, e perguntou o que mais tinha de ouvir. Por um instante pensei que se dirigia a mim. Sua atitude desafiadora, que contrastava extremamente com seu tamanho, parecia carregada de símbolos que só eu podia ler.

— Não tenho nada contra você. O Javi é um babaca. — O Lobo sentou num canto da cama e começou a enrolar um cigarro de haxixe enquanto uma dobra se estendia, nítida, única, até tocar a outra ponta do cobertor, o precipício.

— Um panaca de primeira — disse o Cordeiro.

Sorri e movi várias vezes a cabeça como dando a entender a Clarita que entendia a situação. Não quis dizer nada, mas no fundo me incomodava que, sem minha licença, tivessem a ousadia de fumar no meu quarto. O que Frau Else pensaria se aparecesse inesperadamente? Que opinião teriam de mim os hóspedes e empregados do hotel se aquilo chegasse aos seus ouvidos? Quem, em última instância, podia me garantir que Clarita não daria com a língua nos dentes?

— Quer? — O Lobo deu uns dois tapas no baseado e passou-o a mim. Para não ficar mal, por timidez, traguei profundamente uma só vez, dando graças por não encontrar a ponta molhada, e passei-o a Clarita. Inevitavelmente nossos dedos se roçaram, talvez mais tempo do que o conveniente, e tive a impressão de que seu rosto ficava vermelho. Com um gesto de resignação, na realidade uma maneira implícita de dar por encerrada a misteriosa questão que tinha com os espanhóis, a camareira sentou junto da mesa, de costas para a sacada, e deixou propositalmente que a fumaça do cigarro encobrisse o mapa. Que jogo mais complicado!, disse em voz alta, e acrescentou, num sussurro, só para cabeças!

O Lobo e o Cordeiro se entreolharam, não posso afirmar se consternados ou indecisos, depois buscaram minha aprovação, eles também, mas eu só conseguia olhar para Clarita e, mais que para Clarita, para a fumaça, para a imensa nuvem de fumaça que pairava sobre a Europa, azul e hialina, renovada pelos lábios escuros da moça, que expelia com minúcia de construtora os finos e compridos tubos de fumaça que depois se achatavam, rente à França, à Alemanha, aos vastos espaços do Leste.

— Pô, Clarita, passe logo — queixou-se o Cordeiro.

Como se a tirássemos de um sonho bonito e heroico, a camareira olhou para nós sem se levantar e estendeu o braço com o baseado na ponta dos dedos; tinha os braços magros sarapintados de pequenos círculos mais claros que o resto da pele. Sugeri que talvez se sentisse mal, que não estivesse acostumada a fumar, que melhor seria que cada um fosse cuidar da sua vida, incluindo aí o Lobo e o Cordeiro.

259

— Que nada, ela adora — disse o Lobo, passando-me o baseado que desta vez sim estava babado e que fumei com os lábios voltados para dentro.

— O que é que eu adoro?

— Jererê, sua sacana — cuspiu o Cordeiro.

— Não é verdade — disse Clarita, pondo-se de pé de um salto com um gesto mais teatral que espontâneo.

— Calma, Clarita, calma — disse o Lobo com uma voz subitamente melosa, aveludada, até mesmo afrescalhada, enquanto a segurava pelo ombro e com a mão livre lhe dava uns tapinhas nas costelas —, não vá desarrumar as fichas, o que pensaria nosso amigo alemão, que você é uma boboca, né?, e de boboca você não tem nada.

O Cordeiro piscou o olho para mim e sentou na cama, atrás da camareira, fazendo mímicas sexuais duplamente silenciosas, pois até seu riso de orelha a orelha estava dirigido não a mim ou às costas de Clarita mas para... uma espécie de reino do pétreo..., uma zona muda (com os olhos abertos em carne viva) que sub-repticiamente tinha se instalado na metade do meu quarto, digamos... a partir da cama até a parede condecorada com as fotocópias.

A mão do Lobo, que só então percebi estava com o punho fechado e que as pancadas *podiam* ter doído, se abriu e agarrou um peito da camareira. O corpo de Clarita materialmente pareceu se render, amolecido pela segurança com que o Lobo a explorava. Sem se levantar da cama, o tronco naturalmente rígido e movendo os braços como um boneco articulado, o Cordeiro se apoderou com as duas mãos das nádegas da moça e murmurou uma obscenidade. Disse puta, ou cadela, ou suja. Pensei que ia assistir a um estupro e me lembrei das palavras do sr. Pere no Costa Brava sobre as estatísticas de estupros no vilarejo. Tivessem ou não tais intenções, não tinham pressa: por um instante os três compuseram um quadro vivo em que a única coisa dissonante era a voz de Clarita, que de vez em quando dizia não, cada vez com distinta sonoridade, como se não soubesse ou procurasse o tom mais apropriado para se negar.

— Vamos deixá-la mais à vontade? — A pergunta era para mim.

— Opa, claro, assim ficará melhor — disse o Cordeiro.

Assenti com a cabeça mas nenhum dos três se moveu: o Lobo de pé segurando pela cintura uma Clarita que parecia ter lã em vez de músculos e ossos, e o Cordeiro na beira da cama acariciando as nádegas da moça com movimentos circulares e compassados como se misturasse peças de dominó. Tanta falta de dinamismo me levou a um ato irrefletido. Eu me perguntei se aquilo tudo não seria uma montagem, uma armadilha para me fazer cair no ridículo, uma brincadeira curiosa para ser desfrutada só por eles. Deduzi que se eu tivesse razão o corredor naquele momento não estaria vazio. Como era eu que estava mais perto da porta não me custava nada estender a mão, abri-la e sanar minhas dúvidas. Com um movimento desnecessariamente rápido, foi o que fiz. Não havia ninguém. Não obstante, mantive a porta aberta. Como se houvessem recebido um balde de água fria, o Lobo e o Cordeiro interromperam seus manuseios de um pulo; a camareira, pelo contrário, me brindou com um olhar de simpatia que eu soube apreciar e entender. Ordenei que fosse embora. Na hora e sem chiar! Obediente, Clarita se despediu dos espanhóis e se afastou pelo corredor com o passo cansado comum a todas as camareiras de hotéis; vista de costas parecia indefesa e pouco atraente. Provavelmente era.

Quando ficamos a sós, e com os espanhóis ainda não repostos da surpresa, perguntei num tom que não admitia réplica nem subterfúgios se Charly havia *violentado* alguém. Naquele instante tinha a certeza de que um deus inspirava minhas palavras. O

Lobo e o Cordeiro trocaram um olhar em que se misturavam em dose igual a incompreensão e o receio. Nem desconfiavam do que os esperava!

— Violentado uma moça? O coitado do Charly, que descanse em paz?

— O puto do Charly — assenti.

Acho que estava disposto a lhes arrancar a verdade, até mesmo na porrada. O único que podia ser um oponente digno de consideração era o Lobo; o Cordeiro media apenas um metro e sessenta e pertencia ao tipo magrela que fica fora de combate na primeira bofetada. Mesmo que eu não devesse me sentir muito confiante, também não existiam razões para proceder com maior cautela. Minha situação estratégica era ótima para uma briga: dominava a única saída, que eu podia bloquear quando achasse conveniente ou utilizá-la como via de escape se as coisas corressem mal. E contava com o fator surpresa. Com o terror das confissões imprevistas. Com a previsível pouca agilidade mental do Lobo e do Cordeiro. Bom, para ser sincero, nada disso tinha sido planejado; simplesmente aconteceu, como nos filmes de mistério em que se vê uma imagem uma porção de vezes, até que você se dá conta de que é a chave do crime.

— Cara, respeitemos os mortos, ainda mais se foram amigos — disse o Cordeiro.

— Merda — gritei.

Ambos estavam pálidos e compreendi que não iam brigar, que só queriam sair do quarto o quanto antes.

— Quem você acha que ele pode ter violentado?

— É o que quero saber. Hanna? — disse.

O Lobo olhou para mim como se olha para um louco ou uma criança:

— Hanna era mulher dele, como podia tê-la violentado?

— Violentou ou não violentou?

— Não, cara, claro que não, que ideias você tem — disse o Cordeiro.

— Charly não violentou ninguém — disse o Lobo. — Era um doce.

— Charly, um doce?

— Parece mentira que sendo amigo dele você não soubesse.

— Não era meu amigo.

O Lobo riu um riso profundo e breve, sem reparos, nascido dos ossos, e disse que já tinha se dado conta, que eu podia crer, que ele não era tão imbecil assim. Depois voltou a afirmar que Charly era uma boa pessoa, incapaz de forçar quem quer que fosse, e que se tentaram foder com alguém foi com ele, Charly, naquela noite que ele deixou Ingeborg e Hanna largadas na estrada. Ao voltar à cidade encheu a cara com uns estranhos; segundo o Lobo devia ser um grupo de estrangeiros, provavelmente alemães. Do bar foram todos, um número impreciso, só homens, para a praia. Charly se lembrava dos impropérios, nem todos dirigidos a ele, dos empurrões, quem sabe das brincadeiras pesadas e da tentativa de baixarem suas calças.

— Ele é que foi estuprado, então?

— Não. Ele afugentou o cara que lhe dava em cima com uma porrada e foi embora. Não eram muitos e Charly era forte. Mas estava bastante zangado e queria se vingar. Foi me buscar em casa. Quando voltamos à praia não havia ninguém.

Acreditei neles; silêncio no quarto, o ruído abafado do Passeio Marítimo, inclusive o sol que se escondia e o mar velado pelas cortinas da sacada, tudo estava a favor daquele par de miseráveis.

— Você acha que o que aconteceu com Charly foi suicídio, não é? Não foi, não, Charly nunca teria se suicidado. Foi um acidente.

Nós três abandonamos as posições defensivas e interrogativas e sem transição adotamos uma atitude triste (se bem que a palavra seja exagerada e imprecisa) que nos levou a sentar na cama ou no chão, os três sob o manto caloroso da solidariedade, como se de fato fôssemos amigos ou tivéssemos acabado de comer a camareira, pronunciando lentamente discursos breves que os outros apoiavam com monossílabos, e suportando a outra presença, latente, que nos dava as costas poderosas no outro extremo do quarto.

Por sorte o Cordeiro voltou a acender o cigarro de haxixe que fomos passando um ao outro até se acabar. Não tinha mais. A cinza esparramada no carpete, o Lobo se encarregou de espalhar com um sopro.

Saímos juntos para tomar umas cervejas no Rincón de los Andaluces.

O bar estava vazio e cantamos uma canção.

Uma hora depois eu não podia suportá-los mais e me despedi.

Meus generais favoritos

Não busco neles a perfeição. A perfeição, num tabuleiro, que mais significa senão a morte, o vazio? Nos nomes, nas carreiras fulgurantes, naquilo que a memória configurará, busco a imagem das suas mãos entre a névoa, brancas e seguras, busco seus olhos observando batalhas (embora as fotos que os mostram nessa disposição sejam contadas), imperfeitos e singulares, delicados, distantes, toscos, audaciosos, prudentes, em todos é dado encontrar coragem e amor. Em Manstein, em Guderian, em Rommel. Meus Generais Favoritos. E em Rundstedt, em Von Bock, em Von Leeb. Nem neles nem nos outros peço perfeição; fico com os rostos, abertos ou impenetráveis, com os comunicados, às vezes só com um nome e um ato minúsculo. Até esqueço se Fulano começou a guerra comandando uma divisão ou um corpo, se era mais eficaz à frente de carros de combate ou de infantaria, confundo os cenários e as operações. Nem por isso brilham menos. A totalidade os esfuma, conforme a perspectiva, mas sempre os contém. Nenhuma gesta, nenhuma fraqueza, nenhuma resistência breve ou prolongada se perde. Se o Queimado soubesse e apreciasse um pouco a literatura alemã deste século (e é provável que saiba e aprecie!), eu lhe diria que Manstein é comparável a Günther Grass e que Rommel é comparável a... Celan. Da mesma maneira, Paulus é comparável a Trakl e seu predecessor, Reichenau, a Heinrich Hann. Guderian é o par de Jünger, e Kluge, de Böll. Ele não entenderia. Pelo menos não entenderia ainda. Já para mim parece fácil encontrar para eles ocupações, motes, hobbies, tipos de casa, estações do ano etc. Ou passar horas comparando e fazendo estatísticas com suas respectivas folhas de serviços. Ordenando-os e tornando a ordená-los: por jogos, por condecorações, por vitórias, por derrotas, por anos de vida, por livros publicados. Não são nem parecem santos mas às vezes eu os vi no céu, como num filme, seus rostos superpostos nas nuvens, sorrindo para nós, olhando para o horizonte, ensaiando cumprimentos, alguns assentindo, como se sanassem dúvidas não formuladas. Compartilham nuvens e céus com os generais de Frederico o Grande, como se ambos os tempos e todos os jogos se fundissem num só jorro de vapor. (Às vezes imagino que Conrad está doente, internado num hospital, sem visitas, embora eu talvez esteja de pé junto da porta, e em sua agonia descobre, refletidos na parede, os mapas e as fichas em que não voltará a tocar! O tempo de Frederico e de todos os generais escapados das leis do outro mundo! O vazio que o punho do meu pobre Conrad golpeia!) Figuras simpáticas, apesar de tudo. Como Model o Titã, Schörner o Ogro, Rendulio o Bastardo, Arnim o Obediente, Witzleben o Esquilo, Blaskowitz o Reto, Knobelsdorff o Curinga, Balck o Punho, Manteuffel o Intrépido, Student o Canino, Hausser o Negro, Dietrich o Autodidata, Heinrici o Rochedo, Busch o Nervoso, Hoth o Magro, Kleist o Astrônomo, Paulus o Triste, Breith o Silencioso, Viettinghoff o Obstinado, Bayerlein o Estudioso, Hoeppner o Cego, Salmuth o Acadêmico, Geyr o Inconstante, List o Luminoso, Reinhardt o Mudo, Meindl o Javali, Dietl o Patinador, Whöler o Teimoso, Chevallerie o Distraído, Bittrich o Pesadelo, Falkenhorst o Saltador, Wenck o Carpinteiro, Nehring o Entusiasta, Weichs o Astuto, Eberbach o Depressivo, Dollman o Cardíaco, Halder o Mordomo, Sodenstern o Veloz, Kesselring o Montanha, Küchler o Introvertido, Hube o Inesgotável, Zangen o Obscuro, Weiss o Transparente, Friessner o Coxo, Stumme o Pé-Frio, Mackensen o Invisível, Lindemann o Engenheiro, Westphal o Calígrafo, Marcks o Ressentido, Stulpnagel o Elegante, Von Thoma o Linguarudo... Encaixados no céu... Na mesma nuvem que Ferdinand, Brunswick, Schwerin, Lehwaldt, Ziethen, Dohna, Kleist, Wedell, generais de Federico... Na mesma nuvem que o exército de Blücher vencedor em Waterloo: Bulow, Ziethen, Pirch, Thielman, Hiller, Losthin, Schwerin, Schulenberg, Watzdorf, Jagow, Tippelskirchen etc. Figuras emblemáticas capazes de entrar à força em todos os sonhos aos gritos de Eureca! Eureca! Acorde!, para que você abra os olhos, se pôde ouvir sua chamada sem temor, e encontre no pé da cama as Situações Favoritas que foram e as Situações Favoritas que poderiam ter sido. Entre as primeiras eu ressaltaria a cavalgada de Rommel com a Sétima Blindada em 1940, Student caindo sobre Creta, o avanço de Kleist com o Primeiro Exército Blindado de Manteuffel nas Ardenas, a campanha do Décimo Primeiro Exército de Manstein na Crimeia, o canhão Dora em si mesmo, a Bandeira no Elbrus por si mesma, a resistência de Hube na Rússia e na Sicília, o Décimo Exército de Reichenau quebrando o pescoço dos poloneses. Entre as Situações Favoritas que não foram, tenho especial predileção pela tomada de Moscou pelas tropas de Kluge, pela conquista de Stalingrado pelas tropas de Reichenau e não de Paulus, pelo desembarque do Nono e do Décimo Sexto Exércitos na Grã-Bretanha com lançamento de paraquedistas e tudo, pela consecução da linha Astrakhan—Arkhangelsk, pelo êxito em Kursk e Mortain, pela retirada em ordem até o outro lado do Sena, pela reconquista de Budapeste, pela reconquista de Antuérpia, pela resistência indefinida em Kurland e em Konigsberg, pela firmeza na linha do Oder, pelo Reduto Alpino, pela morte da czarina e a mudança de alianças... Besteiras, tolices, fastos inúteis, como diz Conrad, para não ver o último adeus dos generais: satisfeitos na vitória, bons perdedores na derrota. Inclusive na derrota absoluta. Piscam o olho, ensaiam saudações militares, contemplam o horizonte ou meneiam a cabeça assentindo. O que eles têm a ver com este hotel caindo aos pedaços? Nada, mas ajudam; confortam. Prolongam o adeus até a eternidade e fazem com que eu me lembre de velhas partidas, tardes, noites, das quais só resta não o triunfo nem o fracasso, mas um movimento, um logro, um embate, e as palmadas dos amigos nas costas.

Outono de 1942. Inverno de 1942

— Pensei que você já tinha ido — disse o Queimado.

— Aonde?

— Para sua cidade, para a Alemanha.

— Por que haveria de ir embora, Queimado? Você acha que eu tenho medo?

O Queimado disse não não não não, bem devagar, quase sem mexer os lábios, evitando que meu olhar encontrasse o dele; só olha com firmeza para o tabuleiro, o resto mal atrai por uns segundos sua atenção. Nervoso, movimenta-se de uma parede a outra, como um prisioneiro, mas elude a zona da sacada como se pretendesse não ser visto da rua; veste uma camiseta de manga curta e no braço, sobre as queimaduras, pode-se ver uma lâmina de musgo verde, bem tênue, provavelmente os restos de um creme. Hoje, no entanto, não fez sol, e que eu me lembre nem nos dias mais tórridos eu o vi passando creme. Devo deduzir que se trata de uma floração da sua pele? O que tomo por musgo será pele nova, recomposta? Será essa a maneira que seu organismo tem de mudar o couro morto? Seja o que for, dá nojo. Por seus gestos dir-se-ia que alguma coisa o preocupa, se bem que com esse tipo de gente nunca sabemos a que nos ater. Por ora, sua sorte com os dados é esmagadora. Tudo dá certo, até os ataques mais desvantajosos. Se seus movimentos obedecem a uma estratégia global ou são produto do acaso, do ir atacando aqui e ali, ignoro, mas é inegável que a sorte de principiante o acompanha. Na Rússia, depois de sucessivos ataques e contra-ataques, devo retroceder até a linha Leningrado—Kalinin—Tula—Stalingrado—Elista, ao mesmo tempo que uma nova ameaça vermelha paira no extremo sul, no Cáucaso, de dupla direção: na de Maikop, quase sem defesas, e na de Elista. Na Inglaterra consigo conservar pelo menos um hexágono, Portsmouth, depois de uma ofensiva em massa das unidades anglo-americanas, que apesar de tudo não alcançam seu propósito de me expulsar da ilha. Mantendo Portsmouth, continua de pé a ameaça a Londres. No Marrocos, o Queimado desembarca dois corpos de infantaria americanos, única jogada simplória para a qual não vejo outro objetivo além de perturbar e subtrair forças alemãs de outras frentes. O grosso do meu exército está na Rússia e por ora não creio que possa tirar de lá nem mesmo uma ficha de reservas.

— Se você achava que eu não estava mais aqui, por que veio?

— Porque temos um compromisso.

— Temos um compromisso, você e eu, Queimado?

— Sim. Jogamos todas as noites, é esse o compromisso; eu venho mesmo que você não esteja, até terminar o jogo.

— Um dia não deixam você entrar ou te expulsam a pontapés.

— Pode ser.

— Também um dia vou resolver ir embora e como nem sempre é fácil te ver talvez não possa me despedir de você. Posso deixar um bilhete nos pedalinhos, claro, se ainda estiverem na praia. Mas um dia vou embora de repente e tudo terá terminado antes de 1945.

O Queimado sorri ferozmente (e em sua ferocidade é possível adivinhar as marcas de uma geometria precisa e insana) com a certeza de que seus pedalinhos permanecerão na praia mesmo que todos os pedalinhos da cidade se retirem para seus redutos de inverno; a fortaleza continuará na praia, ele continuará esperando por mim ou pela sombra mesmo que não haja turistas ou que cheguem as chuvas. Sua obstinação é uma espécie de prisão.

— A verdade é que não há nada, Queimado. Você entende compromisso por obrigação?

— Não, para mim é um pacto.

— Pois não temos nenhuma espécie de pacto, só estamos jogando um jogo, nada mais.

O Queimado sorri, diz que sim, que entende, que nada mais, e no fragor do combate, enquanto os dados o favorecem, tira do bolso das calças, dobradas em quatro, novas fotocópias que me oferece. Alguns parágrafos estão sublinhados e no papel se apreciam manchas de gordura e cerveja de uma provável releitura na mesa de um bar. Como na primeira entrega, uma voz interior dita minhas reações; assim, em vez de recriminar o presente por trás do qual pode muito bem se esconder um insulto ou uma provocação, mas também pode ser a inocente mecânica com que o Queimado se agrega às minhas cismas, política e não história militar!, prego-as tranquilamente junto das primeiras fotocópias, de tal maneira que no final da operação a parede da cabeceira ostenta um ar totalmente distinto do costumeiro. Por um instante tenho a impressão de estar no quarto de outro: de um correspondente estrangeiro num país quente e violento? Também: o quarto parece menor. De onde são as fotocópias? De *dois* livros, um de Fulano e outro de Beltrano. Não os conheço. Que tipo de lições estratégicas se pode tirar deles? O Queimado desvia o olhar, depois sorri abertamente e diz que não é oportuno revelar seus planos; sua intenção é me fazer rir; por cortesia, é o que faço.

No dia seguinte, o Queimado volta com mais força, se isso for possível. Ataca no Leste e eu tenho de retroceder outra vez, acumula efetivos na Grã-Bretanha e começa a se movimentar, apesar de muito lentamente por ora, a partir do Marrocos e do Egito. A mancha no braço desapareceu. Só resta a queimadura, pura e simples. Suas idas e vindas pelo quarto são seguras, graciosas até, e já não transparentam o nervosismo do dia anterior. Isto sim: fala pouco. Seu tema preferido é o jogo, o mundo dos jogos, os clubes, revistas, campeonatos, partidas por correspondência, congressos etc., e todos os meus intentos no sentido de levar a conversa para outros terrenos, como por exemplo quem lhe deu as fotocópias do regulamento do Terceiro Reich, são inúteis. Diante do que não quer ouvir adota uma atitude de pedra ou de boi. Simplesmente não se dá por achado. É provável que minha tática nesse aspecto peque por delicadeza. Sou cauteloso e no fundo procuro não ferir seus sentimentos. O Queimado talvez seja meu inimigo, mas é um bom inimigo e não há muito o que escolher. O que aconteceria se eu lhe falasse com clareza, se lhe dissesse o que o Lobo e o Cordeiro me contaram e lhe pedisse uma explicação? Provavelmente, no fim das contas, eu teria de optar entre a sua palavra e a dos espanhóis. Prefiro não fazer isso. De modo que falamos dos jogos e dos jogadores, um tema sem fim que parece interessar ao Queimado. Creio que se o levasse comigo para Stuttgart, não, para Paris!, ele se transformaria na estrela das partidas; a sensação de ridículo, estúpida, eu sei, mas real, que às vezes tomou conta de mim ao chegar a um clube e ver de longe pessoas mais velhas se esfalfando na solução de problemas militares que para o resto da gente são águas passadas, se esfumaria com a sua simples presença. Seu rosto chamuscado confere soberania ao ato de jogar. Quando lhe pergunto se gostaria de ir comigo a Paris, seus olhos se acendem e só depois meneia a cabeça negando. Conhece Paris, Queimado? Não, nunca estive lá. Gostaria de ir? Ele gostaria mas não pode. Gostaria de jogar com outros, muitas partidas, "uma atrás da outra", mas não pode. Só tem a mim como parceiro, e se conforma. Bem, não é pouco, sou o campeão. Isso o conforta. Mas gostaria, de todas as formas, de jogar com outros, embora não pense em comprar o jogo (pelo menos não diz nada a esse respeito) e inclusive, num momento do seu discurso, tenho a impressão de que estamos falando de coisas diferentes. Eu me documento, falou. Com algum esforço compreendo que se refere às fotocópias. Não posso evitar o riso.

— Continua visitando a biblioteca, Queimado?

— Sim.

— E só retira livros de guerra?

— Agora sim, antes não.

— Antes de quê?

— De começar a jogar com você.

— E que tipo de livros retirava antes, Queimado?

— Poemas.

— Livros de poesia? Que beleza. E que tipo de livros eram?

O Queimado olha para mim como se estivesse na frente de um bestalhão:

— Vallejo, Neruda, Lorca... Conhece?

— Não. E decorava os versos?

— Tenho péssima memória.

— Mas se lembra de alguma coisa? Pode recitar alguma coisa para eu ter uma ideia?

— Não, só me lembro de sensações.

— Que tipo de sensações? Diga uma.

— O desespero...

— Só? Só isso?

— O desespero, a altura, o mar, coisas não fechadas, abertas de par em par, como se o peito explodisse.

— Sim, entendo. E desde quando você abandonou os poemas, Queimado? Desde que começamos o Terceiro Reich? Se descubro que é isso, não jogo mais. Também gosto muito de poesia.

— De que poetas você gosta?

— Gosto de Goethe, Queimado.

E assim até a hora de ir embora.

17 de setembro

Saí do hotel às cinco da tarde, depois de falar ao telefone com Conrad, de sonhar com o Queimado e de fazer amor com Clarita. Minha cabeça zumbia, o que atribuí à falta de alimentos, por isso dirigi meus passos à parte velha do vilarejo disposto a comer num restaurante em que eu tinha botado o olho. Lamentavelmente estava fechado e de repente me vi andando por ruelas que nunca havia pisado, num bairro de ruas estreitas mas limpas, de costas para a zona comercial e para o porto de pesca, cada vez mais absorto em meus pensamentos, entregue ao simples gozo do entorno, já sem fome e com ânimo de prolongar o passeio até o anoitecer. Estava nessa perspectiva quando ouvi alguém me chamar por meu nome. Senhor Berger. Ao me virar vi que se tratava de um rapaz cujo rosto, embora vagamente familiar, não reconheci. Seu cumprimento foi efusivo. Pensei que podia se tratar de algum dos amigos que meu irmão e eu fizemos no povoado dez anos atrás. Tal possibilidade me faz de antemão feliz. Um raio de sol bate bem na sua cara e o rapaz não para de pestanejar. As palavras saem aos borbotões da sua boca e dificilmente com-

preendo uma quarta parte do que ele diz. Suas duas mãos estendidas me agarram pelos cotovelos como para garantir que não
escapulirei. A situação tinha todo jeito de se prolongar indefini-
damente. Por fim, exasperado, confesso que não consigo me lembrar dele. Sou o da Cruz Vermelha, o que o ajudou com o papelório do seu amigo. Nós nos conhecemos naquelas tristes
circunstâncias! Com um gesto decidido tira do bolso uma espécie de crachá amarrotado que o identifica como membro da
Cruz Vermelha do Mar. Tudo resolvido, ambos suspiramos e
rimos. Ato contínuo sou convidado a tomar uma cerveja que não
hesitei em aceitar. Com não pouca surpresa me dei conta de que
não iríamos a um bar mas à casa do socorrista, a poucos passos
dali, na mesma rua, num terceiro andar escuro e poeirento.

Meu quarto no Del Mar era mais amplo que aquela casa em
seu conjunto, mas a boa vontade do meu anfitrião supria as carên-
cias materiais. Seu nome era Alfons e, segundo disse, estudava
numa escola noturna: o trampolim para se instalar depois em
Barcelona. Sua meta: ser desenhista ou pintor, missão impossível
por onde quer que se encarasse, a julgar por sua roupa, pelos cartazes que vedavam até o último pedaço de parede, pelo amon-
toado de móveis, tudo de um mau gosto abominável. Dito isso, o
caráter do socorrista tinha algo de singular. Não havíamos tro-
cado mais de duas palavras, eu sentado numa velha poltrona
coberta com uma manta de motivos índios e ele numa cadeira
provavelmente de sua invenção, quando perguntou de supetão se
eu "também" era artista. Respondi vagamente que escrevia artigos. Onde? Em Stuttgart, em Colônia, às vezes em Milão, Nova
York... Já sabia, disse o socorrista. De que forma podia saber? Pela
cara. Leio as caras como se fossem livros. Algo em seu tom de voz
ou talvez nas palavras que empregou fez com que eu me pusesse
em guarda. Tentei mudar de assunto, mas ele só queria falar de
arte e deixei-o fazer.

Alfons era um chato, mas acabei descobrindo que não se estava mal ali, bebendo em silêncio e protegido do que acontecia no vilarejo, isto é, do que se tramava nas mentes do Queimado, do Lobo, do Cordeiro, do marido de Frau Else, pela aura de irmandade que o socorrista implicitamente havia estendido em torno de nós dois. Sob nossa pele éramos colegas e como diz o poeta: tínhamos nos reconhecido no escuro — neste caso, ele tinha me reconhecido com seu especial dom — e tínhamos nos abraçado.

Acalentado por suas histórias de tagarela empedernido nas quais eu não prestava a menor atenção, lembrei-me dos fatos relevantes daquele dia. Em primeiro lugar, por ordem cronológica, a conversa telefônica com Conrad, breve, pois era ele quem chamava, e que basicamente versou sobre as medidas disciplinares que pensavam em tomar no meu emprego se eu não aparecesse nas próximas quarenta e oito horas. Em segundo lugar, Clarita, que depois de arrumar o quarto concordou sem muita frescura em fazer amor comigo, tão pequena que se eu tivesse podido, numa espécie de projeção astral, ver a cama do teto certamente teria visto só minhas costas e talvez a ponta dos seus pés. E finalmente o pesadelo, do qual a camareira em parte era culpada, pois terminada nossa sessão, antes mesmo que ela se vestisse e voltasse aos seus afazeres, caí numa sonolência estranha, como se estivesse narcotizado, e tive o seguinte sonho. Caminhava pelo Passeio Marítimo à meia-noite sabendo que no meu quarto Ingeborg me esperava. A rua, os edifícios, a praia, o próprio mar, se isso fosse possível, eram muito maiores do que na realidade, como se o vilarejo tivesse sido transformado para receber gigantes. Já as estrelas, embora numerosas como é costumeiro nas noites de verão, eram sensivelmente menores, pontas de alfinetes que só davam um ar de doença à abóbada noturna. Meu passo era rápido, mas nem por isso o Del Mar aparecia no horizonte. Então, quando eu já desesperava, da praia surgia com passo cansado o Queimado, levando uma caixa de papelão debaixo do braço. Sem me cumprimentar sentava no parapeito e apontava para o mar, para a escuridão. Apesar de eu manter uma distância cautelosa de uns dez metros, as letras e as cores alaranjadas da caixa eram perfeitamente visíveis e familiares: era o Terceiro Reich, meu Terceiro Reich. O que fazia o Queimado, àquelas horas, com meu jogo? Teria ido ao hotel e Ingeborg, por despeito, tinha lhe dado o jogo de presente? Tinha roubado? Preferi esperar sem fazer nenhum tipo de perguntas, pois intuía que no escuro, entre o mar e o Passeio, havia outra pessoa e pensei que logo teríamos tempo, o Queimado e eu, para resolver nossos assuntos em particular. Assim, fiquei em silêncio e aguardei. O Queimado abriu a caixa e começou a montar o jogo no parapeito. Vai estropiar as fichas, pensei, mas continuei sem dizer nada. A brisa noturna moveu umas vezes o tabuleiro. Não me lembro em que momento o Queimado dispôs as unidades numas posições que eu nunca tinha visto antes. Desfavorável para a Alemanha. Você conduz a Alemanha, disse o Queimado. Sentei-me no parapeito, diante dele, e estudei a situação. Sim, desfavorável, todas as frentes a ponto de se romperem e a economia quebrada, sem Força Aérea, sem Marinha de Guerra e com um exército de terra insuficiente para tão grandes inimigos. Uma luzinha vermelha se acendeu dentro da minha cabeça. O que jogamos?, perguntei. Jogamos o campeonato da Alemanha ou o campeonato da Espanha? O Queimado moveu a cabeça negativamente e tornou a apontar para o lugar em que as ondas quebravam, para onde se levantava, enorme e lúgubre, a fortaleza dos pedalinhos. O que jogamos?, insisti com os olhos empanados de lágrimas. Tinha a impressão, horrível, de que o mar se aproximava do Passeio, sem pressa e sem pausa, indefectivelmente. A única coisa que importa, respondeu o Queimado, evitando olhar para mim. A situação do meu exército não dava lugar a demasiadas esperanças, mas fiz um esforço para jogar com o máximo de precisão possível e reorganizei as frentes. Não pensava em me entregar sem lutar.

— O que é a única coisa que importa? — perguntei, vigiando o movimento do mar.

— A vida. — Os exércitos do Queimado começaram a triturar metodicamente minhas linhas.

Quem perder, perde a vida? Ele devia estar louco, pensei, enquanto a maré continuava subindo, desmedida, como nunca antes eu tinha visto na Espanha ou em algum outro lugar.

— O vencedor dispõe da vida do perdedor. — O Queimado rompeu minha frente em quatro lugares distintos e penetrou na Alemanha por Budapeste.

— Eu não quero sua vida, Queimado, não exageremos — falei, transferindo para a região de Viena minha única reserva.

O mar já lambia a beira do parapeito. Comecei a sentir tremores por todo o corpo. As sombras dos edifícios estavam engolindo a escassa luz que ainda iluminava o Passeio.

— Além do mais esse cenário é feito expressamente para que a Alemanha perca!

O nível da água trepou pelas escadas da praia e se esparramou pela calçada; pense muito bem na sua próxima jogada, avisou o Queimado, e começou a se afastar, chapinhando na água, rumo ao Del Mar; aquele era o único som que se ouvia. Como um vendaval passaram pela minha cabeça as imagens de Ingeborg sozinha no quarto, de Frau Else sozinha num corredor entre a lavanderia e a cozinha, da coitada da Clarita saindo do trabalho pela porta de serviço, cansada e magra como um cabo de vassoura. A água era negra e agora chegava aos meus tornozelos. Uma espécie de paralisia impedia que eu movesse os braços e as pernas de tal modo que não podia reorganizar minhas fichas no mapa nem sair correndo atrás do Queimado. O dado, branco como a lua, estava com o 1 virado para cima. Eu podia mexer o pescoço e podia falar (pelo menos murmurar), pouco mais que isso porém. Logo a água arrastou o tabuleiro do parapeito e este, junto com os *force pool* e as fichas, começou a boiar e se afastar de mim. Para onde iriam? Para o hotel ou para a parte velha do vilarejo? Alguém os encontraria um dia? E se encontrassem seriam capazes de reconhecer naquele mapa o mapa das batalhas do Terceiro Reich e naquelas fichas os corpos blindados e de infantaria, a aviação, a marinha do Terceiro Reich? Claro que não. As fichas, mais de quinhentas, boiariam juntas nos primeiros minutos, depois inevitavelmente se separariam, até se perderem no fundo do mar; o mapa e os *force pool*, maiores, ofereceriam mais resistência e era possível até que as ondas os fizessem encalhar numas pedras onde apodreceriam sossegados. Com a água no pescoço, pensei que afinal de contas só se tratava de pedaços de papelão. Não posso dizer que estivesse angustiado. Tranquilo e sem esperanças de me salvar, aguardava o instante em que a água me cobriria. Então surgiram na área iluminada pelos postes de luz os pedalinhos do Queimado. Assumindo uma das múltiplas formações em cunha (um pedalinho na cabeça, seis dois a dois e três fechando a marcha), deslizavam sem ruídos, sincronizados e galhardos a seu modo, como se o dilúvio fosse o momento mais apropriado para um desfile militar. Giraram algumas vezes pelo que antes havia sido a praia sem que meu olhar estupefato pudesse se desgrudar deles um segundo que fosse; se alguém pedalava e os dirigia sem dúvida seriam espíritos, pois não vi ninguém. Finalmente se afastaram, não muito, mar adentro, e variaram a formação. Agora estavam ordenados em fila indiana e de alguma maneira misteriosa não avançavam, não retrocediam nem se moviam naquele mar de loucos iluminado por uma tormenta de relâmpagos lá longe. Da minha posição só podia enxergar o focinho do primeiro, tão perfeita era a nova formação adotada. Sem nada pressentir, observei como as pás fendiam a água e se iniciava outra vez o movimento. Vinham diretos em minha direção! Não muito rápidos, mas contundentes e pesados como os velhos Dreadnought da Jutlândia. Justo antes de que o flutuador do primeiro, ao qual se seguiriam os nove restantes, esmagasse minha cabeça, acordei.

Conrad tinha razão, não ao insistir em que eu voltasse mas ao pintar minha situação como produto de um desarranjo nervoso. Mas não exageremos, os pesadelos nunca me foram estranhos; o único culpado era eu e quem sabe o imbecil do Charly por morrer afogado. Mas Conrad via o desarranjo no fato de que pela primeira vez eu estivesse perdendo um Terceiro Reich. Estou perdendo, é verdade, mas sem abandonar meu jogo limpo. A modo de exemplo soltei várias gargalhadas. (A Alemanha, segundo Conrad, perdeu com fair play; a prova é que não usou gases tóxicos nem mesmo contra os russos, hahaha.)

Antes de eu ir embora o socorrista perguntou onde Charly estava enterrado. Eu disse que não tinha a menor ideia. Poderíamos visitar seu túmulo uma tarde destas, sugeriu. Posso averiguar na Capitania dos Portos. A suspeita de que Charly pudesse estar enterrado no vilarejo se instalou na minha cabeça como uma bomba-relógio. Não faça isso, falei. O socorrista, percebi então, estava bêbado e excitado. Temos, ressaltou essa palavra, de prestar uma última homenagem ao nosso amigo. Ele não era seu amigo, resmunguei. É a mesma coisa, é como se fosse, nós artistas somos irmãos onde quer que nos encontremos, vivos ou mortos, sem limite de idade nem de tempo. O mais provável é que o tenham enviado para a Alemanha, falei. O rosto do socorrista se congestionou e depois ele soltou uma gargalhada profunda que quase o jogou de costas no chão. Pura mentira! Mandam batatas, mas não os mortos, muito menos no *verão*. Nosso amigo está aqui, o indicador apontou para o chão num gesto que não admitia réplica. Tive de ampará-lo pelos ombros e mandar que fosse se deitar. Insistia em me acompanhar até a rua a pretexto de que eu podia encontrar a porta principal fechada. E amanhã investigarei onde sepultaram nosso irmão. Não era nosso irmão, repeti cansado, embora compreendendo que naquele preciso instante, devido a sabe-se lá que monstruosa deformação, seu mundo estava composto exclusivamente por nós três, únicos sujeitos num oceano imenso e desconhecido. Sob essa nova luz o socorrista adquiria as características de um herói e de um louco. Os dois de pé no meio do patamar da escada, olhei para sua cara e seu olhar vidrado agradeceu meu olhar sem entendê-lo. Parecíamos duas árvores, mas o socorrista começou a agitar as mãos em minha direção. Como Charly. Decidi então empurrá-lo, para ver o que acontecia, e aconteceu o mais congruente: o socorrista caiu no chão e não se levantou mais, as pernas encolhidas e a cara meio coberta por um braço, um braço branco, ileso ao sol, como o meu. Depois desci tranquilamente a escada e voltei ao hotel com tempo para tomar banho e jantar.

Primavera de 1943. O Queimado aparece um pouco mais tarde que de costume. Na verdade dia após dia seu horário de chegada se atrasa um pouco mais. Se continuar assim começaremos a jogar o turno final às seis da manhã. Terá isso algum significado? No Oeste perco meu último hexágono na Inglaterra. Os dados continuam sendo favoráveis a ele. No Leste, a linha de frente corre ao longo de Tallin—Vitebsk—Smolensk—Bryansk—Kharkov—Rostov e Maikop. No Mediterrâneo, conjuro um ataque americano sobre Oran mas não posso passar à ofensiva; no Egito tudo continua igual, a frente se mantém nos hexágonos LL26 e MM26, junto à depressão de Quattara.

18 de setembro

Como um raio de luz Frau Else aparece no final do corredor. Acabo de me levantar e estou indo tomar café, mas a surpresa me petrifica.

— Estive te procurando — diz ela, vindo ao meu encontro.

— Onde diabos você se meteu?

— Em Barcelona, com a família, meu marido não está bem, você já sabia, mas você também não está bem e vai me ouvir.

Faço-a entrar no meu quarto. Cheira mal, a fumo e a clausura. Quando abro as cortinas, o sol me faz pestanejar dolorosamente. Frau Else observa as fotocópias do Queimado pregadas na parede; suponho que brigará comigo porque aquilo vai contra as regras do hotel.

— Isto é obsceno — diz, e não sei se se refere ao conteúdo das páginas ou à minha vontade de exibi-las.

— São os dazibaos do Queimado.

Frau Else se vira. Voltou, se isso é possível, mais bonita do que há uma semana.

— Foi ele que pôs isso aqui?

— Não, fui eu. O Queimado me deu e... decidi que era melhor não esconder. Para ele as fotocópias são como o cenário do nosso jogo.

— Que tipo de jogo monstruoso é esse? O jogo da expiação? Que falta de tato.

Os pômulos de Frau Else talvez houvessem se afinado levemente durante sua ausência.

— Tem razão, é uma falta de tato, mas na realidade a culpa é minha, fui o primeiro a esgrimir fotocópias; claro que as minhas eram artigos sobre o jogo; enfim, vindo do Queimado é previsível, cada um se orienta como pode.

— Nota da reunião do Conselho de Ministros de 12 de novembro de 1938 — leu com sua voz doce e bem timbrada. — Isso não embrulha seu estômago, Udo?

— Às vezes — respondi, sem querer me comprometer. Frau Else pareceu cada vez mais agitada. — A História, geralmente, é uma coisa sangrenta, você tem de admitir.

— Eu não estava falando da História, mas das suas idas e vindas. A mim a História não interessa. O que me interessa, isso sim, é este hotel e você, aqui você é um elemento perturbador. — Começou a despregar com muito cuidado as fotocópias.

Supus que não foi só o vigia a fofocar com ela. Clarita também?

— Vou levá-las — disse de costas, pegando as fotocópias. — Não quero que você sofra.

Perguntei se aquilo era tudo o que ela tinha a me dizer. Frau Else demora a responder, meneia a cabeça, se aproxima e me planta um beijo na testa.

— Parece minha mãe — falei.

Com os olhos abertos, Frau Else estampou um forte beijo na minha boca. E agora? Sem saber muito bem o que fazia, levantei-a nos braços e depositei-a na cama. Frau Else caiu na risada. Você teve pesadelos, disse, sem dúvida inspirada pela completa desordem que reinava no quarto. Seu riso, apesar de talvez beirar a histeria, era igual ao de uma menina. Com a mão acariciava meus cabelos murmurando palavras ininteligíveis, e ao me deixar cair junto dela senti na face o contraste entre o frio linho da blusa e sua pele quente, suave ao tato. Por um instante acreditei que ela por fim ia se entregar, mas quando enfiei a mão por baixo da sua saia tentando puxar a calcinha, tudo terminou.

— É cedo — falou, sentando na cama como que impulsionada por uma mola de uma força imprevisível.

— Sim — admiti —, acabo de acordar, mas e daí?

Frau Else se levanta de todo e muda de assunto enquanto suas mãos perfeitas, e velozes!, arrumam a roupa como entes totalmente separados do resto do corpo. Astutamente consegue que minhas palavras se voltem contra mim. Acabo de acordar? Tinha ideia de que horas eram? Achava certo levantar tão tarde? Será que eu não me dava conta da confusão que isso criava no serviço de quarto? Acompanha seu discurso chutando intermitentemente a roupa jogada no chão e guardando no bolso as fotocópias.

Enfim, ficou claro que não íamos fazer amor e meu único consolo foi comprovar que ela ainda não estava a par do caso com Clarita.

Ao nos despedirmos, no elevador, marcamos encontro para aquela tarde na praça da igreja.

Com Frau Else no restaurante Playamar, numa estrada do interior distante do mar uns cinco quilômetros, nove da noite.

— Meu marido tem câncer.

— É grave? — falei com a total certeza de estar fazendo uma pergunta ridícula.

285

— Mortal. — Frau Else olha para mim como se estivésse-mos separados por um vidro à prova de balas.

— Quanto tempo lhe resta?

— Pouco. Talvez não passe do verão.

— Não falta muito para o verão terminar... Mas parece que o bom tempo se manterá até outubro — balbucio.

A mão de Frau Else debaixo da mesa aperta minha mão. Seu olhar, pelo contrário, se perde na distância. Só agora a notícia começa a tomar forma na minha cabeça; o marido agoniza; ali está a explicação, ou o deflagrador, de muitas coisas que acontecem no hotel e fora dele. A estranha atitude de atração e repulsão de Frau Else. O misterioso conselheiro do Queimado. As intrusões no meu quarto e a presença vigilante que intuo dentro do hotel. Sob esse prisma, era o sonho com Florian Linden uma advertência do meu subconsciente para que tivesse cuidado com o marido de Frau Else? A verdade é que seria decepcionante se tudo se reduzisse a uma simples questão de ciúmes.

— O que seu marido e o Queimado têm em comum? — pergunto depois de um lapso ocupado unicamente por nossos dedos que se trançam sub-repticiamente: o restaurante Playamar é um lugar concorrido e em pouco tempo Frau Else cumprimentou várias pessoas.

— Nada.

Então tento lhe dizer que se engana, que os dois planejam me arrasar, que seu marido roubou as regras do meu quarto para que o Queimado aprenda a jogar bem, que a estratégia que os aliados empregam não pode ser fruto de uma só mente, que seu marido passou horas no meu quarto estudando o jogo. Não consigo. Em vez disso, prometo que não irei embora enquanto sua situação (isto é, o passamento do seu marido) não se esclarecer, que ficarei a seu lado, que conte comigo para o que quiser, que compreendo que não deseje fazer amor, que a ajudarei a ser forte.

A maneira de Frau Else agradecer minhas palavras é apertando minha mão até triturá-la.

— O que foi? — digo, soltando-me o mais dissimuladamente possível.

— Você deve voltar para a Alemanha. Deve cuidar de você, não de mim.

Ao declarar isso, seus olhos se encheram de lágrimas.

— Você é a Alemanha — digo.

Frau Else solta uma gargalhada irresistível, sonora, potente, que atrai para nossa mesa os olhares de todo o restaurante. Eu também opto por rir com vontade: sou um romântico incurável. Um cafona incurável, corrige ela. Concordo.

Ao voltar, paro o carro numa espécie de pousada. Por um caminho de cascalho chega-se a um pinheiral onde, distribuídos de forma anárquica, há bancos, mesas de pedra e caixas para o lixo. Ao abrir a janela do carro, ouvimos uma música distante que Frau Else identifica como proveniente de uma discoteca do vilarejo. Como é possível, estando o vilarejo tão distante? Descemos do carro e Frau Else, dando-me a mão, me guia até uma balaustrada de cimento. A pousada fica no alto de uma colina e de lá se veem as luzes dos hotéis e os anúncios fluorescentes das ruas comerciais. Tento beijá-la, mas Frau Else me nega seus lábios. Paradoxalmente, já no carro, é ela que toma a iniciativa. Durante uma hora ficamos nos beijando e ouvindo música no rádio. A brisa fresca que entrava pelas janelas entreabertas recendia a flores e a ervas aromáticas e o lugar era ideal para fazer amor, mas preferi não avançar nesse sentido.

Quando me dou conta é mais de meia-noite mas Frau Else, as faces avermelhadas de tanto que nos beijamos, não mostrava nenhuma pressa de voltar.

Na escadaria de entrada do hotel encontramos o Queimado. Estacionei no Passeio Marítimo e descemos juntos. O Queimado não nos viu até estarmos quase em cima dele. Estava com a cabeça enterrada nos ombros e olhava para o chão com ar absorto; apesar do volume das suas costas, a impressão que dava visto de longe era a de um menino irremediavelmente perdido. Olá, eu disse tentando demonstrar alegria, embora desde o momento em que Frau Else e eu descemos do carro uma tristeza vaga e recorrente tenha se instalado no meu espírito. O Queimado ergueu os olhos e nos deu boa-noite. Pela primeira vez, se bem que brevemente, Frau Else se manteve a meu lado, os dois de pé, como se fôssemos namorados e o que despertava interesse em um também despertava no outro. Faz muito tempo que você está aqui? O Queimado nos fitou e deu de ombros. Como vai o negócio?, perguntou Frau Else. Regular. Frau Else riu com sua melhor risada, a cristalina, a que tornava a noite mais doce:

— Você é o último a deixar a temporada. Tem trabalho para o inverno?

— Ainda não.

— Se pintarmos o bar eu te chamo.

— Está bem.

Senti um pouco de inveja: Frau Else sabia como falar com o Queimado, disso não havia a menor dúvida.

— É tarde e amanhã tenho de madrugar. Boa noite. — Da escadaria vimos como Frau Else parava um instante na recepção, onde presumivelmente falou com alguém, depois continuava pelo corredor na penumbra, esperava o elevador, desaparecia...

— Que fazemos agora? — A voz do Queimado me sobressaltou.

— Nada. Dormir. Jogaremos outro dia — falei com dureza.

O Queimado demorou para digerir minhas palavras. Volto amanhã, disse num tom em que adverti ressentimento. Levantou-se de um salto, como um ginasta. Por um instante nos observamos como se fôssemos inimigos mortais.

— Amanhã, talvez — falei, tentando dominar o repentino tremor das minhas pernas e o desejo de pular no seu pescoço.

Numa briga limpa as forças estariam quase equiparadas. Ele é mais pesado e mais baixo, eu sou mais ágil e mais alto; ambos temos braço comprido; ele está acostumado ao esforço físico, minha vontade é minha melhor arma. Talvez o fator decisivo fosse o espaço da briga. Na praia? Parece o lugar mais adequado, na praia e de noite, mas ali, temo, a vantagem seria para o Queimado. Onde então?

— Se eu não estiver ocupado — acrescentei com desprezo.

O Queimado deu o silêncio como resposta e se foi. Ao atravessar o Passeio Marítimo virou a vista como para se certificar de que eu continuava na escada. Se nesse momento houvesse surgido do escuro um carro a cento e cinquenta por hora!

Da sacada não se vislumbra a mais débil claridade na fortaleza dos pedalinhos. Nem é preciso dizer, eu também apaguei minhas luzes, salvo as do banheiro. A lâmpada, acima do espelho, derrama uma luz aquática que mal ilumina através da porta entreaberta um pedaço de carpete.

Mais tarde, depois de fechar as cortinas, acendo de novo as luzes e estudo um a um os diferentes aspectos da minha situação. Estou perdendo a guerra. Com certeza perdi o trabalho. Cada dia que passa afasta um pouco mais Ingeborg de uma improvável reconciliação. Em sua agonia, o marido de Frau Else se distrai me odiando, acossando-me com a sutileza de um doente terminal. Conrad me enviou pouco dinheiro. O artigo que originalmente pensei em escrever no Del Mar está abandonado e esquecido... O panorama não é animador.

Às três da manhã me deitei sem me despir e retomei a leitura do livro de Florian Linden.

Acordei com uma opressão no peito pouco antes das cinco. Não sabia onde estava e demorei alguns segundos para compreender que continuava no vilarejo.

À medida que o verão se extingue (quero dizer à medida que suas manifestações se extinguem), no Del Mar começam a se ouvir ruídos de que antes nem sequer suspeitávamos: o encanamento agora parece *vazio* e *maior*. O barulho regular e surdo do elevador cedeu lugar aos arranhões e correrias entre o reboco das paredes. O vento que balança caixilhos e gonzos da janela é cada noite mais forte. As torneiras das pias rangem e estremecem antes de soltar a água. Até o cheiro dos corredores, perfumados com lavanda artificial, se degrada mais depressa e adquire um odor pestilento que provoca tosses horríveis a altas horas da madrugada.

Chamam a atenção essas tosses! Chamam a atenção essas pisadas noturnas que os carpetes não conseguem amortecer totalmente!

Mas se você sai ao corredor, vencido pela curiosidade, o que vê? Nada.

19 de setembro

Ao acordar encontro Clarita no quarto, está ao pé da cama com seu uniforme de camareira, olhando para mim. Não sei por que sua presença me deixa feliz. Sorrio e peço que venha para a cama comigo, mas sem me dar conta de que digo isso em alemão. De que maneira Clarita me entende é um mistério, mas o caso é que prudentemente tranca a porta e se aninha a meu lado, sem tirar nada, só os sapatos. Como em nosso encontro anterior, sua boca tem cheiro de tabaco negro, o que é muito atraente numa mulherzinha como ela. Segundo a tradição, dos seus lábios deveria se desprender um resto de gosto de linguiça e alho, ou de chiclete de hortelã. Fico contente que não seja assim. Quando começamos a trepar sua saia se arregaça até a cintura e, não fossem seus joelhos apertando meus flancos com desespero, eu diria que ela não sente nada. Nem um gemido, nem um sussurro, Clarita faz amor da forma mais discreta do mundo. Quando terminamos, tal como da primeira vez, pergunto se foi bom. Responde com a cabeça, afirmativamente, e de imediato pula fora da cama, alisa a saia, põe as calcinhas e os sapatos e, enquanto vou ao banheiro me limpar, ela, eficiente, trata de arrumar o quarto, isso sim, tendo o cuidado de não fazer nenhuma ficha voar.

— Você é nazista? — Ouço sua voz enquanto limpo o pênis com papel higiênico.

— O que você disse?

— Se você é nazista.

— Não. Não sou. Ao contrário, sou antinazista. O que te faz pensar assim, o jogo? — Na caixa do Terceiro Reich há algumas suásticas desenhadas.

— O Lobo me contou que você é nazista.

— O Lobo está enganado. — Mandei-a entrar no banheiro para poder continuar falando com ela enquanto tomava uma chuveirada. Acho que Clarita é tão ignorante que se eu lhe dissesse que os nazistas governam, por exemplo, a Suíça, ela acreditaria.

— Ninguém estranha que você leve tanto tempo para arrumar um quarto? Ninguém dá pela sua falta?

Clarita está sentada no vaso sanitário com as costas encurvadas, como se levantar da cama lhe causasse a recaída de uma doença ignorada. Uma doença contagiosa? Os quartos costumam ser arrumados de manhã, informa. (Eu sou um caso especial.) Ninguém dá pela sua falta e ninguém a controla, já tem trabalho demais e salário de menos para ainda por cima suportar supervisões. Nem mesmo Frau Else?

— Frau Else é diferente. — diz Clarita.

— Por que diferente? Deixa você fazer o que quer? Faz vista grossa para seus assuntos? Ela te protege?

— Meus assuntos são *meus* assuntos, não? O que Frau Else tem a ver com meus assuntos?

— Queria dizer se fazia vista grossa para seus casos, para suas aventuras amorosas.

— Frau Else compreende a gente. — Sua voz irritada mal se ergue acima do jorro do chuveiro.

— Isso a torna diferente?

Clarita não responde. Também não tem a intenção de sair. Separados pela feia cortina de plástico branca com bolas amarelas, os dois quietos, os dois na expectativa, senti por ela uma pena profunda e uma vontade de ajudá-la. Mas como podia ajudá-la se era incapaz de ajudar a mim mesmo?

— Estou te atormentando, desculpe — disse, saindo do chuveiro.

Meu corpo parcialmente refletido no espelho e o corpo de Clarita se encolhendo imperceptivelmente no vaso sanitário como se não se tratasse de uma moça (que idade teria, dezesseis?) mas do corpo cada vez mais frio de uma velha conseguiram, superpostos, me emocionar até as lágrimas.

— Está chorando. — Clarita sorriu estupidamente. Passei a toalha no rosto e no cabelo e saí do banheiro para me vestir. Clarita ficou lá, esfregando o pano de chão nos azulejos molhados.

Em algum bolso do meu jeans eu tinha uma nota de cinco mil pesetas, mas não a encontrei. Como pude, reuni três mil em trocados e dei a Clarita. Ela aceitou sem dizer nada.

— Você que sabe de tudo, Clarita — peguei-a pela cintura como se fosse reiniciar o amasso —, sabe em que quarto o marido de Frau Else dorme?

— No maior quarto do hotel. O quarto escuro.

— Escuro por quê? Não entra sol?

— As cortinas estão sempre fechadas. O patrão está muito doente.

— Vai morrer, Clarita?

— Sim... Se você não o matar antes...

Por alguma causa que desconheço, Clarita desperta em mim instintos bestiais. Até agora me comportei bem com ela, nunca lhe fiz mal. Mas ela possui a rara faculdade de revolver, com sua simples presença, as imagens adormecidas do meu espí-

293

rito. Imagens breves e terríveis como os raios, que eu temo e das quais fujo. Como conjurar esse poder que tão subitamente ela é capaz de desencadear em meu interior? Ajoelhando-a à força e obrigando-a a chupar meu pau e meu cu?

— Você está brincando, claro.

— Sim, é uma brincadeira — diz ela, olhando para o chão enquanto uma gota de suor em perfeito equilíbrio escorre até a ponta do nariz.

— Diga-me então onde dorme seu patrão.

— No primeiro andar, no fundo do corredor, em cima da cozinha... É impossível se perder...

Depois de comer telefono para Conrad. Hoje não saí do hotel. Não quero me encontrar casualmente (até que ponto é casual?) com o Lobo e o Cordeiro, ou com o socorrista, ou com o sr. Pere... Conrad não se mostra, como nas ocasiões anteriores, surpreso com minha chamada. Detecto na sua voz um matiz de cansaço, como se temesse ouvir justo aquilo que vou lhe pedir. Claro, não me nega nada. Preciso que mande dinheiro e ele vai mandar. Peço notícias de Stuttgart, de Colônia, dos preparativos, e ele as oferece sumariamente, sem acrescentar os comentários picantes e marotos de que eu tanto gostava. Não sei por quê, me intimida perguntar por Ingeborg. Quando por fim reúno forças e indago, a resposta só consegue me deprimir. Tenho a obscura desconfiança de que Conrad mente. Sua falta de curiosidade é um sintoma novo; nem me pede que regresse, nem pergunta por minha partida. Fique sossegado, diz em determinado momento, pelo que deduzo que de minha parte a conversa não careceu de altos e baixos, amanhã te mando o dinheiro. Agradeço. Nossa despedida é quase um murmúrio.

Torno a encontrar Frau Else num corredor do hotel. Paramos com perturbação verdadeira ou fingida, tanto faz, a uns cinco metros um do outro, as mãos na cintura, pálidos, tristes, comunicando com o olhar a desesperança que sentimos no fundo das nossas idas e vindas. Como está seu marido? Com a mão, Frau Else assinala o raio de luz debaixo de uma porta, ou talvez do elevador, não sei. Só sei que, levado por um impulso irrefreável e doloroso (um impulso que se gera no meu estômago em frangalhos), encurtei a distância e abracei-a sem medo de sermos descobertos, desejando tão somente me fundir a ela, que quase não oferece resistência, uns segundos ou a vida inteira. Udo, você está louco? Quase me quebra uma costela. Baixei a cabeça e pedi desculpas. O que aconteceu com seus lábios? Não sei. A temperatura dos dedos de Frau Else que pousam em meus lábios está abaixo de zero e tenho um sobressalto. Estão sangrando, diz. Depois de prometer que tratarei deles no quarto, marcamos para dali a dez minutos no restaurante do hotel. É meu convidado, diz Frau Else, sabedora do meu novo aperto econômico. Se não estiver lá dentro de dez minutos, mando um par de garçons, os mais brutos, te buscar. Estarei lá.

Verão de 1943. Desembarque americano em Dieppe e Calais. Não esperava que o Queimado passasse à ofensiva tão rápido. Nota-se que as cabeças de praia obtidas não são muito fortes; pôs um pé na França mas ainda lhe custará se firmar e penetrar. No Leste a situação piora; depois de uma nova retirada estratégica, a frente fica estabelecida entre Riga, Minsk, Kiev e os hexágonos Q39, R39 e S39. Dnepropetrovsk passa ao poder dos vermelhos. O Queimado possui superioridade aérea tanto na Rússia como no Ocidente. Na África e na zona do Mediterrâneo a situação permanece sem mudanças, se bem que eu desconfie que isso será diametralmente diferente no próximo turno. Detalhe curioso: enquanto jogávamos adormeci. Por quanto tempo?, não sei. O Queimado tocou meu ombro um par de vezes e disse acorde. Então acordei e não tornei a pegar no sono.

20 de setembro

Saí do quarto às sete da manhã. Durante horas permanecera sentado na sacada aguardando o amanhecer. Quando o sol raiou fechei a sacada, corri as cortinas e de pé no escuro procurei desesperadamente uma ocupação com que pudesse matar o tempo. Tomar um banho. Mudar de roupa. Pareciam excelentes exercícios para começar o dia mas continuei ali, imobilizado no meio da minha respiração agitada. A claridade diurna começou a se filtrar por entre as cortinas da janela. Tornei a abrir a sacada e fiquei um tempão olhando para a praia e o contorno ainda impreciso da fortaleza dos pedalinhos. Felizes os que nada têm. Felizes os que com esta vida ganham um futuro reumatismo e têm sorte com os dados e se resignaram a não ter mulheres. Nem uma alma circulava pela praia naquelas horas, mas ouvi vozes provenientes de outra sacada, uma discussão em francês. Só os franceses são capazes de falar aos gritos antes das sete! Corri outra vez as cortinas e tentei me despir para entrar no chuveiro. Não consegui. A luz do banheiro parecia a de uma sala de tortura. Com esforço abri a torneira e lavei as mãos. Ao tentar molhar o rosto, descobri que estava com os braços entorpecidos e decidi que o melhor seria deixar para mais tarde. Apaguei a luz e saí. O corredor estava deserto e iluminado apenas nas extremidades por lâmpadas semiocultas das quais brotava uma tênue claridade ocre. Sem fazer barulho desci a escada até chegar ao primeiro patamar do térreo. Dali, refletido no enorme espelho da sala, pude ver a nuca do vigia noturno que sobressaía pela beira do balcão. Sem dúvida nenhuma, dormia. Refiz o caminho em sentido inverso até o primeiro andar, onde virei em direção ao fundo (direção noroeste) com o ouvido pronto para escutar os sons característicos da cozinha na hipótese de que os cozinheiros tivessem chegado, coisa bastante discutível. O silêncio, no início da minha travessia pelo corredor, era total, mas conforme eu ia me internando comecei a distinguir um ronco asmático que quebrava, com curtos intervalos, a monotonia das portas e paredes. Ao chegar ao final parei, diante de mim havia uma porta de madeira com uma placa de mármore no centro que exibia em letras negras um poema (ou assim acreditei) de quatro versos escritos em catalão, cujo significado não compreendi. Esgotado, apoiei a mão na maçaneta e empurrei. A porta se abriu sem o mais leve impedimento. Aquele era o quarto, grande e na penumbra, tal como Clarita o descrevera. Só se podia adivinhar a silhueta de uma janela e o ar estava carregado, mas não percebi cheiro de remédio. Já ia fechando a porta que tão temerariamente havia aberto quando ouvi uma voz que surgia de todos os cantos e de nenhum. Uma voz que resumia virtudes contraditórias: gelada e quente, ameaçadora e afetuosa.

— Entre. — Falava em alemão.

Dei uns passos às cegas, tateando o papel das paredes, depois de superar um instante de hesitação em que estive tentado a bater a porta e fugir.

— Quem é? Entre. Está bem? — A voz parecia sair de um gravador, mas eu sabia que era o marido de Frau Else que falava, entronizado em sua cama gigantesca e oculta.

— Sou Udo Berger — disse de pé no escuro, temia que se continuasse avançando ia topar com a cama ou outro móvel.

— Ah, o jovem alemão, Udo Berger, Udo Berger, o senhor está bem?

— Sim. Perfeitamente.

De uma impensável cavidade do quarto, murmúrios de assentimento. E depois:

— Está me vendo? O que deseja? A que devo a honra da sua visita?

— Achei que precisávamos conversar. Pelo menos nos conhecer, trocar ideias civilizadamente — falei num sussurro.

— Muito bem pensado!

— Mas não consigo vê-lo. Não consigo ver nada... e assim fica difícil manter um diálogo...

Ouvi então o ruído de um corpo que se arrastava entre lençóis engomados seguido de um gemido e de um palavrão e finalmente se acendeu a uns três metros de onde eu estava um abajur na mesa de cabeceira. De lado, com um pijama azul-marinho abotoado até o pescoço, o marido de Frau Else sorria: o senhor é madrugador ou ainda não se deitou? Dormi um par de horas, falei. Nada naquele rosto parecia evocar a velha imagem de dez anos atrás. Havia envelhecido desde então, e mal.

— Queria me falar do jogo?

— Não, da sua mulher.

— Minha mulher, minha mulher, como pode ver ela não está aqui.

De repente me dei conta de que Frau Else, de fato, não estava. Seu marido se enterrou até o queixo debaixo dos lençóis enquanto eu, num ato reflexo, percorria com o olhar o resto do quarto temendo uma piada de mau gosto ou uma cilada.

— Onde ela está?

— Isso, meu caro jovem, é uma coisa que não deve interessar nem a mim nem ao senhor. O que minha mulher faz ou deixa de fazer é algo que diz respeito exclusivamente a ela.

Será que Frau Else estava nos braços de outro? Um amante secreto de que não havia falado? Provavelmente alguém do vilarejo, outro hoteleiro, o dono de um restaurante de frutos do mar? Um sujeito mais moço que seu marido porém mais velho que eu? Ou seria possível que a estas horas Frau Else estivesse dirigindo por estradas vicinais como terapia para esquecer seus problemas?

— O senhor cometeu vários erros — disse o marido de Frau Else. — O principal, atacar tão cedo a União Soviética.

Meu olhar de ódio pareceu desconcertá-lo por um momento, mas ele logo se repôs.

— Se neste jogo fosse possível evitar a guerra contra a União Soviética — prosseguiu —, eu nunca a iniciaria; falo, é claro, da perspectiva alemã. O outro grande erro foi menosprezar a resistência que a Inglaterra podia oferecer, ali o senhor perdeu tempo e dinheiro. Teria valido a pena se empenhasse na tentativa pelo menos cinquenta por cento do seu poder, mas isso o senhor não podia se permitir, já que tinha as mãos presas no Leste.

— Quantas vezes esteve no meu quarto sem que eu soubesse?

— Não muitas...

— E não tem vergonha de admitir? Acha ético o dono de um hotel xeretar o quarto dos seus hóspedes?

— Depende. Tudo é bastante relativo. O senhor acha ético tentar se ligar à minha mulher? — Um sorriso cúmplice e malévolo saiu de debaixo dos lençóis e se instalou em sua face. — Repetidas vezes, além do mais, e sem nenhum êxito.

— É diferente. Não pretendo ocultar nada. Sua mulher me preocupa. A saúde dela me preocupa. Eu a amo. Estou disposto a enfrentar o que quer que seja... — Notei que havia enrubescido.

300

— Menos conversa. A mim também preocupa o rapaz com quem o senhor está jogando.

— O Queimado?

— O Queimado, sim, o Queimado, o Queimado, o senhor não tem ideia na encrenca em que se meteu. Um rapaz perigoso como uma serpente!

— O Queimado? Diz isso pelas ofensivas soviéticas? Creio que grande parte do mérito deve ser atribuído ao senhor. No fundo, quem delineou a estratégia dele?, quem o aconselhou onde devia defender e onde devia atacar?

— Eu, eu, eu, mas não totalmente. Esse rapaz é inteligente. Tome cuidado! Vigie a Turquia! Retire-se da África! Encurte as frentes, homem!

— É o que estou fazendo. O senhor acha que ele pensa em invadir a Turquia?

— O exército soviético tende a ser cada vez mais forte e pode se dar a esse luxo. Diversificação operacional! Pessoalmente não creio que seja necessária, se bem que a vantagem de dominar a Turquia seja óbvia: o controle dos estreitos e a saída da frota do mar Negro para o Mediterrâneo. Um desembarque soviético na Grécia seguido de desembarques anglo-americanos na Itália e na Espanha e o senhor se veria obrigado a se encerrar detrás da sua fronteira. Capitulação. — Pegou na mesa de cabeceira as fotocópias que Frau Else tinha levado do meu quarto e sacudiu-as no ar. Manchas vermelhas apareceram em suas faces. Tive a impressão de que estava me ameaçando.

— Esquece que eu também posso passar à ofensiva.

— Estou simpatizando com o senhor! Não se rende nunca?

— Jamais.

— Eu desconfiava. Digo: pela insistência que teve com minha mulher. Eu, nos meus tempos, se me davam um fora, desistia até da Rita Hayworth. O senhor sabe o que estes papéis significam? Sim, fotocópias de livros de guerra, mais ou menos, mas eu não sugeri nada disso ao Queimado. (Teria recomendado a *História da Segunda Guerra Mundial*, de Lidell Hart, um livro simples e correto, ou a *Guerra na Rússia*, de Alexander Werth.) Pelo contrário, isso foi por iniciativa própria. E creio que seu significado é claro, tanto eu como minha mulher percebemos de imediato. O senhor não? Devia imaginar. Pois bem, saiba que sempre tive uma grande ascendência sobre os jovens. Entre eles o Queimado ocupa um lugar especial e por isso agora minha mulher me responsabiliza um pouco, a mim, que estou doente!, do que possa acontecer com o senhor.

— Não estou entendendo nada. Se estamos falando do Terceiro Reich, devo lhe informar que na Alemanha sou o campeão nacional deste esporte.

— Esporte! Hoje em dia chamam qualquer coisa de esporte. Isso não é nenhum esporte. E claro que também não estou falando do Terceiro Reich, mas dos projetos que esse pobre rapaz prepara para o senhor. Não no jogo (este é o que é, nem mais nem menos), mas na vida real!

Dei de ombros, não estava disposto a contradizer um doente. Expressei minha incredulidade soltando uma risada amistosa; depois disso me senti melhor.

— Claro que eu disse à minha mulher que não podia fazer muita coisa. A esta altura aquele rapaz só escuta o que lhe interessa, está metido até o pescoço e não creio que volte atrás.

— Frau Else se preocupa excessivamente comigo. É muito boa, em todo caso.

O rosto do marido adquiriu um ar sonhador e ausente.

— É, sim, senhor, muito boa. Boa demais... Só lamento não ter lhe dado filhos.

A observação me pareceu de mau gosto. Agradeci aos céus pela verossímil esterilidade daquele pobre sujeito. Uma gravidez talvez houvesse rompido o equilíbrio clássico do corpo de Frau Else, a soberania que se mantinha nos aposentos mesmo que ela não estivesse fisicamente.

— E no fundo, como qualquer mulher, ela deseja ser mãe. Enfim, espero que com o próximo tenha mais sorte. — Piscou o olho para mim e eu juraria que por baixo dos lençóis, com os dedos, me fez um gesto obsceno. — Não se iluda, não vai ser o senhor, quanto antes se der conta disso, melhor, assim não sofrerá nem a fará sofrer. Muito embora ela sinta apreço pelo senhor, isso é irrefutável. Ela me contou que há uns anos costumava vir com seus pais ao Del Mar. Como seu pai se chama?

— Heinz Berger. Vinha com meus pais e com meu irmão mais velho. Todos os verões.

— Não me lembro.

Eu disse que não tinha importância. O marido de Frau Else pareceu se concentrar com todas as suas forças no passado. Pensei que estava se sentindo mal. Fiquei alarmado.

— E o senhor, lembra-se de mim?

— Sim.

— Como era, que imagem guarda?

— Era alto e muito magro. Usava camisas brancas e Frau Else parecia feliz a seu lado. Não é muito.

— O bastante.

Deu um suspiro e seu rosto se relaxou. De tanto estar de pé minhas pernas começavam a doer. Considerei que devia ir embora, dormir um pouco ou pegar o carro e sair em busca de uma enseada solitária onde pudesse mergulhar e depois descansar na areia limpa.

— Espere, ainda tenho algo a lhe avisar. Afaste-se do Queimado. Imediatamente!

— Vou fazer isso — respondi com cansaço —, quando for embora daqui.

303

— E o que está esperando para voltar para sua pátria? Não se dá conta de que... a desgraça e o infortúnio rondam este hotel?

Conjecturei que dizia aquilo pela morte de Charly. Não obstante, se os males espreitam um hotel, este devia ser o Costa Brava, onde Charly se hospedara, e não o Del Mar. Meu sorriso de amabilidade incomodou o marido de Frau Else.

— O senhor tem ideia do que acontecerá na noite em que Berlim cair?

De repente compreendi que o infortúnio a que se referia era a guerra.

— Não me subestime — falei, tentando adivinhar a paisagem de pátios internos que certamente se estendia do outro lado das cortinas. Por que não tinham escolhido um quarto com vista para o mar?

O marido de Frau Else espichou o pescoço como um verme. Estava pálido e com a pele luzidia de febre.

— Sonhador, acredita que ainda pode ganhar?

— Posso fazer esse esforço. Tenho facilidade para me recompor. Posso montar ofensivas que contenham os russos. Ainda conservo um grande potencial de choque... — Falei, falei, acerca da Itália, da Romênia, das minhas forças blindadas, da reorganização da minha Força Aérea, de como pensava e podia fazer desaparecer as cabeças de praia na França, inclusive da defesa da Espanha, e paulatinamente sentia que o interior da minha cabeça ia ficando gelado e que o frio descia ao palato, à língua, à garganta, e que mesmo as palavras que saíam da minha boca fumegavam no caminho até a cama do doente. Ouvi o que este dizia: renda-se, faça as malas, pague a conta, hein?, e vá embora. Compreendi com horror que ele só queria me ajudar. Que à sua maneira, e porque tinham lhe pedido, velava por mim.

— A que horas sua mulher vai voltar? — involuntariamente minha voz soou desesperada. Do lado de fora chegavam cantos de

304

passarinhos e ruídos em surdina de motores e portas. O marido de Frau Else se fez de desentendido e disse estar com sono. Como se quisesse confirmar isso, fechou pesadamente as pálpebras.

Temi que houvesse dormido de verdade.

— O que acontecerá depois da queda de Berlim?

— Conforme vejo a situação — disse sem abrir os olhos e arrastando as palavras —, ele não se contentará em receber parabéns.

— O que o senhor acha que ele fará?

— O mais lógico, herr Udo Berger, o mais lógico. Pense o senhor, o que faz o vencedor?, quais são seus atributos?

Confessei minha ignorância. O marido de Frau Else se acomodou de lado na cama de tal modo que só podia observar seu perfil descarnado e anguloso. Descobri que assim parecia dom Quixote. Um dom Quixote prostrado, cotidiano e terrível como o Destino. Esse achado conseguiu me inquietar. Talvez isso é que tenha atraído Frau Else.

— Está em todos os livros de história — sua voz tinha um timbre fraco e cansado —, inclusive nos alemães. Tem início o julgamento dos criminosos de guerra.

Rio na sua cara:

— O jogo termina com Vitória Decisiva, Vitória Tática, Vitória Marginal ou Empate, não com julgamentos nem bobagens desse tipo — recitei.

— Ai, amigo, nos pesadelos desse pobre rapaz o julgamento talvez seja o ato mais importante do jogo, o único pelo qual vale a pena passar tantas horas jogando. Enforcar os nazistas!

Estirei os dedos da mão direita até ouvir o som de cada um dos ossos.

— É um jogo de estratégia — sussurrei —, de alta estratégia, que loucura é essa que o senhor está dizendo?

— Eu só o aconselho a fazer as malas e desaparecer. Afinal, Berlim, a única e verdadeira Berlim, caiu faz tempo, não?

Ambos assentimos tristemente com a cabeça. A sensação de que falávamos de temas diferentes e até opostos era cada vez mais patente.

— Quem ele acredita julgar? As fichas dos corpos ss? — O marido de Frau Else pareceu achar graça da minha tirada e sorriu de forma canalha, endireitando-se um pouco na cama.

— Temo que o senhor é que inspire o ódio dele. — O corpo do doente de súbito se transformou numa só palpitação, irregular, grande, clara.

— É a mim que ele vai sentar no banco dos réus? — Embora tentasse manter a compostura, minha voz tremia de indignação.

— Sim.

— E como pensa fazer isso?

— Na praia, como os homens, com um par de ovos. — O sorriso canalha se tornou mais longo e ao mesmo tempo mais profundo.

— Vai me estuprar?

— Não seja imbecil. Se é isso o que o senhor anda procurando, errou de filme.

Confesso que estava confuso.

— O que ele vai fazer comigo, então?

— O costumeiro com os porcos nazistas, espancá-los até explodirem. Sangrá-los no mar! Mandá-lo para o Walhalla com seu amigo, o do windsurfe!

— Charly não era nazista, que eu saiba.

— Nem o senhor, mas a esta altura da guerra, para o Queimado tanto faz. O senhor arrasou a Riviera inglesa e os trigais ucranianos, para dizer a coisa poeticamente, não vai esperar agora que ele venha com delicadezas.

— Foi o senhor que sugeriu esse plano diabólico?

— Não, de forma alguma. Mas me parece divertido!

— Parte da culpa é sua; sem seus conselhos o Queimado não teria tido a menor chance.

— Está enganado! O Queimado foi muito além dos meus conselhos. De certa maneira ele me lembra o inca Atahualpa, um prisioneiro dos espanhóis que aprendeu a jogar xadrez em apenas uma tarde observando como seus captores mexiam as peças.

— O Queimado é sul-americano?

— Está quente, está quente...

— E as queimaduras do seu corpo...?

— Acertou!

Enormes gotas de suor banhavam o rosto do doente quando me despedi. Desejaria ter caído nos braços de Frau Else e só ouvir palavras de consolo o resto do dia. Em vez disso, quando a encontrei, muito mais tarde e com meu moral muito mais baixo, limitei-me a sussurrar impropérios e recriminações. Onde passou a noite?, com quem? etc. Frau Else tentou me fulminar com o olhar (aliás nada surpresa com que eu houvesse falado com seu marido), mas eu estava insensível a qualquer coisa.

Outono de 1943 e nova ofensiva do Queimado. Perco Varsóvia e a Bessarábia. O oeste e o sul da França caem em poder dos anglo-americanos. Talvez o cansaço é que iniba minha capacidade de resposta.

— Você vai ganhar, Queimado — digo baixinho.

— É, parece.

— E o que vamos fazer depois? — Mas o medo me obriga a prolongar a pergunta para não ouvir uma resposta concreta. — Onde vamos comemorar sua iniciação como jogador de guerra? Dentro em pouco receberei dinheiro da Alemanha e poderíamos ir nos divertir numa discoteca, com garotas, champanhe!, algo assim...

O Queimado, ausente de tudo que não seja mover seus dois enormes rolos compressores, responde por fim com uma frase em que logo encontro propriedades simbólicas: vigie o que você tem na Espanha.

Ele se refere aos três corpos de infantaria alemães e ao corpo de infantaria italiano que aparentemente ficaram isolados na Espanha e em Portugal agora que os aliados controlam o sul da França? A verdade é que se eu *quisesse* poderia evacuá-los no SR pelos portos mediterrâneos, coisa que não farei, ao contrário, talvez os reforce para criar uma ameaça ou diversão pelo flanco; ao menos isso retardará a marcha anglo-americana em direção ao Reno. O Queimado deveria conhecer essa possibilidade estratégica, se é tão bom quanto parece. Ou queria indicar outra coisa? Algo pessoal. O que eu tenho na Espanha? Eu mesmo!

21 de setembro

— Você está adormecendo, Udo.

— A brisa do mar me faz bem.

— Você bebe muito e dorme pouco, isso não é bom.

— Mas você nunca me viu bêbado.

— Pior ainda: quer dizer que você se embebeda sozinho. Que come e vomita seus próprios demônios ininterruptamente.

— Não se preocupe, tenho um estômago grande grande grande.

— Você está com umas olheiras espantosas e cada dia está mais pálido, como se estivesse em processo de se transformar no Homem Invisível.

— É a cor natural da minha pele.

— Seu aspecto é doentio. Você não ouve nada, não vê ninguém, parece resignado a ficar neste vilarejo para sempre.

— Cada dia que passo aqui me custa dinheiro. Ninguém me dá nada.

— Não se trata do seu dinheiro, mas da sua saúde. Se me desse o telefone dos seus pais, eu ligaria para que eles viessem te buscar.

— Posso cuidar de mim mesmo.

— Não parece, você é capaz de passar de uma atitude irada a uma atitude passiva com a maior tranquilidade. Ontem gritou comigo e hoje se contenta em sorrir como um retardado mental sem poder se levantar desta mesa a manhã inteira.

— Confundo as manhãs com as tardes. Aqui respiro bem. O tempo mudou, agora está úmido e opressivo... Só neste cantinho a gente está bem...

— Você estaria melhor na cama.

— Se dou umas cabeçadas, não se preocupe. A culpa é do sol. Vem e vai, por dentro minha vontade permanece intacta.

— Mas se você fala dormindo!

— Não estou dormindo, só aparento.

— Acho que vou ser obrigada a trazer um médico para te examinar.

— Um médico amigo?

— Um bom médico alemão.

— Não quero que venha ninguém. A verdade é que eu estava sentado tranquilamente, tomando a brisa do mar, e você veio me passar sermões sem que eu te convidasse, espontaneamente, por puro gosto.

— Você não está bem, Udo.

— Em compensação você é uma esquenta-pau, muito beijo, muito manuseio, e nada mais. Vaga presença e vaga promessa.

— Não levante a voz.

— Agora levanto a voz, muito bem, está vendo que não estou dormindo.

— Poderíamos tentar falar como bons amigos.

— Fale, você sabe que minha tolerância e minha curiosidade não têm limites. Nem meu amor.

— Quer saber como os garçons te chamam? O louco. Não lhes falta razão, alguém que passa o dia no terraço, enrolado num

310

cobertor que nem um velho reumático, dando cabeçadas de sono, e que de noite se transforma em senhor de guerra para receber um trabalhador de ínfima categoria, ainda por cima desfigurado, não costuma ser frequente. Há quem diga que você é um louco homossexual e há quem diga apenas que você é um louco extravagante.

— Louco extravagante! Que besteira, todos os loucos são extravagantes. Você ouviu isso ou acaba de inventar? Os garçons desprezam o que não compreendem.

— Os garçons te odeiam. Acham que você dá azar ao hotel. Quando eu os ouço falar, penso que não lhes desagradaria se você morresse afogado como seu amigo Charly.

— Por sorte, quase não caio n'água. O tempo está cada dia pior. De qualquer maneira, belos sentimentos.

— Acontece todos os verões. Sempre tem um hóspede que concentra todas as iras. Mas por que você?

— Porque estou perdendo a partida e ninguém se compadece do vencido.

— Talvez você não tenha tratado o pessoal com cortesia... Não se descuide, Udo.

— Os exércitos do Leste estão se desmantelando — eu disse ao Queimado. — Como no resultado histórico, o flanco da Romênia se desfaz e não há reservas para conter a vaga de fichas russas que penetram pelos Cárpatos, pelos Bálcãs, pela planície húngara, pela Áustria... É o fim do Décimo Sétimo Exército, do Primeiro Exército Blindado, do Sexto Exército, do Oitavo Exército...

— No próximo turno... — sussurra o Queimado, ardendo como uma tocha inchada de veias.

— No próximo turno vou perder?

— No fundo, bem no fundo, gosto de você — diz Frau Else.

— Este é o inverno mais frio da guerra e nada poderia ir pior. Estou num buraco profundo de que talvez não possa

311

sair. A confiança é má conselheira — eu me escuto dizer com voz imparcial.

— Onde estão as fotocópias? — pergunta o Queimado.

— Frau Else entregou-as a seu mestre — respondi, sabendo que o Queimado não tem mestre nem nada que se pareça com um. No máximo eu, que o ensinei a jogar! Mas nem isso.

— Não tenho mestre — diz o Queimado, como era de se prever.

De tarde, antes da partida, estirei-me na cama, esgotado, e sonhei que era um detetive (Florian Linden?) que ao seguir uma pista penetrava num templo parecido com o de *Indiana Jones e o templo da perdição*. Que ia fazer lá? Ignoro. Só sei que percorria corredores e galerias sem nenhum tipo de reserva mental, quase com prazer, e que o frio do interior trazia à minha memória as friagens da meninice e um inverno quimérico onde tudo, ainda que por um só instante, era branco e infinitamente imóvel. No centro do templo, que devia estar escavado nas entranhas do morro que domina o povoado, iluminado por um facho de luz, encontrei um homem que jogava xadrez. Sem que ninguém me dissesse soube que era Atahualpa. Ao me aproximar, vi por cima do ombro do jogador que as peças pretas estavam chamuscadas. O que havia acontecido? O chefe índio se virou para me estudar sem muito interesse e disse que alguém tinha jogado as pretas no fogo. Por que razão, por maldade? Em vez de responder, Atahualpa moveu a rainha branca para uma casa dentro do dispositivo de defesa das peças pretas. Vão comê-la!, pensei. Depois eu disse comigo que dava na mesma, já que Atahualpa jogava sozinho. No movimento seguinte, a rainha branca foi eliminada por um bispo. De que adianta jogar sozinho fazendo trapaças?, perguntei. O índio desta vez nem sequer se virou, com o braço estendido apontou para o fundo do templo, um espaço escuro suspenso entre a abóbada e o chão de granito. Dei uns passos, aproximando-me do lugar assinalado, e vi uma enorme lareira de tijolos vermelhos e grelha de ferro forjado onde ainda havia o borralho de um fogo que deve ter consumido centenas de achas. Entre as cinzas, aqui e ali, sobressaíam as pontas retorcidas de diferentes tipos de peças de xadrez. Que significava aquilo? Com o rosto ardendo de indignação e raiva, dei meia-volta e gritei para Atahualpa que jogasse comigo. Ele não se dignou a levantar a cabeça do tabuleiro. Ao observá-lo mais detidamente, dei-me conta de que não era tão velho como a princípio falsamente acreditei: os dedos nodosos e o cabelo comprido e sujo que quase velava por inteiro seu rosto induziam ao engano. Jogue comigo se você é homem, gritei, querendo escapar do sonho. Às minhas costas sentia a presença da lareira como um organismo vivo, frio-quente, estranho a mim e estranho ao índio absorto. Por que destruir um belo trabalho artesanal?, falei. O índio riu mas o riso não saiu da sua garganta. Quando a partida terminou ele se levantou e, carregando como uma bandeja o tabuleiro com as peças, se aproximou da lareira. Compreendi que ia alimentar o fogo e decidi que o mais inteligente era ver e esperar. Do borralho voltaram a aparecer chamas, rápidas línguas de fogo que não demoraram a desaparecer assim que saciadas com tão magra ração. Os olhos de Atahualpa agora estavam fixos na abóbada do templo. Quem é você?, perguntou. Ouvi que da minha boca saía uma resposta fantástica: sou Florian Linden e estou à procura do assassino de Karl Schneider, também chamado Charly, turista neste vilarejo. O índio me dedicou um olhar desdenhoso e voltou ao centro iluminado, onde como por arte de magia o esperavam outro tabuleiro e outras fichas. Ouvi-o grunhir algo ininteligível; pedi que repetisse; esse, foi o mar que o matou, sua ternura e sua burrice o mataram, ecoaram as paredes da caverna as secas pala-

313

vras em espanhol. Entendi que o sonho já não tinha sentido ou que se aproximava do seu fim e apressei minhas últimas perguntas. As peças de xadrez eram oferendadas a um deus? Por que ele jogava sozinho? Quando ia terminar aquilo tudo? (mesmo agora desconheço o significado dessa pergunta). Quem mais conhecia a existência do templo e como sair dele? O índio fez seu primeiro movimento e suspirou. Onde você acha que estamos?, perguntou por sua vez. Confessei que não sabia direito, mas desconfiava que nos encontrávamos sob a colina do vilarejo. Você se engana, disse. Onde estamos? Minha voz ia adquirindo progressivamente um matiz histérico. Estava com medo, admito, e queria sair. Os olhos brilhantes de Atahualpa me observaram através do cabelo que caía sobre seu rosto como uma cascata de águas residuais. Não se deu conta? Como chegou até aqui? Não sei, respondi, andava pela praia... Atahualpa riu para dentro: estamos debaixo dos pedalinhos, disse, pouco a pouco, se tiver sorte, o Queimado os alugará, mas com o mau tempo que faz não há certeza, e você poderá ir embora. Minha última lembrança é que pulei sobre o índio proferindo gritos... Acordei na hora certa para descer e receber o Queimado, mas não para tomar banho. As virilhas e a parte interna das coxas me ardiam. Na Polônia e na Frente Oeste cometi dois erros graves. No Mediterrâneo o Queimado varreu os escassos corpos de exército deixados como distração na parte oeste da Líbia e em Túnis. No próximo turno perderei a Itália. E no verão de 1944 provavelmente terei perdido o jogo. O que acontecerá então?

22 de setembro

De tarde, ou de manhã, naquele momento eu não sabia, ao me levantar para o café!, encontrei Frau Else, seu marido e um sujeito que eu nunca tinha visto sentados numa mesa afastada do restaurante, tomando chá e comendo doces. O desconhecido, alto, de cabelos louros e tez muito bronzeada, era quem puxava a conversa e Frau Else e seu marido, a cada tanto, marcavam com risos suas tiradas ou piadas, inclinando-se para o lado até juntarem as cabeças e movendo as mãos como para pedir que ele cessasse a enxurrada de histórias. Depois de hesitar sobre a conveniência de me unir ao grupo, encarapitei-me num tamborete ao balcão e pedi um café com leite. O garçom, de forma inabitual, se esmerou em me servir com uma velocidade surpreendente, o que só produziu efeitos contrários: o café derramou, o leite estava quente demais. Enquanto esperava cobri o rosto com as mãos e procurei escapar do pesadelo. Não deu resultado, por isso assim que paguei fui correndo me trancar no quarto.

Dormi um instante, ao acordar sentia enjoo e náuseas. Pedi uma ligação para Stuttgart. Precisava falar com alguém e ninguém melhor que Conrad. Pouco a pouco fui me sentindo mais sereno, mas na casa de Conrad ninguém atendeu. Desliguei e fiquei um instante andando pelo quarto, sem parar, olhando cada vez que passava junto da mesa para o dispositivo defensivo alemão, saindo à sacada, dando socos, não, soquinhos, nas paredes e nas portas, lutando contra o polvo de nervos que se espreguiçava dentro do meu estômago.

Pouco depois o telefone tocou. Chamavam de baixo anunciando uma visita. Eu disse que não queria ver ninguém, mas a recepcionista insistiu. Minha visita não contava ir embora sem me ver. Era Alfons. Que Alfons? Disseram um sobrenome de que eu não tinha a menor lembrança. Ouvi vozes e discussões. O desenhista com quem eu tinha enchido a cara! Terminantemente avisei que não desejava vê-lo, que não o deixassem subir. Pelo fone dava para ouvir agora com absoluta clareza a voz da minha visita protestando pela falta de educação, pela falta de modos, pela falta de amizade etc. Desliguei.

Passaram-se um ou dois minutos e, provenientes da rua, uns uivos pungentes me fizeram sair à sacada. No meio do Passeio o desenhista se esganiçava gritando para a fachada do hotel. O coitado, deduzi, era míope e não me viu. Demorei um pouco para compreender que só dizia filho da puta, repetidas vezes. Estava com os cabelos revoltos e usava um blusão mostarda com enormes ombreiras. Por um instante temi que o atropelassem, mas por sorte o Passeio Marítimo estava quase deserto àquela hora.

Desalentado, voltei para a cama mas não pude mais dormir. Os insultos haviam cessado fazia um tempinho, mas na minha cabeça ecoavam palavras misteriosas e agressivas. Eu me perguntei quem era o desconhecido falastrão que estava com Frau Else. Seu amante? Um amigo da família? O médico? Não, os médicos são mais silenciosos, mais discretos. Eu me perguntava se Conrad tinha tornado a ver Ingeborg. Imaginava os dois de mãos dadas passeando por uma avenida outonal. Se Conrad fosse menos tímido! O quadro, a meu entender plenamente possível, punha lágrimas de dor e de felicidade em meus olhos. Quanto eu gostava, no fundo, dos dois.

Matutando, súbito me dei conta de que o hotel estava submerso num silêncio invernal. Comecei a ficar nervoso e retomei as voltas pelo quarto. Sem esperança de clarear as ideias, estudei a situação estratégica: no máximo resistiria três turnos, com muita sorte quatro. Tossi, falei em voz alta, procurei entre as folhas dos meus cadernos um postal que escrevi ouvindo o som da esferográfica deslizando sobre a superfície do cartão. Recitei os versos de Goethe:

E entretanto não captaste
Este: Morre e viverás!
Não és mais que um incômodo hóspede
Na Terra Sombria.
(*Und so lang du das nicht hast,/ Dieses: Stirb und werde!/ Bist du nur ein trüber Gast/ Auf der dunklen Erde.*)

Tudo inútil. Tentei paliar a solidão, a vulnerabilidade, telefonando para Conrad, Ingeborg, Franz Grabowski, mas ninguém atendeu. Por um momento pensei que em Stuttgart não sobrava vivalma. Comecei a telefonar a esmo, abrindo a agenda como um leque. Foi o destino que digitou o número de Mathias Müller, o garoto de *Marchas Forzadas*, um dos meus inimigos declarados. Ele sim estava. A surpresa, suponho, foi mútua.

A voz de Müller, impostadamente varonil, corresponde à sua ânsia de não exteriorizar emoções. Assim, com frieza, me dá as boas-vindas em casa. Claro, acredita que voltei. Também, é claro, espera que meu telefonema obedeça a um convite de caráter profissional, como preparar juntos as comunicações de Paris.

Desiludo-o. Ainda estou na Espanha. Ouvi dizer, mente. Ato contínuo adota uma posição defensiva, como se telefonar para ele da Espanha constituísse em si uma armadilha ou um insulto. Liguei ao acaso, falei. Silêncio. Estou trancado no meu quarto disparando telefonemas ao acaso, você é o ganhador. Comecei a rir às gargalhadas e Müller tentou em vão me imitar. Só conseguiu um híbrido de grasnido.

— Eu sou o ganhador — repetiu.

— Isso mesmo. Poderia ter sido qualquer outro morador de Stuttgart, mas o sorteado foi você.

— O sorteado fui eu. Bom, você discava os números de uma lista telefônica ou da sua agenda?

— Da minha agenda.

— Então eu não tive *tanta* sorte.

De repente a voz de Müller sofre uma notável transformação. Tenho a impressão de estar falando com um menino de dez anos que dá rédeas soltas às ideias mais estapafúrdias. Ontem vi Conrad, diz ele, no clube, está muito mudado, sabia? Conrad? Como vou saber se faz séculos que estou na Espanha? Parece que este verão por fim o caçaram. Caçaram? Sim, derrubaram, pegaram, fulminaram, ganharam, gadunharam. Está apaixonado, conclui. Conrad apaixonado? Do outro lado da linha se ouve um hã-hã de assentimento e depois ambos guardamos um silêncio embaraçoso como se compreendêssemos que tínhamos falado demais. Afinal, Müller disse: o Elefante morreu. Quem diabos era o Elefante? Meu cachorro, falou, e depois prorrompeu uma torrente de sons onomatopaicos: oink oink oink. Aquilo era um porco! Será que seu cachorro latia como um porco? Até a vista, falei apressado, e desliguei.

Ao escurecer, liguei para a recepção perguntando por Clarita. A recepcionista disse que ela não estava. Acreditei perceber uma ponta de nojo na sua resposta. Com quem estou falando? A desconfiança de que fosse Frau Else fingindo outra voz se instalou no meu peito como um filme de terror com piscinas cheias de sangue. Com Nuria, a recepcionista, disse a voz. Como vai, Nuria?, cumprimentei em alemão. Muito bem, obrigada, e o senhor?, respondeu, também em alemão. Bem, bem, maravilhosamente. Não era Frau Else. Meu corpo, convulsionado de felicidade, rodou pela cama até cair e se machucar. Com a cara enfiada no carpete, dei vazão a todas as lágrimas acumuladas durante a tarde. Depois tomei banho, fiz a barba e continuei esperando.

Primavera de 1944. Perco a Espanha e Portugal, a Itália (menos Trieste), a última cabeça de ponte no lado oeste do Reno, Hungria, Koenigsberg, Danzig, Cracóvia, Breslau, Potsdam, Lodz (a leste do Oder só conservo Kolberg), Belgrado, Sarajevo, Ragusa (da Iugoslávia só conservo Zagreb), quatro corpos blindados, dez corpos de infantaria, catorze fatores aéreos...

23 de setembro

Um barulho proveniente da rua consegue me acordar na hora. Sento na cama mas não consigo ouvir nada. A sensação de ter sido chamado, não obstante, é forte e imprecisa. De cueca vou à sacada: o sol ainda não saiu ou talvez não se tenha posto e na porta do hotel está estacionada uma ambulância com todas as luzes acesas. Entre a parte de trás da ambulância e a escadaria há três pessoas que conversam em voz baixa, mas mexendo as mãos exageradamente. Suas vozes chegam à sacada reduzidas a um murmúrio ininteligível. Sobre o horizonte paira uma luz azul-escura com estrias fosforescentes como prelúdio de tormenta. O Passeio Marítimo está vazio, com exceção de uma sombra que se perde pela calçada que ladeia o mar em direção à zona dos campings, que a esta hora (mas que horas são?) se assemelha a uma cúpula cinza-leitosa, um bulbo na curva da praia. No outro extremo, as luzes do porto diminuíram ou acabaram de acender na sua totalidade. O asfalto do Passeio está molhado, de modo que é fácil adivinhar que choveu. De repente uma ordem põe em movimento os homens que esperam. Simultaneamente se abrem as portas do hotel e da ambulância e uma maca desce a escadaria carregada por um par de enfermeiros. Com eles, um pouco atrás, na altura da cabeça do transportado, solícitos, aparecem Frau Else vestida com um comprido casacão vermelho e o falastrão de pele bronzeada, seguidos pela recepcionista, o vigia, um garçom, a senhora gorda da cozinha. Na maca, coberto até o pescoço com uma manta, está o marido de Frau Else. A descida da escadaria é, ou assim me parece, extremamente cautelosa. Todo mundo olha para o doente. Este, de barriga para cima e com uma expressão desolada, murmura instruções para descer a escada. Ninguém lhe dá atenção. Bem então nossos olhares se encontram no espaço transparente (e trêmulo) entre a sacada e a rua.

Assim:

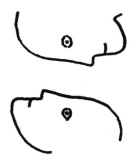

Depois as portas se fecham, a ambulância se põe em movimento com a sirene ligada apesar de não se vislumbrar nem um só carro no Passeio, a luz que atravessa as janelas do primeiro andar decresce em intensidade, o silêncio envolve outra vez o Del Mar.

Verão de 1944. Como Krebs, Freytag-Loringhoven, Gerhard Boldt, caligrafo os comunicados de guerra apesar de sabê-la perdida. A tempestade não demorou a desabar e agora a chuva golpeia a sacada aberta como uma mão comprida e ossuda, escuramente maternal, que quisesse me avisar dos perigos da soberba. As portas do hotel não estão vigiadas, assim o Queimado não teve nenhum problema para vir sozinho ao meu quarto. O mar está subindo, ele murmura dentro do banheiro para onde o arrastei, enquanto seca a cabeça com uma toalha. É o momento ideal para golpeá-lo, mas não movo nem um músculo. A cabeça do Queimado, enluvada na toalha, exerce sobre mim uma fascinação fria e luminosa. Sob seus pés se forma uma pocinha d'água. Antes de começar a jogar obrigo-o a tirar a camisa molhada e a pôr uma camisa minha. Fica um pouco apertada, mas pelo menos está seca. O Queimado, como se àquela altura lhe dar um presente fosse a coisa mais natural, veste-a sem dizer palavra. É o fim do verão e é o fim do jogo. A frente do Oder e a frente do Reno se desfazem à primeira investida. O Queimado se move ao redor da mesa como se dançasse. Talvez seja precisamente isso o que faz. Meu último círculo defensivo está em Berlim—Stettin—Bremen—Berlim, o resto, inclusive os exércitos da Baviera e do norte da Itália, fica desabastecido. Onde vai dormir esta noite, Queimado?, pergunto. Na minha casa, responde o Queimado. As outras perguntas, que são muitas, ficam entaladas na minha garganta. Depois de nos despedirmos, instalei-me na sacada e contemplei a noite chuvosa. Suficientemente grande para engolir todos nós. Amanhã serei derrotado, não resta dúvida.

24 de setembro

Acordei tarde e sem apetite. Melhor assim, pois o dinheiro estava escasseando. A chuva não havia amainado. Na recepção, quando pergunto por Frau Else, me dizem que está em Barcelona ou Gerona, "no Gran Hospital", com seu marido. Sobre a gravidade do estado dele, o comentário é inequívoco: está morrendo. Meu desjejum consistiu num café com leite e um croissant. No restaurante só restava um garçom para atender cinco viajantes surinameses e a mim. O Del Mar, de repente, se esvaziou.

No meio da tarde, sentado na sacada, me dei conta de que meu relógio não funcionava mais. Tentei dar corda, bati nele, mas não teve remédio. Desde quando está assim? Isso tem algum significado? Espero que sim. Por entre os balaústres da sacada observo os poucos transeuntes que percorrem apressados o Passeio Marítimo. Andando em direção ao porto avistei o Lobo e o Cordeiro, ambos vestindo casacos de brim idênticos. Ergui a mão para cumprimentá-los, mas está claro que não me viram. Pareciam dois filhotes de cachorro, pulando poças, empurrando-se e rindo.

Pouco depois desci ao salão de refeições. Lá estavam outra vez os velhos surinameses, todos ao redor de uma grande panela de paella transbordando de arroz amarelo e frutos do mar. Sentei numa mesa próxima e pedi um hambúrguer e um copo d'água. Os surinameses falavam muito rápido, não sei se em holandês ou em sua língua natal, e o zumbido das suas vozes por um instante conseguiu me acalmar. Quando o garçom apareceu com o hambúrguer perguntei se só restava aquela gente no hotel. Não, há outros hóspedes que durante o dia fazem excursões de ônibus. Pessoas da terceira idade, falou. Terceira idade? Que curioso. E voltam muito tarde? Tarde e farreando, disse o garçom. Depois de comer voltei ao meu quarto, tomei um banho quente e me deitei.

Acordei com tempo suficiente para fazer as malas e pedir uma ligação a cobrar para a Alemanha. Deixei os romances que havia trazido para ler na praia (e que nem sequer havia folheado) em cima da mesa de cabeceira para que Frau Else os encontrasse ao voltar. Só guardei o de Florian Linden. Pouco depois, a recepcionista me avisou que podia falar. Conrad havia aceitado a chamada. Em poucas palavras, eu disse que estava muito contente por falar com ele e que se tivesse sorte logo nos veríamos. A princípio Conrad se mostrou meio brusco e distante, mas não demorou muito para perceber a gravidade do que estava se preparando. É a despedida final?, perguntou de um modo bastante cafona. Eu disse que não, mas minha voz soava cada vez mais insegura. Antes de desligar lembramos as noitadas no clube, as partidas épicas e memoráveis, e rimos às gargalhadas quando lhe contei da minha conversa telefônica com Mathias Müller. Cuide de Ingeborg, foram minhas palavras de despedida. Vou cuidar, prometeu Conrad solenemente.

Entreabri a porta e esperei. O barulho do elevador precedeu a chegada do Queimado. A simples vista do quarto apresentava um aspecto diferente do das noites anteriores, as malas estavam de um lado da cama, num lugar bem visível, mas o Queimado não lhes dedicou nem um olhar. Sentamos, eu na cama, ele junto da mesa, e por um instante nada aconteceu, como se houvéssemos adquirido a virtude de entrar e sair à vontade do interior de um iceberg. (Agora, quando penso nisso, o rosto do Queimado aparece completamente branco, enfarinhado, lunar, embora por baixo da fina camada de pintura se adivinhem as cicatrizes.) A iniciativa pertencia a ele e sem necessidade de fazer contas, não trazia seu caderninho mas todos os BRPs do mundo eram dele, lançou os exércitos russos sobre Berlim e conquistou-a. Com os exércitos anglo-americanos se encarregou de destroçar as unidades que eu teria podido enviar para retomar a cidade. Era fácil assim a vitória. Quando chegou minha vez, tentei movimentar a reserva blindada da área de Bremen e me estatelei contra o muro dos aliados. Na verdade, foi um movimento simbólico. Ato contínuo admiti a derrota e me rendi. E agora?, disse. O Queimado exalou um suspiro de gigante e saiu à sacada. Dali me fez sinais para que o seguisse. A chuva e o vento redobravam de intensidade, fazendo as palmeiras do Passeio se inclinarem. O dedo do Queimado apontou para a frente, por cima do paredão. Na praia, onde se erguia a fortaleza de pedalinhos, vi uma luz, vacilante e irreal como um fogo de santelmo. Uma luz no interior dos pedalinhos? O Queimado rugiu como a chuva. Não me envergonho de confessar que pensei em Charly, um Charly transparente vindo do além para se condoer da minha ruína. Certamente estava muito perto do desvario. O Queimado disse: "Vamos, não podemos recuar", e eu o segui. Descemos as escadas do hotel, passando pela recepção iluminada e vazia, até que ficamos ambos no meio do Passeio. A chuva que então açoitou meu rosto teve o efeito de um enervante. Parei e gritei: quem está aí? O Queimado não respondeu e continuou avançando na praia. Sem pensar, saí correndo atrás dele. Diante de mim surgiu de repente a massa dos pedalinhos agrupados. Não sei se por efeito da chuva ou das ondas cada vez maiores, a gente tinha a impressão de que os pedalinhos estavam se enterrando na areia. Todos nós estávamos nos enterrando? Lembrei-me da noite em que sub-repticiamente eu tinha me arrastado até ali para ouvir os conselhos guerreiros do desconhecido que depois tomei pelo marido de Frau Else. Lembrei-me do calor de então e o comparei com o calor que agora sentia em todo o corpo. A luz que tínhamos visto da sacada piscava furiosamente dentro do barracão. Com as duas mãos me apoiei, num gesto que amalgamava resolução e cansaço ao mesmo tempo, numa saliência de um flutuador e pelas frestas tentei discernir quem podia estar junto da luz; foi inútil. Empurrando com todas as minhas forças tentei derrubar a estrutura e só consegui que minhas mãos se cobrissem de arranhões contra a superfície de madeira e ferros velhos. A fortaleza tinha a consistência do granito. O Queimado, que por uns segundos eu havia deixado de vigiar, estava de costas para os pedalinhos, absorto na contemplação da tormenta. Quem está ali? Por favor, responda, gritei. Sem esperar uma improvável resposta experimentei escalar o barracão, mas dei um passo em falso e caí de bruços na areia. Ao me levantar, pela metade porém, vi que o Queimado estava junto de mim. Pensei que não podia fazer mais nada. A mão do Queimado agarrou meu pescoço e puxou para cima. Dei uns socos, totalmente inúteis, e tentei chutá-lo, mas meus membros tinham adquirido a consistência da lã. Embora não acredite que o Queimado me ouvisse, murmurei que eu não era nazista, que não tinha culpa nenhuma. Quanto ao mais, nada podia fazer, a força e a determinação do Queimado, inspiradas pela tormenta e a ressaca do mar, eram irresistíveis. A partir desse instante minhas lembranças são vagas e fragmentadas. Fui levantado como um boneco de trapo e, ao contrário do que esperava (morte pela água), arrastado até a abertura do barracão de pedalinhos. Não ofereci resistência, não continuei suplicando, não fechei os olhos salvo quando, agarrado pelo pescoço e pela entreperna, iniciei minha viagem para dentro; então sim fechei os olhos e me vi instalado em outro dia menos negro mas não luminoso, como o "incômodo hóspede da Terra Sombria", e vi o Queimado saindo do vilarejo e do país por um caminho ziguezagueante feito de desenhos animados e pesadelos (mas de que país?, da Espanha?, da Comunidade Econômica Europeia?), como o eterno doente. Abri os olhos quando me senti encalhar na areia, a poucos centímetros de um lampião de camping. Não demorei a compreender, enquanto me remexia como uma minhoca, que estava sozinho e que nunca houve ninguém junto do lampião; que ele havia permanecido aceso sob a tempestade precisamente para que eu o visse da sacada do hotel. Lá fora, andando em círculos ao redor da fortaleza, o Queimado ria. Podia ouvir seus passos que afundavam na areia e seu riso claro, feliz, como o de um menino. Quanto tempo permaneci ali, de joelhos, entre os parcos pertences do Queimado? Não sei. Quando saí já não chovia e o amanhecer começava a se insinuar no horizonte. Apaguei o lampião e me icei para fora do buraco. O Queimado estava sentado com as pernas cruzadas, olhando para o levante, longe dos seus pedalinhos. Podia, perfeitamente, estar morto e continuar mantendo o equilíbrio. Eu me aproximei, não muito, e lhe disse adeus.

25 de setembro. Bar Casanova. La Jonquera

Com as primeiras luzes do dia abandonei o Del Mar; lentamente rodei com o carro pelo Passeio Marítimo tomando o cuidado de que o ruído do motor não incomodasse ninguém. Na altura do Costa Brava virei e parei na zona reservada para os automóveis, onde no começo das férias Charly nos mostrara sua prancha de windsurfe. Enquanto eu me dirigia para os pedalinhos, não vi ninguém na praia salvo um par de corredores enfiados em agasalhos esportivos que se perdiam na direção dos campings. A chuva havia cessado fazia um tempinho; na pureza do ar se intuía que aquele ia ser um dia de sol. A areia, no entanto, continuava molhada. Ao chegar junto dos pedalinhos, prestei atenção para ver se ouvia algum som que denunciasse a presença do Queimado e acreditei perceber um ronco bem suave proveniente de dentro, mas não estou seguro. Numa sacola de plástico levava o Terceiro Reich. Com cuidado depositei-a sobre a lona que cobria os pedalinhos e voltei ao carro. Às nove da manhã saí do vilarejo. As ruas estavam semidesertas, pensei que devia ser alguma festa local. Todo mundo parecia estar na cama. Na estrada o trânsito se fez mais numeroso, com carros de placas francesas e alemãs que iam na mesma direção que eu.

Agora estou em La Jonquera...

30 de setembro

Fiquei três dias sem ver ninguém. Ontem, por fim, passei pelo clube com a convicção interior de que ver meus velhos amigos não era uma boa ideia, pelo menos por ora. Conrad estava sentado numa das mesas mais apartadas. Tinha o cabelo mais comprido e umas olheiras profundas de que não me lembrava. Estive um instante olhando para ele sem dizer nada, enquanto os outros se aproximavam para me cumprimentar. Oi, campeão. Com que simplicidade e calor era recebido, e no entanto a única coisa que senti foi amargura! Ao me ver, no meio do alvoroço, Conrad se aproximou sem pressa e me estendeu a mão. Era um cumprimento menos entusiasmado que o dos outros porém mais sincero, que teve um efeito balsâmico em meu espírito; fez com que eu me sentisse em casa. Logo todos voltaram às mesas e novos combates foram entabulados. Conrad pediu que o substituíssem e perguntou se eu desejava conversar no clube ou lá fora. Disse que preferia caminhar. Estivemos juntos, tomando café e falando de qualquer coisa menos do que realmente importava, na minha casa, até depois da meia-noite, hora em que me ofereci para levá-lo à dele. Fizemos todo o trajeto de carro em silêncio. Não quis subir. Estava com sono, expliquei. Ao nos despedirmos, Conrad disse que se eu precisasse de dinheiro não hesitasse em pedir. Provavelmente vou precisar de algum dinheiro. Outra vez trocamos um aperto de mãos, mais demorado e sincero que o anterior.

Ingeborg

Nenhum dos dois tinha a intenção de fazer amor e afinal acabamos na cama. Influiu nisso a disposição sensual dos móveis, tapetes e objetos diversos com que Ingeborg redecorara sua espaçosa casa, e a música de uma cantora americana cujo nome não me lembro, e também a tarde, cor de anil, aprazível como poucas tardes de domingo. Isso não quer dizer que tenhamos reatado nossa relação de casal; a decisão de continuar sendo apenas amigos é irrevogável de ambas as partes e certamente será mais proveitosa que nosso antigo vínculo. A diferença entre uma e outra situação, para ser sincero, não é muita. Claro, tive de contar a ela algumas das coisas que aconteceram na Espanha depois que ela se foi. Basicamente falei de Clarita e do aparecimento do corpo de Charly. As duas histórias a impressionaram vivamente. Em contrapartida, ela me fez uma revelação que não sei se considero patética ou engraçada. Conrad, durante minha ausência, tentou iniciar um romance com ela. Claro, sempre dentro da mais absoluta correção. E o que aconteceu?, perguntei surpreso. Nada. Ele te beijou? Tentou, mas dei-lhe uma bofetada. Ingeborg e eu rimos muito, mas depois fiquei com pena.

Hanna

Falei com Hanna por telefone. Ela me disse que Charly havia chegado a Oberhausen num saco de plástico de cinquenta centímetros, mais ou menos como um saco de lixo grande, isso lhe contou o irmão mais velho de Charly, que foi quem se encarregou de receber os restos e dos trâmites burocráticos. O filho de Hanna está muito bem. Hanna está feliz, segundo diz, e pensa em voltar de férias à Espanha. "Charly teria gostado, não acha?" Respondi que sim, que talvez. E com você, o que aconteceu realmente?, perguntou Hanna. A pobre Ingeborg acreditou em tudo, mas eu sou mais velha, não é? Não aconteceu nada, falei. O que aconteceu com você? Depois de um momento (ouvem-se vozes, Hanna não está sozinha...) falei: comigo?... O de sempre.

20 de outubro

A partir de amanhã começo a trabalhar numa empresa que fabrica colheres, garfos, facas e artigos afins. O horário é parecido com o que eu tinha antes e o salário, um pouco maior.

Desde meu regresso estou em jejum de jogos. (Minto, semana passada joguei cartas com Ingeborg e sua companheira de apartamento.) Ninguém no meu círculo, pois continuo indo ao clube duas vezes por semana, notou. Lá atribuem minha falta de vontade a uma saturação ou ao fato de estar ocupado demais *escrevendo* sobre jogos. Que distantes estão da realidade! A comunicação que eu ia apresentar em Paris está sendo redigida por Conrad. Minha única contribuição será traduzi-la para o inglês. Mas agora que inicio uma nova etapa profissional nem isso é certo.

Von Seeckt

Hoje, depois de um longo passeio a pé, disse a Conrad que, pensando bem e no fim das contas, todos nós éramos como fantasmas que pertenciam a um Estado-maior fantasma exercitando-se continuamente em tabuleiros de *wargames*. As manobras em escala. Lembra de Von Seeckt? Parecemos seus oficiais, que zombavam da legalidade, sombras que jogam com sombras. Você está muito poético esta noite, disse Conrad. É claro que ele não entendeu nada. Acrescentei que provavelmente não iria a Paris. A princípio Conrad pensou que se tratava de uma impossibilidade devida ao trabalho e aceitou, mas quando eu disse que no trabalho todos saíam de férias em dezembro e que a razão era outra, adotou uma atitude de ofensa pessoal e por algum tempo se negou a falar comigo. É como se me deixasse sozinho diante dos leões, disse. Ri com gosto: somos o lixo de Von Seeckt mas gostamos um do outro, não é mesmo? Por fim, Conrad também riu, embora tristemente.

Frau Else

Falei ao telefone com Frau Else. Uma conversa fria e enérgica. Como se nós dois não tivéssemos nada melhor a fazer que gritar. Meu marido morreu! Eu estou bem, que remédio! Clarita está desempregada! O tempo está bom! Ainda há turistas na cidade, mas o Del Mar está fechado! Vou de férias para Túnis! Supus que os pedalinhos não estavam mais lá. Em vez de perguntar diretamente pelo Queimado, fiz uma pergunta cretina. Disse: a praia está vazia? Como queria que estivesse? Vazia, claro! Como se o outono houvesse nos deixado surdos. Que importância tem. Antes de nos despedirmos, Frau Else me lembrou que eu tinha esquecido uns livros em seu hotel, que pensava em mandá-los pelo correio. Não esqueci, disse, deixei para você. Acho que se emocionou um pouco. Depois nos dissemos boa-noite e desligamos.

O congresso

Decidi acompanhar Conrad ao congresso e *olhar*. Os primeiros dias foram tediosos e, apesar de ocasionalmente ter servido de tradutor entre colegas alemães, franceses e ingleses, eu escapava assim que tinha algum tempo livre e dedicava o resto do dia a demorados passeios por Paris. Com maior ou menor sorte todas as comunicações e discursos foram lidos, todos os jogos foram jogados e todos os projetos para uma federação europeia de jogadores foram esboçados e aturados. De minha parte, cheguei à conclusão de que oitenta por cento dos palestrantes necessitavam de assistência psiquiátrica. Para me consolar, eu me repetia que eram inofensivos, várias vezes, e finalmente acabei aceitando essa ideia porque era o melhor que podia fazer. O prato de resistência foi a chegada de Rex Douglas e dos americanos. Rex é um homem de uns quarenta e tantos anos, alto, forte, com uma basta cabeleira castanho-brilhante (será que põe brilhantina nos cabelos?, vá saber), que esbanja energia onde quer que vá. Pode-se afirmar que foi a estrela indiscutível do congresso e o primeiro propulsor de quantas ideias foram lançadas, por mais esdrúxulas ou idiotas que fossem. No que me diz respeito preferi não cumprimentá-lo, porém mais próximo da verdade seria dizer que preferi não fazer o esforço de me aproximar dele, rodeado permanentemente por uma nuvem de organizadores do congresso e de admiradores. No dia da sua chegada, Conrad trocou umas palavras com ele e de noite, na casa de Jean-Marc, onde estávamos hospedados, só falou de quanto Rex era interessante e inteligente. Dizem inclusive que jogou uma partida de Apocalipse, o novo jogo que sua editora lançou no mercado, mas naquela tarde eu não estava e não pude vê-lo. Minha vez chegou no penúltimo dia do congresso. Rex tinha se reunido com um grupo de alemães e italianos e eu me achava a uns cinco metros, na mesa de exposição do grupo de Stuttgart, quando ouvi me chamarem. Este é Udo Berger, o campeão do nosso país. Ao me aproximar, os outros se afastaram e fiquei cara a cara com Rex Douglas. Quis dizer alguma coisa, mas as únicas palavras que encontrei saíram atropeladas e incoerentes. Rex me estendeu a mão. Não se lembrou da nossa breve relação epistolar ou preferiu não torná-la pública. De imediato reatou a conversa com um cara do grupo de Colônia e eu fiquei um instante ouvindo, com os olhos semicerrados. Falavam do Terceiro Reich e das estratégias a utilizar com as novas variantes que Beyma havia acrescentado. No congresso estava sendo jogado um Terceiro Reich e eu nem tinha ido dar uma volta pelo perímetro de jogos! Pelo que disseram, inferi que o cara de Colônia conduzia os alemães e que o desenrolar da guerra havia chegado a um ponto morto.

— Isso é bom para você — disse bruscamente Rex Douglas.

— Sim, se nos aferrarmos ao conquistado, o que vai ser difícil — disse o cara de Colônia.

Os demais concordaram. Fizeram-se elogios sobre um jogador francês que dirigia a equipe que conduzia a União Soviética e ato contínuo começaram a fazer planos para o jantar da noite, outro jantar, como todos, de confraternização. Sem que ninguém se desse conta, fui me afastando do grupo. Voltei à mesa de Stuttgart, vazia, salvo os projetos patrocinados por Conrad, arrumei-a um pouco, pus uma revista aqui, um jogo ali, e saí sem fazer barulho do recinto do congresso.

ESTA OBRA FOI COMPOSTA POR OSMANE GARCIA FILHO EM ELECTRA E
IMPRESSA PELA GRÁFICA BARTIRA EM OFSETE SOBRE PAPEL PÓLEN SOFT
DA SUZANO PAPEL E CELULOSE PARA A EDITORA SCHWARCZ
EM JANEIRO DE 2011